东北流亡文学史料与研究丛书·作品卷

八月的乡村

萧 军 著

北方联合出版传媒(集团)股份有限公司

春风文艺出版社

·沈 阳·

主　　编　张福贵

作品卷主编　滕贞甫

图书在版编目（CIP）数据

八月的乡村/萧军著. —沈阳：春风文艺出版社，
2019.11

（东北流亡文学史料与研究丛书）
ISBN 978 - 7 - 5313 - 5718 - 6

Ⅰ. ①八… Ⅱ. ①萧… Ⅲ. ①中篇小说—小说集—中国—现代 ②短篇小说—小说集—中国—现代 Ⅳ. ①I246.7

中国版本图书馆CIP数据核字（2019）第268383号

北方联合出版传媒（集团）股份有限公司
春风文艺出版社出版发行
http://www. chunfengwenyi. com
沈阳市和平区十一纬路25号　邮编：110003
辽宁新华印务有限公司印刷

责任编辑：姚宏越　刘　维　　　责任校对：陈　杰
封面设计：马寄萍　　　　　　　幅面尺寸：155mm × 230mm
字　　数：218千字　　　　　　印　　张：15.5
版　　次：2019年11月第1版　印　　次：2019年11月第1次
书　　号：ISBN 978-7-5313-5718-6
定　　价：40.00元

目 录

八月的乡村

一　流

在茂草间，在有水声流动的近边，人可以听到蛙、虫子……诸多种的声音，起着无目的交组，和谐地随伴着黄昏，随伴着夜，广茫地爬行。

成群或是孤飞的老鸦，掠过人们的顶空，掠过白桦林的高梢，飞向天的一边去。那边是一片宁静的田野，田野的尽处是一带无绵尽的远山。太阳就是由那面一个山脊的部分滚落下去的。老鸦叫出的声音，常常是不响亮，低哑，充饱着悠沉和倦怠。

桦木林是丛密的，从这一面不容易透视出那一面。中间杂生着非常茂盛的狭叶草和野蒿。那是很调皮的小东西，沿路生着的，时常会绊住行人的脚。其间野藤的牙齿，更很容易能够将你的脚踝铰出了血。

这里的蚊虫，唱着集合的曲子——枪声在这个时候也渐渐喑哑下去。人们的脚步也开始松弛，不经意会踏翻一块石头使它落到小溪里面去。

一切被窒息在黄昏里一样，谁也不交谈一句话，放弃一般任凭蛙、虫子和溪流占据了这长谷的空间。

小溪不大迂曲，伸长在脚底下，靠近路的右边，那是和这条小路并列，常常维系着友谊的关系。每行一步人可以听到它在唱。至于蛙，因了人们的经过，暂时会跳进水里去，或是爬向沿水生着的丛草里面。随后它们会自由地再爬出来。

为着便利任是某个时间全可射击，全可以和追赶自己的敌人们开火，所以步枪并不拘泥，任便每人取着合适的准备姿势。

每人的子弹袋全变得空虚了！病蛇般地软垂在人们的胁下，随着人们的脚步在动荡。

就如才想起什么重大的事情，小红脸摸出了自己的小烟袋，可是很快又掖在原来的地方。他想着："这是不行的呢，还不是吃烟的时候啦！"

他的小烟袋已经是一个整天没在他的嘴里出现过了。平时小烟袋很少离开他的嘴。当他的小烟袋咬在嘴上的时候，他快活，闲暇……一副充血的脸色，喝过烧酒般，红红的；瞳仁近乎黄金色；眼睑有些浮肿，他还生着不甚浓密的胡须……

他一只手并不舍开还在摩挲着烟袋，同时开始在思想，为什么还不该停下歇歇，让他吃一袋烟呢？枪声不已经没有了吗？他侧开头，避开前面别人脑袋的障碍，眺一眺走在更前边的"领队"。——他还是不松懈，没有思虑地走在前面——小红脸近乎失望了！他想还是不如做农民时候自由多了！他可以随便什么时候吃一袋烟。就是在手里提着犁杖柄手，也是一样啊，也可以使小烟袋很安全地咬在嘴里呢！那样的日子不会有了！不会再有一个太平的春天和秋天给他过了！他遥遥看着那边的田野在叹息，小烟袋又凄默地捏在手里。

"我们该歇一歇了吧?"小红脸不大的声音提议着。

"小红脸同志说得对——我们全该赞成他。"

这是谁的声音呢？人们没有工夫去觉察。他们只是哄笑这咬字眼的，和不常说不常听的话。什么"同志"、什么"赞成"，他们觉到谁能说出这样几个字眼，那真是太进步的家伙！

全是疲乏的。全赞成小红脸的主张。但是人们的脚步谁也没能第一个就停下来。小红脸的烟袋还是如先前一样，空空地捏在自己的手里。这是说，还没听到"领队"发"停止"的命令。

这样又是一段路过去了，横在面前的是一墩广平的大石头。在队前头一只臂向着天空举起来，接着又迅速地落下去，接着有很平静的"停止"两个字的声音，使每个人全听得很清楚。

"弟兄们，我们就在这块石头上歇一歇吧。不过这里也不是安全地方呢！歇不多少工夫的，知道吗？我到对面那个小山上去担任警戒。你们可以替换着到底下小河里去喝点水，洗洗脸，吃点干粮……无论怎样，明天一早晨，我们也必得赶到王家堡子——每人应该担心点自己的枪，不要平放在地上，或是碰到石头……"

"领队"的话并不被谁怎样注意着，不如平日那样吸引着人们。人们的心中只是占据着那清凉的水流，袋里的干粮。小红脸呢？只是他手中的小烟袋。谁也不注意萧明说完了话，怎样自己提了步枪，走下谷底，跨过小河，努力弓下身子爬向对面的小山上去——

在小山的上面，可以超视过桦木林，看到那一带远山。人家的房屋不常见，尽是一些不规则的树林。太阳已经完全没有了，在山叠的后面，有着很浓黑的晚云开始发动。

他默然地数着，日间他们和敌人接过仗的每个山头。隐约还可以看见那个独立而不甚高大，有些乳头形的山峰——在那里被击毙了两个弟兄，眼见着被敌人割了脑袋！

——这又是弟兄们的牺牲！

萧明的眼睛有点蒙眬——不能说的悲伤和疲乏攻打着他。从这一面石头上，他看出那是刘大个子，腿拉长地睡着了。别的几个人，蹲伏着身子，有的像蛤蟆一样饮着水，浇着头发。小红脸吸烟时的火光，很急速地闪动。

蛙声更是显得响亮了。晚云发展得非常迅速，不到多大工夫，已经快占满了半天。

落雨在人们是平常的事，就如饥饿一样。

"伙计们，就在这石头上过一夜吧！他娘的，实在够受了——今晚还得向王家堡子赶?"

刘大个子手交搭在自己的肚子上，闭起绝望的眼睛，接着说："我算没气力再赶下去了。赶到王家堡子不保准就能遇得上?"

一任刘大个子自语着，谁也不去理他。

由烟袋一闪动一闪动的光亮里面，可以看到小红脸的脸，比起日间更红了。胡子稀疏地，半闭了一只眼睛。

他默默地想着太平的日子。什么时候他再可以自由地咬着烟袋去耕地？是不是马上就可以来的？那个神秘的日子来到的时候，是不是可以将欺负过他的人们，和硬占了他的田地的日本人，杀得一个不剩？他的老婆可以不再挨饿了吗？孩子们呢，可以同有钱的孩子们一样，到学堂里去念书，不再到铁道附近去拾煤渣……

这些可怜的题目，一直在小红脸的心里埋藏着。他有多少次要去问问萧明，可是当这青年人的眼睛一看到他的时候，他就如蒙了解答样。在眼睛里，似乎永久埋着这样一句话：

——这是一定的。

这次赶到王家堡子，他想，那是可以遇到萧明一向所说的本部队吗？那是可以会合在一起去打日本兵。什么时候日本兵可以打完呢？他有些为这不可知的日期忧伤了。他想到他的妻，一个良善而又能干的女人。他们从不吵架。孩子也是他所喜欢的。他甚至想到他养大起来的一只狗。这样想着，烟袋全有些忧伤了。但是想到他那被强占去的田地，硬逼着给拆掉了的家屋……烟袋火的闪光，又开始连续地在扩大——头是侧斜的，两臂始终是抱住自己的膝盖。

刘大个子只是抻自己的腿，再什么也不说了，一动也不动闭起他的眼睛，不关心天空的云，也不关心什么虫子、蛙……这样喧扰侵扰不了他。起始他幻想：如果马上吃一顿无论什么样的饱饭，而后就睡在这石头上，就是追袭他们的敌人真的到了，捉住他去枪毙，他全不在乎。他不甘心离开这石头。

"弟兄们起来，我们马上就走吧！天是不可靠，怕是要下雨——"

在对面小山上守望的萧明回来了。他拍着刘大个子的腿和他身旁的小梁兴。

刘大个子还是继续响着鼻子。夜云刻刻在天空起着层积。

"起来——我们马上就走——"

"再歇一刻不好吗？——萧同志！"刘大个子沙哑着嗓子，这说话是近乎玩笑样的哀求。

萧明沉默着，他坐在大石头近边一块小石头上，整理自己的鞋子——头埋在黄昏里，野蒿在身边摇颤。

别人也全沉默地整备着自己的事。一切全停当。刘大个子还是继续地睡在石头上，鼾声更显得响亮了，这是假作的，谁全知道。

"这条癞皮狗，你不起来……我们丢下你……叫敌人捡你的'蛋'！"

在模糊中人们听出来，是李三弟的说话。平时他常和刘大个子开玩笑。

小梁兴去扭大个子的耳朵。

"大个子不要再撒懒……"萧明的声音近乎酸楚，"我们谁也不是谁的长官，你一定知道我们不会枪毙你。对的，我们是弟兄、同志。这完全是我们自己的事！你应该想想在白天……徐同志和高同志……被割去脑袋的情景！一定要忍耐，什么困苦全应该忍耐过去！为了那死去的弟兄们……"

使每人全刺痛、在日间一幅活现的、人与人之间残杀的画图，又重摆在每人的记忆里。

"检查检查自己子弹的数目——"

萧明挺直了身子，走近大个子躺在的地方，用拳头抵着他的腿说："我们九个人里，死了两个强壮的了。现在只有你，还比我们结实！你知道：梁兴他比你要年轻十几岁；崔大哥呢……要大过你二十岁呀！——起来，检查子弹——"

刘大个子的饥饿忘了，疲乏忘了，他跳起来。

"每人还有多少粒？全放在这石头上——"萧明命令着。

"四十五——十五——十七——九——二十五——十三……"

只有孩子梁兴的数目太少了。他喜欢乱放枪，这时很不过意拿出自己的数目，也放在石头上。他猜想萧明也许会说他什么。

"小伙计，你就剩这三个玩意儿吗？"萧明的眼睛计算摆在石头上的子弹，计算该怎样分配才能平均，才能没有一粒剩余。同时平和着声音，向孩子说："记住！小伙计，不要乱放枪，我们的子弹应该每粒全有用——四十五加十五，十七……九——一粒要顶我们敌人一百粒用！——九……二十五……——现在我们均分吧！一共是一百二十七粒，用七除，每人应该得十八粒。还多了一粒随便谁拿了去。"

"……这粒子弹你们全不肯拿，就放在我这里——弟兄们，要当心，现在我们的子弹太少了！马上……再和敌人开一次火，一定要吃亏！必得要赶到王家堡子，在明天一早晨。"

开始前进——

又开始沿着这无边际的桦林，探索着无边际的夜，踏了蛙的声音和虫子的声音。

一向在脚下，在后面，如一条会唱歌的蛇啾唧地跟踪着人们的小河，现在渐来渐远了，向路的右边爬过去。

饥饿，疲乏，燃烧着每个人！死亡在四处筹备着；闪着光不甚遥远的袭击落在了后面。夏天的云贼一样的快！所有天的空隙处，已经再看不到一颗眨眼睛的星。老年的崔长胜诅咒着说："眼睛太不济事了呀！老年的东西，真是什么也要不得的啦！"

人是铅一般的沉默。小红脸走在他的前边，梁兴走在他的身后。老年人常常要被路上的石头开玩笑。人们只有梁兴比谁更关心他："当心点脚底下的石头！不要尽说话啦！我的爷爷！"

"喂！年轻的小兄弟，你为什么开玩笑，叫我'爷爷'呢？不要这样轻视我！我们是同志！你们全是年轻、强壮的小伙子！你们能够眼看着把那些日本兵赶跑，你们一定会享受到'新世界'的福啦！我呢？一生也就是这样的啦，什么苦楚我全吃过……"

"崔大哥不要尽说话！总要小心跌倒了。"小红脸亲切地说。

"不是这样说，你们都是年轻、强壮的小伙子！我呢！只要一看到萧同志说过的'新世界'，是不是像说的那样好，只要看到，只要一看到……我就甘心呢！反正老的东西什么也没有用。我死在哪里，你们就扔我在哪里——萧同志——你说的那样好的世界，什么时候才能来呢？把日本兵全赶跑了就成吗？"

"老伙伴！当心脚下的路吧，云彩今天遮得太黑了！——对啦，只要一赶跑那些日本兵，'新世界'马上就来！这是一定的。"

在阴夜里，萧明走在六个人的前头。为的辨识不要使大家跑错了路，眼睛常常要睁大着。这样工夫一久，那会发生很不好受的胀痛，汗又开始在前额和身体各部分沁流。他知道自己这样说话在欺瞒老年人。这话他自己全不信任。实在自己也估计不出"新世界"究竟诞生在哪一天。不过他知道"这是一定的"，新的世界一定会来到的。

"一定的吗？萧同志？啊？——"

"一定的——"

"萧同志，今晚非挨浇不可！非挨浇……他妈……浇吧！"梁兴在队尾喊着不甚大的声音。

"倒霉！挨浇是小事，也总得到哪弄点东西吃吃呀！萧同志，你是我们的'领队'，这里的地理你熟悉。"刘大个子说。

"不长进的家伙！你再回去吧！给他们叩顿头，他们也许饶了你，给你个官干干。"

久久不说话的李三弟沙着嗓子又在嘲弄着刘大个子了。如果在日间，可以看到那表现顽强、固执，头发浓密密地压着那不广阔的前额，而眉毛似两条不蠕动的毛虫的人。眼睛深陷。他不大说话，除开和刘大个子说说玩笑，他常是阴郁的，沉默着咬紧自己的牙齿在思想。为了他曾是个缝鞋匠，习惯地坐在无论什么地方，两个膝盖总喜欢对并在一起。

"闭你的臭嘴——"刘大个子骂人的时候并不回头。

"你以为谁也不如你有耐性吗？我们不吃饭，不歇一歇，跑一百里看——"

李三弟不回答他的话。人们谁也不管他们。萧明也觉得这样斗口，可以使人们暂时忘了疲乏，他并不阻止，还加了这样一句说："是的，大个子的耐性，也真不弱于李同志呢！"

李三弟不服了："嗯！屁的耐性！仅仅是干了这几天，就睡在石头上放懒。说尿包话！小子骨头跑哪里去了？赶快回去给你的主子当狗去吧！"

"你个臭缝鞋匠，你要不是我们的同志，我非枪毙你不可！"

刘大个子真的激起愤怒，同时脚步也在加快。

"不错，一点也不错！我是个臭缝鞋匠，还是祖传哩！你知道吗？你现在脚底下穿的鞋，破的时候是谁给你缝的？你还要枪毙我吗？好东西，你也要学会那些王八羔子们的方法动不动像宰牛一样来枪毙人？"

除开小红脸和张德先以外，连老人家崔长胜，全纵声大笑。为了李三弟这样骂人。

"老崔，把枪给我——"

小红脸几次回头看崔长胜走路的艰难，恐怕他跌倒下去，枪挂在肩上是危险的事。他走出队伍，让这老人将枪交给他。

"哦呀！不用吧？老家伙真是不中用的啦！这要累赘……累赘……你们！你要多……多吃力呀！"

老人家断断续续地说，声音是感动的，有颤抖在里面。在暗中彼此略能看清轮廓，他将枪交给了小红脸。

小河流动的声音，已经不再听到了。蛙啦、虫子啦一片叫着的声音，也远远落在后面。身近边的桦木林，也是渐渐地疏远起来。他们已经努力爬到长谷斜斜的左边一带长岗上面。横在前边的，又是一带墨样黑的针叶树。那吼叫是广漠的潮水一样的声音，大河流走一样的声音……

"站下——"

来到林缘，萧明发出停止的命令。

"把枪准备好，上刺刀——这个林子在往常不很平安。狼、狗熊，全有……要注意一点，无论遇到什么，听我的命令，不要乱发枪，发枪的时候，应该瞄准它们的脑袋——张德先同志，你应该担任全警戒。你的枪我知道全比我们发得准——前进走。"

在每人全感到一种兴奋！孩子梁兴他比别人更兴奋，不能自制身子起着颤抖。干吗呢？这又该放枪了。这是射击狼和狗熊，不是和日本兵打仗。他想也许会有一只什么倒霉的东西——无论是狼，还是一只小的野兔，给他们碰到。

老人崔长胜也拿过自己的枪。但他是可以不必准备的，安全地走在别人的中间。

在森林里走路，不如外面容易得多了。要在每条放倒或是耸立的树干间穿走；要在树身上去寻指路的标记。不然走错了，是不容易很快地就能穿出。

多少夹着威胁意味的骚声，一直在人们的顶空上流动。

"小心！不要被横倒的树干、树墩子，弄跌了。"

萧明还是在前边走，因为他比别人熟悉这条路。

松林是平安地被他们度过了。人们又开始呼吸到森林外面的气息。流了汗，这一刻的轻松，在谁全是愉快的。

"他娘的。连一只兔子也没碰到！打一只兔子，到人家烧烧吃也好——"刘大个子失落了兴奋，挂下头，走在萧明的身后面。

"什么样倒霉的兔子，也不会碰到你吧？"这又是李三弟开玩笑。

"闭紧你的臭嘴，什么事情也少不了你，这碍着你什么事？"

"碍着我的事多着咧！"

"立定——"萧明低声命令着，"取下刺刀——"

天际的云，层积得完全没了空隙。听来不甚遥远的方向，有狗在吠叫。现在他们已经停止在长谷右面一带高岗的脊背。眼底下的田野、人家、树林……完全被不可分解的夜纠绞、组织在一起。

张德先取刺刀，把枪的探条弄掉了，寻找了一刻。

"探条这东西最容易丢失的。应该拧紧一点，或是弄一条什么绳系住它……"

"雨点！"第一个是刘大个子敏感地喊出来。

是的，在一阵夜风由岗下面扯过来的时候，真的有雨点落到人们的脸了。

"真是雨点呢！"

"这一定要很大呀！"

"闪——闪——"

"听吧！雷马上就来……"

"在闪下面，看见什么吗？"

"离我们十里左近，好像有人家？"

"有人家？"

雨的脚，开始有踏着草原、踏着田野的声音。已经清切可以判定，从下面，从有狗叫的方向，迈着轻快的步子向这面来了。

夜风变得轻狂，乱打着每人的帽子。他们知道这命运是不可以逃避的。人对于明知不可逃避的灾难，会变得更安定。

"雨是来定了。这地方万找不到能够躲避的地方。躲避现在也来不及。这附近虽然有人家，有狗叫的地方，还不能去。会用枪打我们。在这夜里他们也不会给开门——马上爬到岗的上头去吧……看见吗？到那块大石头底下去集合……"

萧明借了电光一闪动的间隙，指给他们看："……看见？就是那块最大的、探出身子的石头。赶快去集合。这里一刻会有山水卷着石头滚下来，马上就去。——王同志——小红脸——你帮助崔同志。把你和崔同志的枪给我们——走……"

天的周垂，电光玩笑一样，接连地抛动不规则的火带。闪光过去，就是雷的轰鸣。

在闪光的照耀里，人们田鼠一样开始了艰难的攀登。

没有温情，急遽，清爽，雨的脚已经开始踏到这些灰色田鼠的背脊。

——声音是一片沙响……

二 这些全是什么人？

夏天的雨水容易降落，也很容易收场。从不甚遥远的山下面，河水的流动有着喧扰和开阔的响声。身旁每块石头的缝际间也有水在流，像秋天蟋蟀唱的歌。

林啦，田野啦，以及看不出茫茫远远的地方，全呈着意料外的恬静！这会使人联想到一个哭疲乏了的孩子，现在睡着了。

雨后的群星，变得更繁多、更美丽了。它们不是在有意注视什么，看来只是无聊地眨动……

萧明熟悉地寻到了"北极星"——那是在"大熊星"五倍的地方，恰是"小熊星"的尾巴——他清明，他觉到他们还得马上就走。

小红脸的头托到自己竖起的膝盖上，小烟袋空空地捏在手里说："弟兄们，谁有一根没湿过的洋火吗？"

明显这会使他失望！雨水将人身上附带的什么东西全尽可能地湿过了。谁也不会有一根洋火给他。

"我们挨下这个岗去看，如果哪个人家没跑尽，到那里去烘烘衣裳，顺便再找些东西吃——王同志也可以吃袋烟——立起——"

夜凉开始侵袭着人。衣服黏紧着人的身体。裤子阻碍人的走路。鞋子当然全是湿过的，油滑不得力，常常还要踏入路上积水洼里边，溅起来的水星，不被谁注意，又自己落到地面上。

帽子呢，再不能顶在头上了。顺了发梢每行一步，全要有后继的水滴淌流下来，直接摔到地上，或是缘沿着人们面颊上髭须的间隙，周折沁到嘴角边。有时舌头也可以舐尝得到——滋味是不很好呢！

"他妈的，这回才算洗澡呢！连长那王八蛋，放饷扣我们每人五角钱——你们不记得？强迫我们非到他有股子的那塘子里去洗澡！那么多的人，就给一池子水，简直是给猪预备的阴沟！他妈那股味，活人也给熏死。……王八蛋！就知道扣钱……"

刘大个子近乎大胆和放肆地骂着。他还是在这小队先头的第二个走着。他前边是萧明。

"他娶小老婆子的钱，你们忘了计算吗?"这声音是张德先，他是第三连的老弟兄了，和刘大个子在一班，是一等兵。

"娶小老婆子？别说，那小娘儿们还真不错！可惜，我就见过她两回……那回我和老李到他家去摊勤务……"

"对啦！"李三弟在队尾巴上答应着，"对啦。她不是还睄着你笑过吗？你个不知死活的鬼！待两天她还许跟你跑呢！可惜你跟我们来啦!"

"不要你多嘴——"刘大个子粗鲁着声音。李三弟还是继续着说下去："你不要发气，实在呢……你比那个一脚可以踢碎的大烟鬼，不是漂亮得多了吗？她一定会看中你的，可真糟，你的脖子和大腿还应该再长点……烟袋再小点……脸蛋再黑点嘛……那就更漂亮了——她有机会非跟你跑不成!"

在人们的哄笑里，刘大个子气愤到不能再说话一样。暗中里也可以看得出他的脖颈挺得很吃力。

"去——滚开——该挨揍的东西，什么事全要你插嘴。"

李三弟并不为刘大个子骂他而生气。他还是继续地说："我说的是……你总是忘不了舐主子屁股的想头哇!"

"兄弟们！同志们！不应该这样常常吵嘴吧，这能伤和气呢，是不是？萧明同志不是常说革命的同志……一个阶级的弟兄……比什么都亲切吗？"

老人家崔长胜说话向来是缓和的。

"崔大哥说得很对，革命的弟兄应该你尊敬我，我尊敬你的，亲切再没有的啦。"

"这比我的烟袋，我的老婆、孩子、田地和家畜还亲切吗？"这话是埋在小红脸的肚子里，他没有说出，只是响了一下鼻子。

刘大个子是这样想着："我不大相信什么'革命'马上就能来的。'革命'来了，我还是我呀！还不如现在去到那个'绺子'①挂个'柱'②混二年，弄几千，到人不知道的地方一住，娶个小老婆；管他妈的日本兵走不走呢！管他妈'革命'到不到呢！什么……什么呢……"

从山坡的腰端，有小狗吠叫的声音发出来。萧明在前头尽可能择选没有泥水的地方走。右边群耸着不同形的山峰，有的和一只卧倒的拳头样，每处全是生了树木，可以听到树叶交互滴水到地上，嗒嗒地响。

那所茅草垛成的房子，虽然距离已经是不甚遥远，看来轮廓也还是不清楚。那像什么呢？低矬，臃肿，背脊贴近山腰，那里正好是一处凹下的坑，房子全部在坑的里面，就如一只狗，一只懒惰的狗，缩睡在偎就的狗房里。外面还有墙一样的东西，全部用杂色石头砌就的。这已残颓得不成形了。偶尔看来，那只是一些乱石堆。

院心的面积不宽大，任意生长一些杂草。日间由山上下来的人，一些也不用费力，就可以看到院中所有的什么——一个有了缺口的石制的"猪食槽"，和早就塌坏位置在墙角的"养鸡仓"。当然现在不会再有什么鸡和猪生活在这里面了。

树枝编成的院门，经过相当的日月和风雨的侵蚀，已经变成与房子、与这房子主人的命运相协调了。

---

① 绺子：即土匪帮伙。

② 柱：即入伙。

爷爷睡在土炕上。窗外小狗吵叫的声音，使老年人由梦中清醒了自己。他吆喝着狗，同时他想："这又是谁来了呢？"

不爽快地睁开老人的眼睛。窗纸透着灰白，他继续吆喝这条狗，他怕这不安定的叫声激怒了来的人，这条小命又要被断送。老人的狗送过命的不知道有几条了。这只是新从三十里路外背来的，还是一只几个月的小狗雏。

屋角和炕的那一端由屋顶浸下来的水，很匀整地敲着地。破了的还半附在窗框上的窗纸为了风的絮聒，使老人更焦烦。

孩子睡在爷爷的身边。孩子的头紧抵在爷爷多骨的肋下，活似一只脱了相的癞皮小狗，偎傍着老年的母狗。——被薄薄的皮肤包裹着，放在那里。老人什么也不担心，只是担心这个孩子，和小瓦罐里的半罐米。

小狗吠叫的声音近乎发狂了。老人手掌撑着炕，半翘起背脊，耳朵向外倾斜，身体开始起着痉挛——渐渐听到吱喳吱喳……树枝门呻叫的声音了。门似乎象征着老人的命运样，被解着体。老人熟悉这该是什么事情临到了——马上是一些奇妙、没有温情的面影浮现在眼前。那该是一些拿着枪和不拿枪的，鹰一样狼一样疲乏和饥饿的人。

——天保佑！让鬼全抓了他们去吧！

老人祈祷一样合起眼睛，两只手抚盖着孩子的头。已经再听不到狗叫了。窗外有人在说话："老人家睡着吗？开开门，我们要进去歇歇腿脚，随后就走——"

声音在老人听来似乎很熟悉。同时他想这人怎会知道我是老人家呢？

"你们要进来？这里可没什么吃的啦！"老人的嗓子沙嘎着。

"我们歇一歇就走的！"

"那么？……哎哎！我就去开门——"

在一刻慢慢的摸索声响里面，有火柴划动的响声。窗纸上现出焦红的光亮，投射出老人放大带些摇颤的头影。

门开了，老人躲在黑暗里。一直待所有的人全走进来，他又将门拴好："辛苦呀！诸位老爷们儿！"

老人勉强笑着自己的胡须。当他说完这句话，立地他又感到一种错误似的慌张。他想，他们是官军呢？还是……呢？这是应该说"发财"，说"辛苦"是不相当的啦！暗小的眼睛，从顺，勉强，尽可能躲藏在眼盂里面。

人们，谁能够答复这老人的询问呢？他们似乎全明白老人怎样估量着他们，他们被当作什么人在看待着。

屋子立地感到更狭小，低矬……要窒息死人！动转是不便利的。争先每人取下自己的步枪，使它躺放在炕上，或是倚立在人踢不倒的墙拐角地方。不经意，脚下踏到地上的水积，杂响出叽叫的叹息。

孩子感到慌张，一种惊觉后迷惘的不安包围着他，偎蹲在近窗一个炕角里，眼睛扩大随着每人在不灵活地转动。使人想到，医生在酒精瓶里浸存着不足月的胎儿——一个头颅四肢不调协的小东西。

"老爷们儿，一定够辛苦了呀！坐下歇歇腿脚吧！"

老人的嗓子有什么阻碍着似的，声音一点也不响亮。他一向是猜度地看着这些人。这该是些什么人呢？官军没有这样安定，不喧叫。胡子吗？胡子在老人是见惯了的。胡子里面老年人不多见，有的多是壮年的汉子，也许有些不安定的孩子。他只是昏聩地想不出什么道理来。似乎又熟识那个青年人，他想在窗外叫他"老人家"的，也许就是他？——孩子却一刻已经熟悉这一切，由炕角爬出来，又偷偷偎在爷爷的身后，他说："爷爷，爷爷！那是萧叔叔！"

被萧明听到了，他伸展着两只手，那是表示他的手上有水还没干，走过来："你还认识我吗？小成！"

"认识你，你是萧叔叔！"

老人为了孩子的聪明，颤抖地笑着。萧明也笑了。

"老头子，有什么吃的吗？拿出点来！多多的，快——"

刘大个子扯着他习惯了的嗓子，好像当兵时候，在乡村对付吝啬农民那样命令和恫吓着。

"这里能有什么吃呢？别再这样吹胡子瞪眼睛！你不知道我们现在是干着什么吗？"李三弟赤着背膊，狠狠地擦着身上的泥渍。说话时眼睛严肃地逼着人。

"老爷们儿，这里没有什么可吃的啦！"

刘大个子不言语，又如在石头上那样气闷地睡在炕上。小红脸寻到火柴，已经开始吸起小烟袋。

"老人家，你要是有米，拿出来我们煮点吃。"

萧明商量着老人。老人他不晓得这当前的问题应该怎样解答。他不自然地充作大量说："随老爷们儿的便吧！就有坛子里一点米了。老爷们儿喜欢怎样就怎样。柴火是不好点的啦——全湿了，这几天尽下雨……"

刘大个子第一个自告奋勇去烧饭。梁兴也去。老头子从一堆乱东西的下面，提出一只小罐，罐口已经有了残缺。

"米就在这里吗？"刘大个子蔑视地将手探入罐子里，"就是这点点？"无疑地人们全为这太少的米，哑默下去。

"我们每人少吃点吧。熬粥还可够吃的。"

粥好了，因为饭碗不足，只好轮流吃。老人如同在受难一样看着每个贪吃的人。他们是那样的不谦逊哪！

萧明指着那个孩子说："这是个聪明的孩子呢！一年以前我来过这里，现在他还认识我！他爸爸我们同过伙伴。一个很忠实的人……我们打白石山……他'过去'①了，很惨！日本兵完全用刺刀弄死的——现在你问这孩子，他会告诉你，他的爸爸和妈妈全是怎样死的。"

"你爸爸怎样死的呀？"

---

① 过去：即死。

“日本兵拿刀杀的！”孩子发音完全清楚。

“妈妈呢？”

“也是日本兵。”

“你怕不怕日本兵？”

“我？……”孩子看看每个人说，“怕？——不怕！”

这时老人放心了。他知道这不是官军；同时为了这孩子的乖觉，使他欢喜到要流泪。忘掉了诅咒，也忘掉了那半罐米，他很大胆地问着：“你们诸位一定不是官军啦！你们是打日本兵的‘义勇军’吗？我的儿子也是来着……他‘过去’了……这孩子……长大我一定也让他去……替他爸爸妈妈报仇，把日本兵全杀死！我现在老了，要不……反正穷人就是一个死！日本人逮住老百姓，只要你年轻一点……就非给弄死不可。日本兵也常从这里过呀！他们常常吓唬我，用刺刀在我的头上擦着玩！——”

老人兴奋起来活似一个青年人。他又向萧明说：“……在去年这个时候，你不是常到我们家里来吗？那时候，我的儿子、儿媳妇全活着——怪不今天我听你的口音，就觉得熟呢。”

萧明感到一种伤心——他看着这老人可怜的兴奋。

“老人家，我们不是‘义勇军’——我们也打日本兵。”

“你们不是‘义勇军’吗？”

老人的眼睛灰暗下来了，又恢复了他的衰老。

在黎明的时候，他们才开始离开这个小屋和这个老人。萧明把一柄小刀送给那个孩子。

——这些全是什么人哪？老人手领着孩子，迷惘地立在门前，一直看着，一直看着……山谷的树叶把他们盖没了。

太阳已经高升到距地平线近四十五度方位。

山坡倾斜也显得缓和，渐来渐缓和……

下了这个山坡，由两山中间鞍部又向右面折下去，底下又是一带长谷——

　　树叶上面，草叶上面的积水也闪光。一种雨后的苦热，既闷气又潮湿。所有山洼地方的积雾，全升向山峰的地方，一刻又变成行动很慵懒的云，顺着风的方向转动着浮开。

　　下了那两个山的鞍部，又是爬行一般走在谷底。两边的山峰虽然不是怎样陡立的，不过这谷底却是很狭窄呢。人只能单行地走。

　　"同志们，快了，出了这个谷口，再过一条河，对面在几个山怀抱里的那个堡子，就是王家堡子——出了这个山口子，就能看到一个炮台，石头堆的，在那边山头上。炮台上面一定有红旗，如果他们要在那里——他们一定有人在这里等候我们……"

　　由老人那间屋子走到现在，谁也不知道已经走过多少里，除开萧明。——那是天还没有黎明就出发的。

　　"现在我们应该更努力，起劲走几步——只要一脱出这谷口，一看到那'卡子'上有红旗，就什么都安全了。"

　　这是一种希望！在老人那里吃过的粥，现在早已经消化完。"希望"就如稀粥一样，代替着在每人的肚子里消化——只要一挨出谷口，一看到"卡子"上的红旗，便什么全得了救。

　　不可避免，每人全在揣想。揣想当前曾梦一般希望过的希望，现在真的就遇到了吗？那该是怎样呢？他们全是从哪里去的弟兄呢？他们在怎样生活呢？我们到那里不会当作另一样看待吗？因为这样莫名的疑猜和兴奋，队尾的李三弟竟唱起歌来：

　　××！ ×××××××……

　　××！ ×××××××……

　　×××××××××……

　　××，×××××××……

　　×××……

　　一刻全为这歌声感动得合唱起来。老人崔长胜流着泪，感动得舒展着脸上的纹皱。——这歌声是没有节奏，缺乏训练，不整齐的……

"萧同志，有工夫你一定也要教教我！我不是也应该唱吗？这是再好没有的歌呀！"

"好，我们一定应该全会唱！这是我们的口号！现在我就教给你，这是最容易学——来！先唱第一句：

××！×××××××……

××……"

萧明为崔长胜改正着老年人的声音和解释着错误说："……'起来'两个字更是'来'字，应该拉长和再高一点，'饥寒交迫的奴隶'的那个'隶'字长一点，沉一点……像一条铁拧成的绳……"

就如军队行军，或是出操时候唱歌一样。萧明唱一句，崔长胜和别的人们复诵一句。一刻是整齐了！加上山谷的回应——啊！这是一片轰鸣！这轰鸣一直是由山谷里倾泻出来，向着对面山头上有红旗飘动的方向，广漠地飞扑过去。

三　第三支枪

田野上，高粱红着自己的穗头，在太阳下面没有摇曳。收割的日子虽然一天迫近一天，今年却不被人们怎样重视。村子里少壮的农民，更是不注意到这些。镰刀在房檐下的刀挂下生着锈……所有的什么也没准备。全是迫切地揣着自己的枪巡逻呀，守望啊，在被指定的地方。有的时候偶然聚在一起，他们也会谈论由队部那里听到的，是一向由他们祖先也没听到过的一些新的话，新的故事。在他们谁也不肯显示自己不聪明，全要显示自己是英勇的，没有一点胆怯或怜悯来杀一个日本兵，更是杀日本军官。他们鄙视这些东西，他们知道这些东西再无能也没有！有时竟嘲笑到俄国人，听老人说，在日俄战争的时候，好些俄国兵全被日本兵给打败了。就因为俄国兵没纪律，全喜欢喝酒。

"妈的，这年头非干不行。反正不是你死，就是我活。眼看日本兵一天比一天凶。我们的老婆孩子，爸，妈，不干还不是叫那些王八羔子们，白用刺刀给捅了？——司令那家伙真是条汉子，真可以。"

"你说司令吗？他的老婆孩子要不全叫日本兵给弄死，他恐怕干得还不这样起劲呢！人反正他妈得'逼'！——听说新挂上的七个人，是从兴隆镇拉出来的。全有枪……"唐老疙瘩躺在一棵树底下，眼睛半闭，他的步枪也并排地睡在身边。

"听说这七个人……原先是九个，半路上'过去'两个，萧明原先就是我们的人，那不能算数的。"

"萧明，那小伙子也真行，本来是个学生，能和我们一样吃苦，没白念书。"

正午的太阳，火一样燃烧在人的头顶上。全躲在这棵树荫的下面……

高粱叶显着软弱，草叶也显着软弱。除开蝈蝈在叫得特别响亮以外，再也听不到虫子的吟鸣。猪和小的猪崽在村头的泥沼里洗浴，狗的舌头软垂到嘴外，喘息在每个地方的墙荫。一任狗蝇的叮咬，它也不再去驱逐。孩子们脱光了身子，肚子鼓着，趁了大人睡下的时候，偷了园子的黄瓜在大口啃吃着。

这好像几百年前太平的乡村，鸡鸣的声音，徐徐起来，又徐徐地落下去，好沉静的午天哪！

唐老疙瘩睡不着，坐起来，寻到一枚草叶学鸟叫。人们骂他，他吹着草叶提起自己的步枪走了。他要去看看李七嫂。七嫂是住在离此不远大路旁边的一所小房子里。

由树条篱笆的缝际，他看到七嫂整个的胸膛了。她正在捧着一只大的乳头乳娃娃。头在低垂。头发浓密得怪沉闷。嘴里唱的催眠歌，在唐老疙瘩听来，这歌声和那胸膛同样有迷人的气息！他停止下脚步，拾了一颗小石块，轻轻投向七嫂坐在的窗口下面去。

"谁呀？"里面的声音不很响亮。他知道这是怕惊觉了孩子，轻轻推开篱笆的门扇，先使自己的脸探进去。这个脸使七嫂吃惊一样地笑了。笑的时候，充满了蜜一般的单纯。

"你个'下色郎'！为什么这样鬼头鬼脑的？怕有狼，还是怕日本兵吃了你吗？"

唐老疙瘩的眼睛成一条缝，嘴角开始向两边拉长。他一直是没有声音，只有动作，来在对面可以伸手摸到七嫂任何部分的窗口前面。步枪安放在一边，两个肘子抵到窗台上。那窗台只是几段手臂粗细的圆木拼成的。一切什么全在晌午太阳的下面安静着，沉睡着。

"你不去守望，又跑到这里来干吗？"七嫂的眼睑浮肿一点，眼睛发燃一直热望地追随着这个年轻农民每个动作。那浓密黑黑的头发，那棕色宽阔完全裸露的肩膀头……什么全使她惊心。

"孩子睡着了吗？"

"孩子睡不睡，关你什么事？你个屁东西……又打什么念头？"七嫂这样说，唐老疙瘩却只是沉静着声音，更甜蜜地在七嫂不提防中，拧了她一下充血的颊。这使七嫂的脸更红了。显然可以看出她心脏起伏的不平。

"你等着……我放下孩子……非痛打你这东西一顿……你不知道厉害！"

孩子是放在炕上了，七嫂却没有真的来打这个年轻的农民。她只是红着脸颊不敢抬头来整理自己散乱下来的头发。

在一刻的辗转中，这个青年农民的短须，已经开始刺到那充血的嘴上。棕色、宽阔而多肉的肩膀头，也早是高高地压到那双值得夸耀的乳峰上。起始什么全是无抵拒的和谐的，继续是死一样在斗争了。嘴里骂着，粗野地骂着，谁全要将谁裂食了那样才甘心！

在不甚遥远的那棵树下，人们的枪全握在手里。

——有什么事情发生吗？

他反掩了七嫂的门，身体感到病一样的松软。步枪在他的肩上比来时要加重了五斤。不再用草叶学鸟叫了。

"你这驴，到哪去躲懒来？什么全要被你耽误了。这样……我们要到司令部里去讲话——"

值班队长发怒，他高高的身材，一点也不弱地站在那里。手枪挂在腕子上，俨然似一只没有翅膀的"鹰"。他曾是奉天戚家店的一个农民，当过兵，当过胡子，现在他也来加入"人民革命军"，开始和日本兵、和一切阻碍他们展进的敌人们斗争。他杀起人来向是没有温情的，他严厉得如官长一样对待他的部属，人们全叫他的绰号"铁鹰"，这是象征他的猛鸷和敏捷。

"去——将这位同志送到司令部去。回来你也要和他一同回来。"

唐老疙瘩在这样队长的面前，他一向是没有辩白的。他领着那个穿了农民服装的、而确似一个工人的人——由他的鼻孔和眼窝，可以知道他是一个在铁工厂生活过很久的。

"同志，从草市来的吗？"

"从草市——"那个人因为走路太急速和过多的缘故，显着疲乏。他频频地问到司令部的路程。唐老疙瘩本心想要知道这个人是来报告什么消息，或是有什么任务。但他知道这全不是他本分里的事。

"你在车站工厂吗？"

"对啦。"那个人看一看唐老疙瘩的臂章——那是红色布制成的，嵌了一颗单纯的星，颜色是黄的。为了风雨和日光，颜色变得不鲜明了。不过那是红的，也还能辨得出。——随后又笑笑说："你们全是有武装的同志啦！我们那里只能够罢工！除开'罢工'什么武器也没有。现在工厂的四周全有铁电网，地壕机关枪是日夜架在那里呀！日本兵就驻在附近。他们不敢用我们的弟兄——"

看到红旗飘动了。这个工人脱掉帽子，他在致敬礼。在他的眼睛里飞射着愉快的闪光。

"那就是我们的司令部吗？"

"是呀！那就是司令部。"唐老疙瘩觉到这个工人过于喜悦了，喜悦得什么全忘掉了一样。同时也感到自己是在干着光荣和伟大的事业样。李七嫂的胸，那值得夸耀的乳峰，也在这伟大的欣喜里消亡到没有了。

"这位同志，你贵姓啊？"

唐老疙瘩告诉自己的名字给他，更兴奋地诉说自己以及全队几次作战的英勇。

有风飘动高粱叶和豆叶的声音。一股野蒿和小水沟混合发出的气息，使人感到燥渴。

"日本兵才是尿种呢！笨得像狗熊一样！他们也想爬山。他们的东西到这里什么也没用，炮啦，机关枪啦，会拉屎的飞机啦，那有什么用呢？我们什么全比他们熟悉，哪里有山洞，哪里有小道，我们全知道。我们的人一天比一天多啦！就说现在每天全有人来投降……你到司令部……一定能看到一个姑娘……她要和你讲话……她常常要召集我们讲话的啦！她也会放枪。她教我们认识字，也常说我们为什么非打跑日本兵不可的理由……"

舌头因为缺乏相当的湿润，在他的嘴里感到不灵活，而他还要继续诉说他所知道的："……你不能看出她是一个外国人，她真的可是一个朝鲜人呢！她的爸爸是一个朝鲜革命党的首领啦，听说在上海；也不知是叫日本人给弄死了，还是……她是在我们中国念过书——"

通过了村子的堡门，由值班的略略询问几句，便单独带了那一个人去。唐老疙瘩厮混在别的伙伴群里，开始去说笑。

日暮的时候，那已经什么全布置妥帖。

铁轨静静睡在枕木上，丛草和田野上的庄稼，没有骚动。三十个人里只有二十支枪。三个人两支枪，这是没有富余的。

太阳在背后不被注意地沉落，铁鹰队长，手枪仍然悬在腕子上，来复地走，转动他猛鸷像鹰样的眼睛，察看每个人的位置和姿势，是不是适宜呢？枪口或是头顶翘得太高了，会被敌人发现，如果他们停止了驶进，或是有着准备，这是要棘手呢！会白搭了子弹。

"同志们——一切要听我的口令。"

铁鹰队长说话总是这样斩绝。他不等待谁的理解。当他执行命令的时候，他会变成命令的本身——唐老疙瘩不高兴他这样，但是还是一点没有违抗地遵行他的命令。他嘴里咬碎一枚草叶，吐在地上。接着第二枚又咬到嘴里——七嫂的胸膛又擒住了他。在路基两旁不甚深的丛草中间，人们的身子可以全部埋下去。头呢，帽子除掉了，用草做成一个环替代了帽子，这样可以掩护得更周到。没有枪械的人感到一种空虚，他们开始聚拢一些可以抛击的石块在身边。

"还不见影子呀？"伏在那边一个人说。

"这铁道一点动静还没有啦！"

"倒霉的东西们，必定玩够了，才来送死呢！"

"从草市到这里，也是百十里路哇！王八们准是又全喝足了酒啦！他们在车上也准带了不少吃的东西，酒啦！煮熟的肉啦！牛肉盒子……一定也全有！不信？"

"嗯！"

从距离似乎不很遥远的方向，有汽笛悠长鸣叫的声音可以听到。随着是一种固执而单纯的车轮行在铁轨上的骚动。

前边一棵树上瞭望的人，手中的小红旗也开始向这面伸出展动——这是一种信号。两面山峰是险峻的，这是隧道一样的不可逃避。铁鹰队长更接近地，在伏着队伍的前面，口笛咬在嘴里，手枪已经不再挂在腕子上——那是说他迫切地又要开始和自己的敌人赌生命了。

铁轨条在枕木上增加地起着骚动！人们的颊骨开始突出着。眼睛燃烧，握枪的手变得简直有点不准确。差不多这是窒息了一样——虽然这斗争并不是第一次。

晚风刮得凉爽，一个美丽的黄昏。随着一种轰鸣，一种近乎残暴的轰鸣，在口笛的尖叫里，这个软瘫的长蛇，早已被抛在了一边。那每个机轮，还在转动，这是一个运命的结束。

骚乱很容易就平静的。在那边是一堆没有死掉的兵。他们是官军，由草市向平泉为日本兵去送给养和麦酒，还有弹药……

"兄弟们，该多谢你们哪！很辛苦要你们送来这些枪——"

铁鹰队长看来很温和，但是他的眼睛还是在回翔。手枪又开始挂在腕子上。那是灰色的一群，他们困疲一样地暗着眼睛。一刻有点熟悉了，一个兵他竟很熟悉地喊到铁鹰队长的名字："队长，我是认识你，你缴过我两次械呢！你应该放了我们吧？我们会再给你们送第三支枪……第三支……一定的！"

"对啦！弟兄们，我们本来不应该伤害的，这是不得已——马上就放你们走。"

在一切完结了的时候，只有那个连长应该枪毙——

每个人的枪全是双着的。在归去的时候，铁鹰队长的手腕，又照常挂了他的手枪。

这里遗留下的是什么呢？跌破了的麦酒瓶，不必要的弹药箱。列车伸长地躺在一边。机车里没燃尽的煤火，现在也不再有多少烟可冒，所听到的声音，是几个伤残的士兵不能动转的呻吟。他们不断地呻吟和大骂："这，遭了什么王八羔子灾难啦？"

"遭了日本兵的灾难啦！"

"说话的是谁？——啊，还是你，我的一只腿算完了！"

"救急车还不到吗？军医这些兔子，一个好心肠的也没有——"

"放我们在这里——哎哎！连身都不能翻一翻，我的腰骨，一定是完了！这些'义勇军'王八们，干事真缺德！他妈的，逮住他们非枪毙不可。哎，哎……哟……"

"喝他妈的什么浪酒？连长这东西，晚间睡女人白天睡觉！现在横竖完了。——你们看，那个大个子的'义务军'队长，要枪毙他的时候，该多尿！磕头。平常你看那神气……还了得吗？真是……"

“当兵的命，到哪里也是一份穷兵！”

“…………”

“…………”

声音渐渐不连贯，含糊到不能听清楚，麦酒的气息还是很强烈地发散。留在看守这残破人群的人，全躲到高粱地里将由车厢弄出来没跌破的麦酒瓶、鱼盒、肉盒啦，还有橘子和苹果，开始吃和说。有时他们想到不能动转的人，他们用一个人将一些东西送到他们手可以取得到的地方。至于已经死了的，就谁也不再去理他。

“忍着疼，也要吃点，这是机会啦！若不，能捞到吗？这是给日本二大爷预备的！一样是‘兵’，人家就要吃这个！”

“‘义勇军’怎样？一定弄去很多吧？跌昏了，什么也不知道。”

“没有，连一盒烟卷也没动，这真该佩服人！就是把枪全弄去了，子弹也没剩——里面还有我认识的呢！我们在一起当过兵！这些人真够朋友，可怜他们的衣裳穿得可太不够朋友了——光着脚的全有！”

一个兵发亮地吸着香烟。在每个跌伤了的眼前，放下一些可以吃的东西。要吃烟的他给他们燃着了火柴，但是他并不给他们麦酒喝。

完全是安适的。这俨然是一个行乐的机会。他们并不担心义勇军第二次再来。他们知道义勇军对于兵士是没有伤害的。许多的弟兄全知道。

几条毯子铺在就地上，高粱被四开地压折下去。兵士们嘴里唱起思乡的小调，兴奋的时候，便响亮地向山壁上抛着牛肉的空罐和麦酒瓶子。

“百灵鸟，你再唱一支想老婆的调调子，俺的老婆现在不定跟谁睡呢！”

谁在叹息了！于是“百灵鸟”当真又唱起一个思乡的调子：

一更里来，月亮照窗台。

奴家的丈夫怎还不回来？

当兵啊，一去三年整……

这样的岁月怎么叫人捱？呀呀呀咦哟，

二更里来，月亮照满窗。

悔不该嫁了一个当兵的郎！

当兵的人儿是东流的水，

只要离家哟！就没有个还乡……

"唱三更……"人喊着，粗鲁地喊着，冤枉地喊着……

三更里来，月亮正当头！

天河两岸哪！织女与牵牛……

神仙哪……一年还有个团圆团圆的日呀……

夫妻呀，相逢还要几千秋……

四更里来，月儿半朦胧，

夫妻们哪……梦里怎也不相逢？

少柴无米呀……才逼走了你，

恩爱的夫妻呀，两啊两西东……

　………………

百灵鸟的歌声不能唱下去了！一种心酸，一种说不出的恼怒，激怒了瘫在地上那些伤残了的人。他们开始怒骂百灵鸟："百灵鸟小兔子，唱得要人命啊！唱个别的，唱个轰轰烈烈的——别尽叫人难受——"

"不，百灵鸟，还是接着唱这个，唱第五更啊！唱！唱——第五更。"

百灵鸟，一个很漂亮的小兵崽，在日间一定看到他脸色要涨红。

"伙计们，听吧！唱完第五更，救急车就会来的啦！"

百灵鸟的歌声又起了，这是不如先前响亮：

> 五更呀里来，月儿挂西天，
> 世间哪有谁知当啊当兵的难！
> 打了个胜仗呀没有个归家的日……
> 打了败仗呀，骨肉不团圆。
> 打了败仗呀，骨肉不团圆……

"他娘的，我们这是为谁打仗啊？"

这声音一直飘过深谷，飘过每个人的心孔，浸湿着无限际的远野，不蒙解答地横飞过去了！

胜利战胜疲乏。

"同志们，这枪全是半新的呀！一色大盖（三八式步枪），是不是五十支全缴来了，有没有损坏？好，回去再看吧！那个狗连长的一支手枪在谁的手里？"

铁鹰队长响亮着嗓子，在暗夜里，显得身材更挺直了。漂亮地，嘴里吹着哨音，吹着各种小曲，走在前面。

唐老疙瘩摸一摸那手枪的尾巴，还是很安适地塞在自己的裤腰里。他什么也不说，在队伍里，枪比什么都亲切哩！手枪更是难得的东西。

"那一支枪，并不好，不过那是一支手枪呢！"

铁鹰队长，他显着比谁全愉快，把话又转到别的身上去："你们一定听到啦！那个当兵的弟兄说，他还要给我们送第三支枪！"

"队长同志——"一个人在队尾巴上说话，"你为什么要毙那个连长呢？弟兄们不也是一样吗？"

"那狗东西是非枪毙不可的。弟兄们呢，全是好弟兄！'兵不打兵'，司令不常是这样讲吗？那是总得看在什么时候了。日本兵也是一样，逮住不一定就杀了他——可是官一类的东西都是饶不得的。"

归路经过李七嫂的门前，已经听不到孩子的哭声，也没有灯光。

经过每一部卡子，那全要有"口令"问答的——这是第一道卡子。

"口令？"随着是扭枪机的声音。

"胜——"

"胜。领字？"

"铁——"

缓和了，在沙袋后地坑下面有人爬出来。灯光一闪，探视出相互的面貌。

"铁队长同志——"

"萧明同志——"

"回来很快！司令知道你们必定胜利，所以没派援队去。命令我在这里接援你们！"

萧明亲切地握过铁鹰队长的手。相互举举臂膊没有行军礼。他让这踏着胜利步子的——这已经近乎勉强——一队，过去了。这里是有些灯光的，这全可以用鬼一样的眼睛相互传达着尊敬的笑意。偶然发现了在赤着脚的上面，有了胜利的血渍。

萧明的叹息埋在自己的心里："这是胜利吗？"

刘大个子和李三弟到前山去巡逻，回来了，他们知道胜利的消息，特别是李三弟，他欢喜得不知道该怎样。

"萧明同志，你一定看到啦！他们弄回多少枪来？那一定一人要背三支两支？"

刘大个子并不怎样关心到枪，他问萧明："他们是不是截的给养车？那样，他们缴械，一定要吃一顿饼干……罐头，保准麦酒也许很多咧！嗯！我押送过这样的车，也是给日本军官送去……"

半睡在地坑里的别人，也被他们扰乱醒了，接着第二班巡逻的人又开始出发。

露水是很浓重的。为了一种内心的烦乱，萧明很闷气地不再蹲在地坑里，轻轻地爬出来……

草间露水浸入鞋里另有一种沁凉。天东已经有海水一样的云了。太阳还没有光带放出。在几千米达地方的树木也还是很模糊。

轻轻听到有汽笛在什么很远的地方不断地长鸣。

——这许是敌人要来攻击吗？

遥远地，遥远地，是什么声音呢？飞机不很轻快穿着薄薄的云层，向这面飞动了。

他观察得够确实，他写了报告用脚触醒了刘大个子。

"什么事呀？"刘大个子蒙眬地坐起来。

"去，赶快，将这报告送到司令部去——"

"什么要紧的事，这样急！"

"敌人快要来攻击我们——"

刘大个子不相信一样，挺起他黑细的脖子："叫李三弟去吧！"

"一定要你去，李三弟留在这里还有用。"

萧明变得严厉。

"好，我去，我去……我回来还到这里吗？"

"那是当然的——"萧明接着说，"司令如果有什么命令，你要赶快带回来。"

刘大个子挟起自己的步枪，爬出了地坑，听到飞机哼叫的声音了。他感到一种空虚——这如果接连投下几个炸弹，便什么全完结了。

沿着树荫前进，时而要伏到地面上等待动静——事实，飞机并不会为了他一个人就投下爆药来。

他尽可能利用他当兵时候由每次战场上记忆起来的经验，躲避着，前进着，他知道这报告是非赶快送到不可的。

——天照应吧！革命的红光照应吧！

这是一种祈祷，一种盼望，使刘大个子由空虚转到了充实。

——该是一种错误吧！"革命"和当兵是一样的危险啦！全要赌生命！娘的，全要赌生命！

他很悔，不应该不和李三弟一同来。那是一个胆壮的家伙！什么也不怕。有他在跟前，他也不会这样软弱的，为了面子的缘故。

——当了半辈子兵，也没娶到一个老婆！现在革命了，也许"命"革完了，大家就全有了老婆。革了命老婆就可以不用钱买得啦——娘的，飞机一下蛋，就什么全完了！

思想是几千条电的闪光。但他的眼睛还是不能改变地盯住前面。

四 夜 袭

"非得退却不可——"

"为什么呢?"司令对面那个朝鲜姑娘说话了。这在刘大个子比听司令的命令还紧要。那是一个很漂亮的小东西，眼睛像两块黑宝石；同时在前额表现着充分的顽强——突出的，生着很浓黑的头发的一个饱满的前额。

"你写一个命令！"司令随便用两只骨节奇突的手指，轻轻触动桌子。他发音不很漂亮，而且又有些重浊，命令着他的女秘书说："要这样写：接到命令，就将原有守地的堡垒破坏，马上退却。随便踩哪条路。在下午两点钟，一定在龙爪岗集合。叫他们不要惊动住民——写上发命令的时刻。"

司令说话直到完，他的面部也没有变动。每个字似乎全在思索，全艰难地从那很整齐的牙齿里进出；眼睛投射着远方，一刻又投射到命令纸上："就是这样吧！誊清了我来押名字。"

命令一共是五份，每张都要押上"中华人民革命军第九支队司令，陈柱"的名字。

"这位同志，把这份命令你拿去，交萧队长同志。"

"没有别的事吗?"刘大个子虽然用习惯了当兵时候的姿势,挺立着讲话,他的眼睛,却贪婪地看着那个朝鲜姑娘——她在忙着整理什么呢?笔啦,纸啦,一直是向着囊子里装。最后把一支手枪也挂在自己的肩上。

"就是这样,你要用跑步——马上就走——"这是单纯,什么不走的理由也没被刘大个子找到。

陈柱眼睛送着这个长条个子,转动着不大强健也不大灵活的背影走出去。他没有批评,也没有思量。

"你收拾。收拾好了弄妥自己的手枪,我们马上就要开拔——"

女人没有说什么……

陈柱眼睛显着深陷的,声音也一同近乎深陷地走出去。口笛一头的皮条套在脖子上,笛子却装在左面胸上一个衣袋子里。袖子高卷到胳膊根,习惯一只手常要抓紧腰间的细皮带。虽然他的手枪是挂在他身子的右面。

天气有点阴惨!太阳被朝云遮蔽得够受,才透明,又被后来的云层填补了这缝隙。朝雾也还没有散,在后来竟变成准备要落雨的天空。屋前的石阶像被雨水浸过一样湿润。

"……同志们,在半点钟以内,把什么全弄好,现在把不必要的东西先埋在地下——不要惊动乡民。崔长胜同志呢……把他送到可靠的人家去……他是个老年人,还在病着,敌人就是进来也许伤害不到他。解散。半点钟听我的哨音,还在这里集合。我要检查——"

崔长胜深深睡在东面一带厢房里。在起始集合的哨音就叫醒了他。接着他听到纷乱的脚步声,接着是司令的宽大而不甚响亮的讲话,而后呢?又听到关于他。

"这是怎样了呀?要向什么地方退却呢?一定是日本兵进攻来了呀!是的,他们夜里弄来了那些枪!我是被留在这里了。日本兵一定会杀死我,这堡子里的男人,除开太小和太老的,一定全跑的啦。剩下些女人!还有我……"

一种酸心和嫉妒的交流很凶猛地穿过他的周身。

"要留下我吗？为什么呢？我是应该叫敌人的刺刀穿死的啦！"

一种愤怒激动得使他要坐起来，也同别人一样，拿起自己的步枪。但几次挣扎使他失败了。他失败得像一个孩子那样哭着。当每一抽动，可以看到那肋骨怎样地透露。外面又听到纷乱的脚步声，他知道这是解散。恐怕马上就有人到这里来，如果看到他这样，这是一种侮辱！

"为什么呢？老的东西不应该死掉吗？这是很合理的——这是为'革命'死的呀！"

他宽慰自己，努力使自己伟大，可是不过一刻又使他陷入了不可分解的悲怆。空旷的大炕上，席子不完整和污黑，地上、炕上以及每处，可以看到破得难堪的鞋子和被遗弃的子弹空壳。

对窗屋子里拉枪栓和说笑话，使他格外焦心！他知道同来的伙伴一个也没在那里。他已经几天没见到了萧明。他也想到小红脸吃烟袋时的样子，至于刘大个子呢，他一向便不喜欢他。切心地想念着孩子梁兴。

"崔同志，怎样？"崔长胜在梦一般的蒙眬里，觉得有灼热的手掌摸抚到自己的前额。他将眼睛翻到陈柱的脸上，随着他看到站在旁边的是那个朝鲜姑娘。但是他说不出话来。

"我们暂时要离开这里，你怎样，我的意思……你留在这里……不会有危险的，我们已经安排妥了一切。"崔长胜只是不适度地点点头。

朝鲜姑娘拿过他的手，一面凝视自己腕子上的时表针，崔长胜感到一种很不安的舒适。

"多少？比昨天？"陈柱说。

"渐少……"朝鲜姑娘缓缓地又将那只手送到原来的地方。

"我们就要出发，立刻就会有人来抬你——同志！我们很快就会见到。"

崔长胜目送着这两个温和的影子，现在他恬静、安适，也不感到酸心。只有笑着的老人的脸，等待他们或是任谁给予他的命运。

在临出房门的时候，安娜低低说给陈柱，那老人的脉搏，比昨天一百动又多了十几动。陈柱的眼睛只是更深陷些。

一具软床抬着这老人走了。陈柱站在屋前石阶上，口笛咬在嘴里。太阳还是透不出光芒，天空显得狭小，南边远远的河流，像不动的水银。

"……不要惊动，半点钟到堡子西头'羊肠口'那里集合。沿着有行树的方面走，记清，就是那个小桦树林子里。——现在正是八点。出发。"

一共是五个小队。陈柱目送着每个小队全走去——严肃，没有烦扰。口笛照旧投在袋子里。增加了一支步枪，挂在肩头上。走在他后边的是安娜和另外三个人。她没有步枪，只是一个囊子和一支手枪。

有飞机拨着云层发着叹息了。人们的脚步轻急而巧妙地，躲避路上的石头。

命令像有翅膀的火蛇，穿着每队，穿着每个人的心孔。——这是退却的消息。

退却在老队员们是和攻击一样平常。没有感动，没有骚乱。虽然新加入部队不久的伙伴们，会感到不安。这不安很快也就变成安定，就如什么全安排定了一样，全循着这安排走。

小红脸安定地吸了几天烟袋。在他预感到也许又没了他吸烟袋的机会了。刘大个子空虚地垂下头蹲在地上，为了疲乏的缘故，他这时看来什么兴致也没有。不说话，两只手像猴子攀树似的，使自己的步枪竖在地上。

由前边退过来的小队，很散乱地取着各种各样的姿势。面部上看不出什么不一致的表情来。队长们有的走在队前面，或是后面。最后是铁鹰队长的小队。他向这面打招呼："同志们!"随着嘴里拧个呼哨,乐观地走过去。萧明也举起一条臂膊,挥动着,也是一样乐观地目送着。

"这家伙,真来得,看身量! 够一条汉子吧! 多么壮!"

李三弟,他起始就爱着这个铁鹰队长。他常常有机会就称赞他:"好家伙!"

所有前面的小队全撤退了,萧明的小队应该在后面担任掩护一个时间。必要时那是有歼灭和扑杀敌方侦探的任务。不过总要避免和敌人正面冲突。

"李同志,"萧明命令着,"你和梁同志在后面担任警戒,必要时放枪——三发——距离在五百米以外就可以——我们开始走。"

转过几段高粱地,萧明和别的人的影子全看不到了。李三弟和梁兴伏在地上,尽可能使草丛埋下自己的身子;枪口伸向前边。

这地势近乎凸起,同时也可以展望得辽阔些。——那是一片伸着很整齐穗头的田野。

一个人从后面跑来。是唐老疙瘩。

"为什么一个人跑回来?"李三弟扭着头使自己前额微微翘起一点。

"有任务——"

"什么任务?"

"这不能说给你!"

"我有权力,不许你通过……"李三弟微笑着,同时真的把枪身横过来。

"不要玩笑,我没工夫哇!"

"来会李七嫂吗?"李三弟眼盯着那面一所孤独的小房子说,"真的,她住在那里不妥,日本兵来非要吃了她,赶紧叫她到堡子里去——"

李三弟看着唐老疙瘩走着,加紧摇动着肩膀和背脊。身上的衣服被汗透成黏湿。他也没有带着自己的步枪。

梁兴纵起孩子样的笑声，用一只拳头抵打李三弟的肋骨说："这家伙真是老婆迷呀！什么时候哇，他还顾她，不要命啦！"

"你还是孩子呀！不该懂得这些个。"李三弟将梁兴的拳头扭离开自己的肋骨。

门扇没有掩紧，唐老疙瘩性急地竟使这门解了体。立地听到一种充着惊悸的喊声："谁呀？这样推门！"

孩子哭声开始响亮，妈妈在拍着孩子，嘴里接连哼着不连续的催眠歌。及至她看清楚了是唐老疙瘩，便什么全安帖了一样，眼睛不甚扩大地盯着这个青年的农民说："你怎又来了呀？队长知道了一定要敲你的骨头——今天早晨有飞机来过，你看见吗？日本兵要来吧？——还不好好去守望，尽往这里跑，像离不开乳妈的孩子似的。"

女人真是有点迷人呢！这话在平常该怎样甜蜜？今天却不啦！

孩子又哭了，妈妈断了话，来哼催眠歌。她丰满的大乳头，贪婪地在胸前垂挂着，起着诱惑地颤动。——唐老疙瘩今天他喘息，晕呕，一直看着李七嫂。急切使他不能说明他当前所要说的。

"你怎么？"李七嫂没有把握地问。

"全得完，全得完！日本兵一来了，像你这样年轻轻的娘儿们，至少他们要用二十个人来干你！吃了你！赶快呀，小妈妈娘收拾吧，抱着孩子到堡子里去吧，孩子不能抱就扔他……谁也顾不得……反正孩子是可以再养的……快呀……"

李七嫂的血正如一缸腾热的豆汁，唐老疙瘩的每一句话，正是卤水，这会形成一种可怜的分解。

"究竟怎么回事呀？日本兵到什么地方了呢？你们的队怎么没开枪？——孩子不能扔啊！孩子怎能扔呢？日本兵杀了我也好！"

"他们不杀你，他们要用你哩！用够了才杀了你！走哇！掉眼泪有什么用呢？这是什么时候这……嗳……你还掉眼泪？——我们的队退却了，这里一个队员也不能留，这是司令的命令。"

李七嫂像铸在炕上一样，不动转，只是一把一把拧下鼻涕和泪向地上抛……

孩子号叫着，唐老疙瘩忘了自己流下来的汗，流到嘴里是什么滋味——在遥远听到炮声鸣动了，飞机叹息的声音也有了。李七嫂忽略这些，一直是向地上抛眼泪和鼻涕。

天空恬静，附近豆丛和高粱地里有蝈蝈叫，林子里也有鸟叫，鸟叫的韵节很不齐一。

土围墙残缺得不成样子。自从李七哥死了以后，什么土墙啦，房上的茅草啦，也全像死了一样。

在生着丛草的墙角里，有一只犁杖被埋没地瘫卧着，仅还能看到那被雨水淋白了的柄手。房檐下钩曲的锄头和镰刀，也全锈得没有了光亮。

透视过窗口，当前的就是鸡冠山。要到龙爪岗集合，就必须要爬过那带山梁。

唐老疙瘩他主意打定，在七嫂不注意拍着孩子的时候，像一只老鹰提小雀抓过孩子便向外跑。后面七嫂不抛鼻涕了，什么也不顾，她要争夺她的孩子。

"你要吓死他，你要他的命！你要我的命！啊……好孩子不要哭……不要哭……你为什么挟着他……该死的……他的小命一定要叫你断，断——了呀！"

唐老疙瘩什么也没听到，孩子抓他的胸，他的眼睛只是盼望一步迈到堡子里。

这好像疯狂的转走。炮的轰鸣，飞机的叹息，在他们看来全是浪费。

李三弟嘴里咬碎一片草叶，滋味很涩，很苦。一种近乎苦痛的渴燥在嘴里燃烧。梁兴要睡过去，一只手附在枪握把上，有轻微的鼻声响动。——太阳在天空炙灼人。

大路上看去似乎很平静，一切也全似乎很平静。如果不是提示着当前就埋着血的斗争……人许忘掉这是什么世纪，人趴伏在这草丛里做什么。

"不要睡——浑蛋，这里是做梦的地方？"

李三弟扯动梁兴的一只耳朵："听！有炮响呢！"

茫然的，孩子由梦里被拖回来，起始眼睛蒙眬着，什么也不了解一样看着李三弟。李三弟用手向前面指指，他又顺了李三弟手指的方向，蒙眬而茫然地看过去。

"有敌人哩？"他近乎惊愕要跳起来，李三弟止住他。

"不要动——敌人还很早，放炮的地方离这里，起码要有十里地哩！"

"我们该怎办呢？是趴在这里，还是爬上去看看？"

"炮弹在半空炸了，那叫开花弹——看那白烟像云彩一样的小团，就是开花的地方。底下的高粱至少要坏一亩地——你没打过大前敌，他妈的这东西才讨人厌呢！"

李三弟用着有经验的说话，梁兴变得更幼稚，看着前方——距离这里有五里地上面的天空，那团团近乎白色云一样，缓缓游动的弹烟。他满怀着新奇说："这老远放炮，打他妈的谁？狗屁也打不着！"

"他们不是真的想打人，——这里面也有我们的同志，一定的——日本兵在后面，前面是中国兵！他们放炮是吓唬我们——"

"司令那家伙，为什么偏要退却呢？干一下多么好！"

梁兴扭开自己的枪大栓，轻轻地拉下着，又无意识地看了看睡在弹巢里的子弹——一共是五颗，一颗被推上去，推进弹仓里面。只要下面的扳机用手指一触，便可以发射，一个生命便可以完结！他的手指却只是附在护手圈的外面，嘴唇不经意地在颤动，他期待地看着李三弟说："怎样？还趴在这里？这多没意思！"

"扭好你的保险机——"李三弟短促地命令着梁兴，同时他的眼睛一直盯紧着那只拉枪栓的手说，"干吗？总是这样孩子气！枪走火是危险的，我们这是在做警戒——记住，无论什么时候总要注意枪走火！不放的时候，就要扭死保险机——我们还得留在这里一会儿，唐老疙瘩弄老婆去了，我们走了那会叫敌人捡他的蛋！"

一种骚动，唐老疙瘩跑在前面，孩子在怀里死一样地嘶鸣。李七嫂的头发散乱在脸上、脖子上……她的衣襟没有扣好，一只乳头颤颤地落到外面。

"怎么啦，日本兵不会就来的！唐老疙瘩你这鬼！你要怎地？"

唐老疙瘩不说一句话，李七嫂也不说一句话，他们一直向堡子方向赶过去。

孩子的嘶鸣，女人的诅骂，全随着风跑开，这里没有留下一些痕迹。李三弟他们还是照旧爬着，爬着……一刻炮弹轰鸣声由远而近。

"怎样？我们还是这样？"梁兴看着前面，怀着希望一般。

"前进——"李三弟提起自己的步枪。

"前进？"梁兴疑惑着，心脏马上增加跳动，机械地随在李三弟的左面。他们抛开大路在高粱地里穿走。高粱叶子常常要割到人的脖子，活似一柄玩笑的小刀。附在高粱秸秆上的蝈蝈，听到有人走动便停止了吟唱。人走去不多远，它会重新再吟唱起来。

"在家你常捉蝈蝈吗？小孩的时候。"

"捉——你呢？"说话的梁兴不经意踢折了一棵高粱，那穗头是深深地躺下去。

"小心绊倒——我小时候也捉过，后来就没有工夫了！"

"你为什么要学钉鞋匠呢？"

"老人们的主意。"李三弟如有多少沉重的东西，全埋在这句话的里面，接着说，"老子是个钉鞋匠，儿子也没有权力不钉鞋！"

"你几岁开头的？"

"八岁。"

李三弟他也许毫没有兴致说到他的童年。童年犹如一条曾咬过他的蛇，他近乎恐惧和愤怒，只要一想到或是提到他的童年，他一直这样想着："将来总是光明的，只要死一般地干下去，过去的叫他滚蛋吧！"

豆子地里穿走比较要困难。他们还需要隐蔽着身子。顶空上有飞机威胁的声音了，他们暂时停止住，顺了垄空向大道方面观看。——一会儿是似马的嘶鸣，蹄音在不甚远的地方嘚嘚着地。

"注意，这一定是敌人的骑兵侦探！"两个人如两只山兔，柔弱地顺了垄沟伏倒。枪口探向大道的旁边。

"射击吧？"

李三弟不理他，只是侧起耳朵，眼睛不转动地望着……

马走得并不急速，同时听声音也不繁多。马刀鞘发光，马枪在人的肩头上不稳当地蹎动。帽子扣到脑后，在下面招展着一条毛巾。每人全这样，那是为了遮蔽阳光、擦汗和企图招来一点凉风。

军官走在前面，他显着疑虑、畏缩，同时是怀着不可知的灾害样，大声地催斥着自己的马。四个乘马的骑兵走在他身后。他们没有什么跼蹰。

马全很膘肥，皮毛起着光泽，全是有汗的。

"怎样？放吧？"梁兴的枪担到垄台上，不可掩的枪身显着颤动了。李三弟看到这一点，他笑着说："不要慌，孩子——扭开保险机呀！哎哎！向上一推，向右——对了……瞄准那个军官，看清吗？发光的，骑铁青马的那一个。预备——放——"

在升起的血轮里面，人影扩大着滚在一边；马的前脚高高地乱打着天空……

铁鹰队长无顾虑地走在队的前面。道路熟悉的前进是迅速。一直到拐上另一个山梁，他才发现在队尾巴上单独少了唐老疙瘩。

"唐老疙瘩哪里去了？在后面拉屎吗？"栗色的眼睛转动着，他让过队身，暂时站在一边，急切固定地问着每个人。

"大概去看李七嫂——"队尾巴上一个队员这样不确定地说。

"李七嫂？那是很接近敌人的地方啊！——他的枪呢？也带去吗？"

"没有，我这里给他背着呢！"一个队员很轻妙地回答。

"倒霉的东西，为一个娘儿们，什么全忘了！命也不要了！弟兄们的命也不要了——非给敌人捡蛋不可……"下面应有这样一句话："……那非招认出我们的地方不可，知道地方就什么计划全完。——只要一顿皮鞭子，这样的癞蛋！"但是他没有说。觉得应该还是埋下去吧，这会增加了队员们的不安。只是扩大地咬一咬自己的颊骨。

"站住——"小队漫然地停下，"把那支枪给我，谁还愿意去？只要两个人，我们去看看这个倒霉的东西！你们先去龙爪岗，见到司令就说我们马上就到……不要说什么……就完了。"

两方开始分开，背驰地走去。小队爬过山梁看不见了，这里开始听到炮声的轰鸣。除开铁鹰队长另外还有两个队员。他把腕子上的手枪插起来，肩头上挂着唐老疙瘩的步枪，只有一袋子弹。

"听见吗？炮——应该赶快迎上去——拣小路走。"

小路曲折得够艰难！野藤萝纠绞人的脚胫，非常刺痛。一刻有很新鲜的血流出来。遥远是炮的轰鸣声，这里的山壁全蒙到震动。

"李七嫂是怎样个女人？唐老疙瘩这样着了迷！谁看见过？"

铁鹰怀着一种说不出的腼腆，同时也还矜持。虽然他不是怕别人说他不严肃，事实严肃并不在谈说女人。他一向是矜持的，无论在同志的面前，在司令的面前。这固然不是资产阶级的军队，但他总觉得革命军的纪律比资产阶级的军队，更要严肃，更要认真。他无时无刻不想要模范地，没有温情，做个铁般军官样子的队员。

"那女人吗？老实是不错！大乳头，强壮，嘴唇是厚厚的……"另一个队员说着的时候，显着很贪婪，更特别兴奋使自己的步枪向上蹿了蹿，眼睛眯着，翘起一嘴黄牙齿，和一张没有胡须的麻子脸。鼻子扁平的。"妈的，就是她看不上我！这算没办法！那家伙是非常厉害啦！她看不上的人，连话也不和你说一句。"

铁鹰队长看一看他微笑着。鼻子起着拱动的褶纹。温和地自己在想："是这样一个来得的女人吗？"一种本能的力冲荡着他。还笼罩着淡淡一层嫉妒——她怎么给唐老疙瘩那家伙弄上了呢？

"真是危险，日本兵一定不会饶掉她，我们应该赶快吧，拉她到什么地方去，堡子里我们的敌人一定要占领，那也是不妥——"

"最好，还是叫她加入我们队里来一齐'革命'。司令那里不是也有个朝鲜姑娘吗？革命也不能少女人哪！司令不是说，革命队里不分男女吗？也不许男人打女人……"

铁队长不再听这个麻子脸队员关于女人的提议了。他向另一个队员——一个大身材的不足三十岁的农民——说："有枪响了！听，一下……这是哪方面射击呢？不像很多人放枪——不很响亮嘛！——这一定是打中了人——马叫——飞机——"

沿着一带高粱地前进。工夫不多大，听到顺着那面大路有杂乱马蹄的骚动，和马刀鞘交组的声音飞跑过来。

"卧倒——枪瞄准好——听口令——放——"

接连是一并排嘭……嘭……三响，一样是在血轮扩大的瞬间里马的前脚搔打向天空……

第一个是铁鹰队长先跑出来，步枪抓在左手里，右手抓紧手枪，脚踏到正在地上抽搐，受着苦难的，还没有死掉一个的前胸，手枪逼住他，问着："你们共来多少王八蛋？"

"……"他眼睛翻绞着，牙齿击打着，有团团血的泡沫从嘴向外，向地上飘转。马蹄踏过人的头颅，飞跑过去。两个队员，每人分摊一个也检视那早就死了的家伙。开始取下他们的马枪和子弹。好的鞋子换下来，抛开自己的破鞋子，而后全来围住这个垂死的，受着苦难的家伙。

"弟兄们，这家伙活不成了，送他回去吧！谁来做？不肯？好，看我来，闪开点——"

什么苦难和罪恶，全在这"砰"一声里结束了。

铁鹰队长插好手枪，他要取下那马枪，枪已经不中用了，折断了握把。只是拿到两袋子弹。

"我们应该就走——"

沿着高粱地，他们忘了是来寻唐老疙瘩，只是为了这样意外的获得，兴奋着每个人。

"队长同志，卧倒吧！对面又有人前进哪！"

很快就认出那是李三弟和梁兴。他们正在追赶才死掉的三个逃跑的敌人侦探。

每人的脸色全焦急和兴奋，红红的，背上又多了一支枪和两袋子弹。梁兴显着很吃力。

"喂！你们还干吗？"铁鹰队长举着他一只胳臂。

"队长同志——怎么你们也跑到这里来？——那三个骑马的你们收拾了吧？"李三弟显得样子固执、刚强，接着说道，"正好，我们收拾两个，他妈的，还有个小官崽子！"

"我们来找寻唐老疙瘩！"

"唐老疙瘩？他向堡子里去了，怀里挟一个孩子，李七嫂哭着嚷着跑在后面——"

铁鹰队长沉思了一下，说："好！让他自己去到龙爪岗吧！我们不能再停留在这里，也不能再到堡子里去——我们尽杀的是一些本国的弟兄。日本兵，这些王八蛋，尽在后面，真聪明。我们是主张'兵不打兵'，不独不打本国兵，外国兵也不打，只是和那些统治东西们算账！现在实在是讲不了！"

铁鹰队长这样感动，在谁也没看见或是听到过——他一向是刚强的。没有为了什么感动过。

身子拉长着，刘大个子睡在的地方，离司令和那个朝鲜姑娘很近。这是一片平整很好的广场，没有石头，也没有野藤。有草，柔软得像乳羊毛一样。

四围山岗上有守望的，路口有步哨，应该休息的人，可以安心睡一刻。吃烟，谈话，随便说女人，这里是没有禁止的。可是人们全似静止着的水一样没有骚动。谷底好像没有过什么增加，照常的空旷。小红脸孤独地自己吃着烟，每次吸动闪起的火光，也是不起劲。有几处响着鼾声。周围山上的树木也是静静的……

　　"该是出发的时候吧?"朝鲜姑娘在说话。刘大个子听得出来。

　　"还要待一刻，等那面回来信，就可以出发——反正什么全齐了。"司令陈柱的声音，刘大个子也听得出来。粗哑得很好笑。接着他又说:"现在的步枪……每人可以摊到一支很好的——白天，铁队长他们弄来的四支马枪，也是很好的。你不要来一支吗? 那比步枪要轻一点。"

　　"不，还不需要，我有手枪就可以。"

　　他们暂时沉默着，静待着什么一样。

　　刘大个子很不安宁地躺着，用手扯地上的草，使自己的身子仰卧，看天空的星云。——很层密，不能透视到底，像一条边幅不整齐的白色带，横贯过天空的，他知道那叫"天河"。在他幼年的记忆里，他也知道在天河两岸有"牛郎星"和"织女星"，"王母娘娘"每年七月七日才许他们见一次面。

　　一个黑影从山岗上面低低地爬下来，一直向司令坐着的地方爬过去。司令向这个来人闪了一下手电灯:"孙同志吗? ——怎样?"

　　"那里万事齐备——这是齐同志的报告。"

　　借了手电灯的光亮，司令和朝鲜姑娘看报告。送报告的人兴奋着眼睛向四周回翔——空间里埋着些什么呢? 谁在唱起低低的歌来了。接着有人在合唱。那歌是每人所熟悉的。刘大个子使自己的身子又翻过来。

　　"马上出发?"

　　"……"在昏暗里朝鲜姑娘问话。没有回答，只是陈柱笨拙地动一动头，接着轻轻吹动两下金属的口笛——集合各队长。

"同志们，我们马上就出发，要按计划走。那里万事全齐备——在两点钟的时候，必须要将堡子占领。现在正是十一点半，对准你们的表。"

手电灯一齐闪光，接着什么全活转了。一刻以前还是被人们热爱着的草地，现在像被遗弃了的女人。曾热爱过她的人们，又开始去爱斗争。

小队长按照着自己的任务自己的路线，分别地进发。这时候，这时候应该是谁也不能顾谁的时候。充满每个队长和队员当前的希望就是斗争。谁也不会想到这次斗争会使自己死掉，更不会想到死掉以后的事情。群的力鼓励着，在斗争后面好像才有生活。

刘大个子不再记忆那个好看的姑娘了。一任她和司令走在后边，他不再想到那朝鲜姑娘和司令那家伙会有什么意想到的事情发生。他觉到别人也许不会拟想到这些事上去吧？为什么呢？他会想到这些？他想着"革命"一定能够给他一个老婆。

爬过一个山岗，又是一个山岗，爬过一个谷底，又是一个谷底。一切全是安宁的、和谐的。不安宁、不和谐的只有冲锋的人们的心脏和血流。

"停——"

在一处不甚大的桦林里，两个小队停止下。第四小队长检点他的人数。萧明也是一样。

"休息十分钟——马上我们就要抢敌人的窝子。杨队长同志你攻左面的围墙，那里他们不容易守的，我和萧同志一队攻大门——只要我们一动手，里面齐同志就会接应。这里人数还不够一连，里面有一个日本连副和一个军士，单独住在一个房子里。大约就是我们原先的办公室——如果他们抵抗的时候，就枪毙——"

司令并不站在固定的地方说话。他沿着这近乎四十人所在的周围走着，似乎察看着每个人。

桦林起始轻轻地响着叶子，渐来是有风声走动。萧明和第四小队长杨克达，并排坐在一棵横在地上的树干上。——那是一个个子不高大的，脸上有些麻子的人。说话时声音尖锐。

"杨同志，你攻西墙，小心开枪……你不要打了自己人——认清了我!"

萧明和他玩笑，杨克达用拳头捶了萧明一下大腿说："'枪子'是没有眼睛的!"

"没有眼睛可有'麻子'呀!"

人们笑了，连坐在一边的朝鲜姑娘全笑了——这使趴在树干上的刘大个子，起了一种莫名的喜悦。从这时候人们便叫杨克达作"枪子队长"。

司令凸着他的颊骨，一样也是赞成旁人的笑。

"枪声——"

"接连上了——"

"准备好——出发。"

深深地爬过了一条长沟，枪声更繁密了，渐渐能听到有子弹尖叫着飞动的声音。沿着每处的墙角，尽可能利用着遮蔽，采取各种姿势跃进。

有火光冲上了天。不驯顺的烟柱打着盘旋，女人们、孩子们各处起着不统一的哭叫。狗发狂地吠着，子弹顽固没有温情地一直穿走，划着空气尖叫着；或是像低飞的麻雀。——正在逃跑的妈妈，怀里的孩子被流弹贯穿了脑壳，她没有觉察，还抱紧在怀里，颠簸着发髻飞走。一直到发现孩子的脑袋有了流水洞孔，才摔到地上，却忘了哭。

无数条火舌疯狂地回卷着。有无数已经慌乱得不成人形的东西，从这火舌回转的底下，爬着，滚着，跳跃着死下去……向这面奔过来的赤着背膊，但是还挂着他的手枪在皮匣里；一个盲了眼睛样的日本军官。

"跑……"

在不知谁的枪声下面，他倒下去。怀着一颗日本皇帝给予的忠心倒下去死了。将来在某次"慰灵祭"的时候，在灵位一个角落里，也许会发现一块小的木牌写着他的名字。

在东边，铁鹰队长一直守候到听见了枪声，接着看到了火光，喊声……他知道司令和其余的小队已经攻到了敌阵地，并且已经得了胜利，也知道敌人的援队马上就要到来。

"注意！我们那边已经得了手……听见吗？敌人一定要来救援队……将人数分开，一边十二个，我在左边；李三弟同志你们在右边。让开路口，趴下去，听口令再发枪——"

夜风变得张狂，背后的枪声已经不似先前纷扰了。人们的耳朵侧着，眼睛探视着前面。高粱叶互相摩擦着，高粱穗显着很沉重，窈窕地摇摇摆摆……

"我要下来……你们牵着它。"隔着高粱地有这样的声音传过来，接着是刺马锥碰到马镫的碎响，谁用鞭子在抽打靴筒。狠狠地吐着痰。

"谁？"

"我——"

"你是谁？"

"我是营长——"

"口令？"

"连我的声音也听不出来吗？浑蛋们！"

"你是营长？营长也得有口令！"位置妥当，距离恰好，真切的三个人三个马，营长走在前面。

"报个字——放——"

"第……"在"第"的下面，营长很顺从地倒下了。两个随从也没有例外。马却跑开。

"这小子穿这样亮筒的皮靴呀！"铁鹰队长闪射着手电灯。

"锃亮的刺马锥——"

"这小子，快要叫大烟埋死了，看这样！"

"'样'不起眼，家里保不定有几个漂亮小老婆哩！"

纷忙着解除下枪，铁鹰队长拿过从那个营长身上解下来的图囊——里面有鸦片烟药，白色的小丸和一张军用地图——他拿出地图，笑笑地将那图囊又抛开去。

有命令传来要他们即刻到王家堡子去集合，全部去，不必留监视步哨。

司令站在火场的前边，眼睛垂下着，面前停着三具尸身。其余的人们一样也是眼睛垂下着。

铁队长跨过火场，一股刺鼻说不出的气味，要窒息死人。不全的尸身，每处全是，被火炼出来的油在嗞叫。一面是几十个衣服不全的俘虏。

"齐同志，这是第一队铁队长同志，你们握手吧！"司令的声音阴沉的，铁鹰队长同这个官军装束的长条身子的人，机械地握了一下手。彼此用眼睛这样问讯和酬答一下："弟兄——"

"铁同志——我们就走的——看看吧！这是刘同志、崔同志、张同志的尸身！"司令的身子背过去，他的宽肩头抽动了两下。

刘大个子的身子拉长着，更显得细瘦。旁边是张永才和崔长胜。

"崔同志，怎样也弄到这里来?"

"他在人家里自己杀了自己！这两位同志，一个是点火时候叫敌人射死的；一个是被自己弟兄们的流弹射死的。"

铁鹰队长静默着，萧明坐在那两个尸首旁边，无尽无止地流着泪，用手抚摸崔长胜的已经黏结了的胡须……

"这些俘虏怎办呢? 枪毙?"铁队长的一句话，使俘虏队中感到一种骚乱。

"我们全是兵，兵啊！兵啊，兵啊……没有一个官长，没有一个日本官！"

声音简直是狂乱。司令一只手在面前伸出，又慢慢地压下去：

“不要叫——一个人也不枪毙你们，愿意走的一会儿放你们走，不愿意的归齐同志率领，我们大家同心合力替中国人民，替劳苦的弟兄们，替全人类造幸福吧！用革命来铲除屠杀我们劳苦大众、强占我们土地的、枪杀驱逐我们农民的日本军阀、走狗和地主们……”

悄静的，这声音一直是漫过远近的山岗，冲洗着黑夜。

在三枪放过以后——这是在祭奠三个同志的牺牲——一片庞大的悲哀和愤怒，燃烧着这一群迅速爬走了的长蛇。

火场上还是寂寞的燃烧，燃烧……渲染着夜的天空。

五　疯狂的海涛

三天以后，王家堡子成了废墟。

弹窝在每处显着贪婪地扩大；墙垣颓翻下去，像不整齐老年人的牙齿。茅草在各处飞扬着，屋顶开了不规则的天窗，太阳能够从这样孔洞投射下，照到死在炕底下的尸骸。小孩的头颅随便滚在天井中。

没有死尽的狗，尾巴垂下沿着墙根跑，寻食着孩子或是大人们的尸身。到午间再也听不到山羊充满肉感的、带着颤动的鸣叫；也没有了一只雄鸡；麻雀子们很寂寞地飞到这里又飞到那里。

村东山头上几十天高飘着的红旗，现在不见了，代替的是日本旗。在村后大庙的旗杆上，也有日本旗在飘着。下面驻扎着半个中队日本兵，归一个大尉率领。没有勤务在院子里的士兵们，毛巾系在脖子上。他们这时不再高兴去寻女人，开始说着，骂着，不巧妙地讲着淫猥的故事，或是粗嘎地唱着乡歌……

松原太郎，一个二十岁的入伍兵。军衣穿得很整齐，刺刀也挂着，远远坐在庙前的石阶上，用有钉的皮鞋底，轻轻拍打着石阶，吹着肉口笛。眉毛显得浓黑粗重；嘴巴上新刮过的胡须，痕迹青幽幽的。将帽子除下来拭一拭里面的汗渍，又端正地戴好。他不被注意地走出去。

"到哪儿去？——手簿？"

"出去就回来——"松原向门卫挤了一下眼睛。门卫装作不高兴地说："你们又弄女人去——中队长一刻就点名。"

松原已经走过墙角，手里握好刺刀鞘，还是漫然地吹着肉口笛。比较吹得更响亮了，使自己的脚步，踏着拍子走……

路上他想着，想着他从没弄过一个中国女人呢！这该怎样下手呢？虽然看过同伴们弄过女人，他是害羞的，他还是新入伍，什么也不如老兵们熟悉，并且在临行的时候，他的爱人芳子，殷殷嘱咐他："你打仗不要弄中国女人哪！这就够悲惨了。"在松原没有到中国，他就熟悉从中国回去的士兵所讲一些怎样杀中国人的故事。杀中国人、弄中国女人的故事……其间杀中国人的故事很动听："要他们自己跪下，要他们自己解开衣服，露出胸膛来……用刺枪的重踏步……刺刀是很容易就可以进去了。至于弄中国女人嘛……"

弄中国女人的故事，比较使他更爱听。他有时装作不经意的样子，问着其他的老年兵："你们全怎样弄中国女人哪？"

"这是很容易的咧！只要你用刺刀晃一晃，她们就什么也顺从你。不顺从的你就杀了她。"

"长官不让吧？"

"在打仗的时候，长官还管这些吗？长官也一样弄的。"

松原在学校里是"青年团"，"忠君爱国"是他的信条。他曾梦想自己会成一个"乃木将军"或在什样地方，最好是在外国，"精忠塔"上能有他的名字。而他的爱人芳子，有时简直是骂他："抛弃你的思想吧！为什么呢？那是下劣的！我不爱一个有下劣思想的人。"

"你，你是国家的叛徒，天皇的罪臣，一个'社会主义'者！"

他自尊地反骂她。他们有几次几乎进步到决裂。

"你打仗不要弄中国女人哪！这就够悲惨了！这是什么国家的行为呢？可诅咒的军阀，成万成千的青年死在中国了！"

临别的时候，松原看到了芳子悲叹的脸，同时整千整万悲叹的脸，在站台的栏杆外；挥扬着帽子和手巾，老人挥着枯干的手，送儿子去为天皇效忠，为"大和民族"增光。

到中国去的日渐增多了，回来的日渐减少了。在中国的官吏日见肥满了，"忠魂塔"每处建筑着，每次出军归来的"慰灵祭"，这无疑常常会伤害了松原的思想。一种"叛逆"在"忠君爱国"的底下隐隐增加起来。

松原在路上随时可以看到倒下去的尸体，女人们被割掉了乳头，裤子撕碎着，由下部流出来的血被日光蒸发，变成黑色。绿色的苍蝇盘旋着飞……女人生前因为劳动变粗了的手指，深深地，深深地探入地面去。他想到芳子的话："……这就够悲惨了！"

他也将要去寻中国女人。他有些怯懦！停止了肉的口笛，也停止了脚步，痴痴地望着这被绿头苍蝇吮食着的、逐渐要腐臭下去的尸身。他痉挛着背脊，同时激起一种恶心！

"如果一个女人她不顺从我，我也要她这样吗？这是悲惨的啦！哦，那个女人，怎样呢？回去吧！回国的时候，我该向芳子说：日本帝国军人在中国尽干些什么事情来！"

他用手玩弄着自己新刮净不久的嘴巴。抽出刺刀来，轻轻砍打着路旁的石头，石头被砍打得显现出条条的白痕。偶尔一点点石星飞入他的眼睛里，刺痛得使他扔开了刺刀，用手巾向外拨拭着，一刻他的眼睛开始有液体的东西流出。

从西边有几个醉了一样的士兵，向这面手臂互搭在肩膀头上走过来。皮带全是斜挂着，刺刀握在手里。嘴里唱着不统一的歌。有的许是小便过后忘掉扣裤子，生殖器还是软垂着，不安定地摇荡在外面。

松原怕这会啰唆，他闪过另个路去。虽然他已经听有人在喊他，却很快地他躲到一段墙的后面。听着这些皮鞋底擦在石头上的骚声，不和谐的高笑，歌声……

刺刀拾起来，还没有插到鞘子里。似乎也不想再插到鞘子里，不经意地向自己喉咙比拟着，他想这样自杀是很便当呢。

那群烂醉的去远了，他又跳出来，他不想再按着原路走，他茫然着，跳到这里，又跑到那里。

"哪里可以找到一个女人呢？"

什么思想全在他的意识里被抛开去，占据他的又是只有女人。

"她要不顺从我将怎样办呢？"

他用力握一握手里的刺刀同时在眼前闪动一下——这是尺多长，"三八"式的刺刀，锋利的，光亮的，还没有一点缺口。

"这样一闪大概她就可以顺从了吧？然后就是命令她脱掉裤子。这是我自己来呢，还是用刀割开？然后，然后，啊！然后……反正全是这样干，反正来中国的帝国军人，不知道什么时候死！反正自己的爱人也不会再属于自己了！反正全是这样干，连长官也是一样……"

松原忘记这是走到了什么地方，只是死尸和弹痕减少了些。

慢慢听到了孩子的哭声，这使松原很吃惊。这是什么地方呢？还会有孩子的哭？孩子连同男人全被杀净了，老年的女人也不留。留的就是年轻的姑娘和妇人……这里是什么地方呢？会有孩子哭？低低伏下身子，不使高粱叶响动，他想有孩子哭的地方一定有女人。这是怎样的一个女人呢？但望她不是太年老，或是太丑陋。他伏下身子，使头部向那面张望着——在一个小石崖的下面，为了积年流水形成的一个深凹。水现在已经变得细小再不经过这里，从一边偷偷地流下去。人就是偎坐在这个石凹里。

——啊！还是这样一个年轻的啦！

松原跳动着没有经验的心脏，呼吸迫促，只加力握紧手里的刺刀企图镇定自己，事实这也是没有用。

"宝哇宝……好孩子……不要闹……日本兵听见啦……杀了妈妈呢……宝哇宝……谁照看你成人长大呢……等候你的唐老叔……他们打跑了日本兵……咱们就好了……啊宝宝……"

松原不懂这女子的说话，可是他明白她是在做什么。他想如果他立地走出去，这个女人该怎样呢？她会大声叫起来，还是逃跑，还是如一只母鸡那样驯服着，一任他怎样……

"……这是够悲惨的啦！"

芳子的说话，又擒住了他。但他还是努力地反驳着："一个'社会主义'者，一个天皇的叛徒，这话是听不得的。眼前这是多么好的一个女人！看那乳，看那胸膛……够多么饱满……头发和日本女人没有两样……帝国军人全是这样做……长官也是一样……假使天皇他没有老婆在跟前……什么人也不在跟前他也会这样做……"

松原敢于把这思想移到天皇身上去，起始他本能地要战栗。及至他发现他是趴在高粱地里，对面是他监视下，伸手就可抓得的一只猎兔；他就是这现有空间的主宰者、权威者，天皇又是什么东西呢？于是他使自己的头竖一竖，这样似乎可以增加一些自己的尊严。同时他又想到在他们部队前边的中国军队，一些中国兵常常死掉，也是为了他们那长脖子的天皇？他也知道在他们的中队里，有多少不愿意为天皇打仗的少年兵。他们虽不是"社会主义"者，可是同情劳苦的工农，同情"苏维埃"政府，有时简直是同情当前的敌人，"中华民国人民革命军"……但是他们在命令到达的时候，也还是认真地瞄起步枪来。而完了呢，他们又要悲叹着自己的错误，有的几乎沦于自杀！

为松原所知道的，长官多是畏惧中国的革命军，他们却故意地矜持着。

——做"乃木大将军"，效忠我们的天皇。

"效忠我们的天皇。"这是松原在儿童学校的时候就熟悉的。现在入伍了，在宣誓的时候，长官也在教导他说："大日本帝国军人，要终身效忠我们的天皇！"

"啊宝宝……睡得好……唐老叔来打日本兵了——"

李七嫂眼睛蒙眬着，孩子哭得疲乏，也深深地睡过去。在蒙眬里，似乎唐老疙瘩真的回来了，摇着那青春的肩膀头，步枪抓在手里，后面是漫野的红旗，红旗下面是漫山遍野的有枪支的革命军，女人，孩子……全有，死掉的丈夫也参加在里面……她扑过去——

"喂！你的……"

李七嫂的梦碎了，站在她前边的不是有着那样诱惑肩头的唐老疙瘩，也没有了山野，也没了红旗。只是一个笑着眼睛的日本兵。

她知道了，她知道这是结束她生命的日子。但是孩子还是加紧地抱在自己的怀里。她忘记惊慌，心脏和静止了一样沉静。静静地静静地她看着来结束她生命的这个魔君，眼睛变成金刚石一样坚定。——小溪在草丛，在身旁轻巧地唏嘘着，孩子的呼吸照常平稳。

"你的……啊！孩子……那边去……啊！我的好……干活计……"

她听着，同时看着这个少年日本兵，颠动着他手中的刺刀。眼睛赤红的，牙齿不规则地探伸在唇外。贪婪地涨红他的脸，钢盔抛挂在项后，同时猥亵地开始来伸手取她的孩子，企图抛向一边去。孩子从梦里惊哭着，尖戛地叫着，小小的山谷起着回应。这使七嫂的心和周身蒙到了不可忍受的刺痛。

"你，王八蛋要怎样啊？……"

她企图挣扎地立起，但几日夜来，为了饥饿，为了恐怖，为了疲劳，为了焦烦的等待……什么全在摧毁她。整个宇宙开始在她的眼前里起着回旋。一种沉黑的窒息重压，开始昏迷了她。

醒来的时候，孩子被抛在沟下的石头上。脑汁沁流在小溪旁边，随着流水流到什么地方去。

她瘫卧着，衣服变得残破，周身渐渐恢复了痛楚——太阳在天空没有关涉；高空飞走的白云也没有关涉。什么似乎也没有关涉一样。对于人类的苦痛，对于当前李七嫂的苦痛。

她回想这也许是个梦，一个噩梦。事实会昭示她，孩子的颅骨碎在小溪边的石头上了；她……试想着去复仇，她应该向哪里走呢？连一柄刀也没有。那青春的宽肩头的唐老疙瘩也不在她的身边，那些英勇的革命军也不在身边。他们全抛开她，去斗争。最终她想到那为了斗争而死掉的丈夫……她软弱，无止尽地流着眼泪，无止尽地悲伤……

在空气里时时夹杂地飘送着各种粮食半成熟的香气。高粱啦，大豆啦……每年九月初在田野上笑着的男人和女人，忙着工作着。大车上捆好高高的垛，牲口们在车停止着装载的时候，纷忙地拾取地上的遗穗嚼食。人们并不恼怒。孩子们下面赤着脚，身上却披了过去冬天的棉袄，跑着，叫着，不经意也许被锋利的"高粱茬"划破了腿肚子。流血也是不管的，拾着红红的高粱穗，喂着自己所心爱的牲口。

没有土地的老年人，常常背上搭着一个口袋，到每处拾些牲口吃不尽的余穗；或是在已经剪过穗头的秸子里面，意外地想企图获得些什么剩余。这是地主们的"收获节"，也是穷人们的"收获节"。

今年是什么也不同了。田野上的庄稼，不被注意地留置着。年轻的去参加了"斗争"，着了疯狂一样，似乎正是所期待的。老年们虽然听说又要有"皇帝"出现了，"皇帝"后面应该是隐藏着永久的"太平年"。可是皇帝听说是日本人的皇帝，日本人打天下。这使老年人对于皇帝也不得不失了希望，并且年头也还是不太平。老年人不能拦阻青年人，也不能帮助青年人。老人们常常是留在村子里，被日本兵后来的炮火轰得净尽。

李七嫂无止尽地流着泪，无止尽地悲伤着……她没有勇气，再去看看头颅碎在石头上的小东西。那会更加深刺痛她的心！她怨恨那个宽肩膀的农民，那个青年的情人！为什么他会不知道她在这里苦难着？打仗便什么全忘了吗？连自己的情人也一样？她要去寻他，现在除开他，她觉得生命的希望，像灯一般地不可靠。起始她的希望是生活在孩子的身上，现在呢，她又把她的希望，无把握地系在了唐老疙瘩的身上！——唐老疙瘩是生活在不断斗争的群里的。

"我也去吧！我也去吧！和他们一道去吧！让'斗争'死了吧！和情人死在一起！"

一种力，一种复仇的力；求生的意识兴奋她，可是当她一瞥间，无意又看到那小东西的时候，她又软弱地睡下，愤恨被悲哀所淹泯……

一直到黄昏，这个惨淡的影子，终于还是抱起了那个残碎了的小东西，摇曳地，疯狂地没向了田野那边去。

松原忘掉了吹肉口笛，步子无节奏了，颓然地向回走。路上又经过那个割掉乳头的女尸近边——那群集的苍蝇，比前更见增加，形成不整齐的群在爬行，在啄食……

走进营盘的时候，已经黄昏，院子里听不到什么杂音，只是那个上尉队长在讲话。兵士们挺着身子，胸膛提到前边，没有理由恭顺地站着。脚踵应该一律并拢，形成一条条单纯的肉柱。

"报告——"松原使自己的声音刚强着，这样可以表示他是一个强梁的英勇的兵——敬着军礼，身子适度地倾向前边，手掌垂斜附到钢盔的遮沿。

上尉就如没有松原存在一样，还是继续地说着。一种带沙音的、词句不连属的讲话，刺痛人一般的难堪。

他在告诫帝国军人，应该一生效忠天皇；努力讨伐匪贼，这才是军人的本分。同时他又说应该时刻防备匪贼的反攻。

部队依然还是站着。但是上尉中队长，却将一双没有温情的眼睛，向松原这面投射过来。先是由他的脸上，而后转到他的全身，甚至到一颗不必要的纽扣。而后又回到他的脸上……在询问，同时擒住松原的眼睛每下掀动——松原还是未完毕地敬着军礼，手臂适度地举着。

"你到哪边去来？"

"…………"

松原他当然不会有回答。虽然他知道他这不算犯什么军规，官长也是一样，去找中国女人。这话只能埋在喉咙底下，他不应该说他也是和别的兵一样，和官长们一样，去弄中国女人——几十条同伴们的眼线，也是向他的身上和脸上集中。

"你的——"上尉队长走近他——那没有温情的眼睛，便显得锐利严峻，活似两个可怕的深黑的洞。松原的眼睛感到衰弱，脸颊燃烧，不可逃避的什么事情，马上是临到了。

"你的什么理由没有，就这样晚归？"

乒——第一个嘴巴，把松原的钢盔高高地落到脖子后边。身子是那样侧了一侧，很快地又站在了原地；接着是第二，第三……松原的手臂仍是举着，这是表示还没有得到长官的答礼。

上尉队长打起嘴巴来很熟练，响亮而有力。松原的嘴里浸浸发现了源源的血流。两个面颊也同时增加着红润和肥满。

上尉队长走了去。士兵们从集合的队形，也开始解散。并没有人敢走近松原说些什么，军队的规矩是这样。他只是孤独的，钢盔落在脑后，嘴流着浸浸的血，面颊燃烧一般地痛涨，被罚站在院心。

晚风吹袭庙角的铜铃，响亮清脆而细碎。门扇早被掀倒在地上，泥塑像没了庄严，肚子残破地躺在每处。——一处庙脊角，被流弹扫了去。

松原现在所想的只是两个理由：长官应不应该这样打他，打他的理由是否充足。虽然他常常也看到别的同伴挨嘴巴，那是对他无关心。有时他还要暗地讥讽这个挨打的人。他从没去安慰过任谁。今天他一样也是没人来关心到他。第二个理由便是这样了："长官不也是一样吗？弄弄女人回来晚一点，就是这样吗？打得这样苦，没有情面……"

想得太多了！想到他的祖国、天皇，爱人芳子，以至于被他把孩子摔在石头上，而强奸了的那个中国女人，和那个割掉了乳头的女尸……

——这是悲惨的呀！

他的眼泪开始在眼睛里起着回旋。

夜间哨兵准备出发了，松原也被派在里面。同伴们嘲笑他："女人干得怎样地好哇?"

"干女人,挨嘴巴,一定是味道两样的啦,松原!"

"没有经验的跛脚狗,也要去猎兔子吗?"

日间在村子里那个喝过酒的,生殖器软垂到外面的老年兵,也在嘲笑他。他们全像变成中队长一样有权威了,使他谁也不能反抗。忍受着整备自己的背囊、水壶、步枪,和其他应用的工作器具。

"出发——"曹长命令着。他过来踹了松原的腿肚子一脚说:"不长进的,丢脸!还不走?"

照例检验过了服装和器械。谁的步枪发生了损坏障碍吗?谁的子弹不足吗?或是谁忘记了必要的东西……简单地接受中队长口头的命令:"时时防备匪贼反攻——"

低低地,低低地,沿着山脚爬到了巅顶。交替过了。在交替的又说给新来人应该注意的事项啦,或是应该注意的方向和物体。

曹长又带着那换过班的人和准备到另一个岗位接收的人,爬下了山去。

松原的伙伴,开始吸着纸烟。余烟被风激荡着,飘到这儿,又飘到那儿……最后飘上了围墙又迅疾地飞开去。

"吸烟是不好的啦!会被敌人发现呢——"

松原这样表示有经验地说话,并不能促起他同伴的注意。——他还是那样悠闲地轻松吐着烟丝……

在松原这又是一种耻辱哇,他简直要哭。他看着对面无绵尽的山岗;一条苗细的小河,现在似像没有流动样,晶亮、曲折地睡着。脚下的村堡,在树荫蔽下。成片的白桦林,成片静悠悠的田野……可是在有人家的地方,已经看不到了炊烟。

草虫们叫得很凄伤。在草里,在石头的间隙里……全是吟鸣……全是吟鸣……

这不是松原的故国……大陆的景物对于他也是生疏的呀!

在薄薄云层的后面,一颗半残的月子,徐缓地移动过来……

"松原，你白天弄到一个什么样的女人哪？"那个伙伴已经又点上了一支烟，还是那样悠闲地、轻松地吐着烟丝……显着很平常的样子，问着松原。

"什么女人？我不准你问！"伙伴的问话激怒了松原。他使步枪的底踵在石头上加力地撞了一下。眼睛移转过来，样子像要决斗。伙伴并不为了这个恫吓有什么改变，并且眼睛只是抬抬又低垂下去——悠闲地轻松地吐着烟丝。烟丝虽然渐来渐模糊，可是那每次吸动的火光，却显着扩大。

"这有什么呢？谁也是一样的；长官也是一样的……"

"我只不准你问这——"

那个兵笑了。在月光下，笑得却是很模糊！松原把刺刀鞘把握到手里。

松原一直是陷在沉思里。眼睛注视着对面的山岗、河流……全是无所见的。浮现到他眼前的，只是所不乐意，所害怕的一些幻象。那割掉乳头的尸身；摔死在石头上的孩子……女人的挣扎；上尉队长……他又用手摸抚到自己的嘴巴，——肿胀……刺疼……

松原的伙伴却睡了。脑袋垂斜的，让步枪躺在两腿的中间，看来他是什么也不关心。

——这个不忠于职务的人，不忠于天皇的人！松原又想起："谁也是一样的，连长官也是一样……"

一种潜在的不平，深深地，深深地，迷惑了他。

"今夜也许没什么。匪贼还会来的吗？这个时候，什么动静也没有。再待半个钟点，也许是至多一个钟点，就可换岗位的了。"

什么对面的山岗，什么河流……什么匪贼随时可以来袭击……天皇……长官……什么什么全臭虫般地爬开了去。疲劳和困惫整个地将他占据。

醒来的时候，一丛丛的人影，正是逼近着他。他要取自己的步枪——

"不许动——"一支步枪早迫近地指向他的胸窝。他的那个伙伴也是一样。一个高身材、腕子下挂着手枪的人，吆喝着他。他虽然不完全明白这是什么意思，但是他却觉得，只要他一挣扎，马上就会有人开枪。他的伙伴已经完全驯服地将自己身上的子弹箱解下来，放好在地上。——他的态度，也还是吸纸烟时一般的轻松。

"解下你的来——"

那个高身材的、鼻子显着突出的人影，用手枪又指向他。

"狗养的——快点！他妈的……"谁在骂着。

他意会着，照样也解下自己的弹盒，放好在地上。那个高身材的又指示后面两个手里什么武器也没有的人，照样将他们的弹盒围在自己的腰里，拿了他们的步枪。

"唐同志，留在这里——他们哪一个乱动的时候，就枪毙——"

高身材的影子，率领着余的人们走去还不到多久，就听到了接连的枪声。松原知道，这准是和来接换岗位的哨兵起了激战。

"糟糕——这是悲惨的啦！"他意想着，他一刻也许就被枪毙？他偷瞧看守他们那个敌人，一个多么强壮的家伙！

唐老疙瘩听到枪声，他记念着李七嫂，却恨着铁鹰队长。为什么偏要留他在这里看守俘虏呢？不然他可以到村子里寻一寻啦。那个苦命的人怎样了呢？一定会被日本兵给杀了！杀了还算好，如果……给日本兵们怎样了……

一种急转的毒恨，转到这两个俘虏的身上来。他要立刻开枪毙了他们。准备先向他们那一个瞄准。

"啊——啊——"那个俘虏叫喊着，两只手高高遮起自己的眼睛，声音是惨沮的！

唐老疙瘩的手指又重新退出了护手圈。扭转保险机，枪身又归复到了原位。他深深地透了一次呼吸。他看着这两个可怜的动物偎在墙根下，没有把握地抽动着。他不射击他，这似乎没有怜悯，这只是任务阻止了他。他不能忘掉铁鹰队长的命令："他们谁乱动的时候就枪毙他——"现在他们是那样的驯顺，像两只落过水的母鸡。他没有理由枪毙他们。从来"人民革命军"的纪律是不杀不抵抗的俘虏们的。司令常常也是这样讲："……那些万恶王八蛋，吸兵血的军官们，我们不要饶过他。无论是日本，还是走狗们的，他们全是吸兵血！兵们，全是好弟兄！和我们是一样的痛苦！只要枪，除开实在太妨碍我们进展了才要伤害他们。他们将来全要和我们一起合作……'兵不打兵'记住，同志们记住吧！……除非万不得已的时候……"

枪声繁密了。顶空听到流弹飞翔的吟鸣。

铁鹰队长挥动一柄长刀，在火光里赶杀着那个服装不整的中队长。

一种肉搏的斗争，清楚地呈现在唐老疙瘩的眼底下。他透力抓紧步枪的身子，这俨然是一个梦幻。

快近黎明的时候，才看到每个浴着血的身子，困疲地爬上了山坡："把这两个捆起来，蒙好眼睛，勒住他们的嘴——我们走！"

唐老疙瘩，他发现铁鹰队长手里多了一柄长刀，刀上面凝冷着血的斑花。五十个同志，现在看来似乎全衰老了十年。同时总数目也不足了。不过临来时没有枪的三十个同志，现在却很气派地有步枪挂在了肩上，有子弹盒围在腰里，那是捆得很不熟练呢！有的也还掮着两支枪。

爬下了山坡，渡过河流，开始又爬进了谷口。一直到看不见了一个人影。王家堡子的余烟还是悠闲地在树间盘旋。

李三弟说给唐老疙瘩，这山口是他所熟悉的。唐老疙瘩想着李七嫂，而李三弟却想到了先前死却的刘大个子和崔长胜："我们七个是一同从这里出去到王家堡子来，第一次看到山岗上的红旗，我们唱着歌的呀……"

人们只是困疲地走。当前的死亡一样被忽略，谁也不想起三天以前死亡了的人。

铁鹰队长也不如平常矫捷了。上山急速摇动肩膀，明显这是吃力。

穿走一带桦木林，快要到边缘的时候，第一个发现的是李三弟："喂！看——人！"

"过去看看——"

"李七嫂——孩子还抱着，咦……脑壳碎了！"

第一个跑过去的当然是唐老疙瘩。他忘了一切，他跪在这个女人的身边。女人坐在地上，半倚着一株粗大的桦树，深深入睡。两只手死一样还交扣那孩子的尸体。裤子残破，一只乳头，还是伸向孩子染着血污的小嘴边。

人们谁也忘掉这该怎样处置。铁鹰队长也是一样梦般地站在那里，一任唐老疙瘩哭着声音嘶唤。

"这样办吧！谁到近边水沟里去弄点水来——用拾来的日本兵的钢盔。"一个年纪较大的提议。

用冷水轻轻激着她的头，一刻听到了加重呼吸。唐老疙瘩他不知道应该怎样呼唤，他向围观的人们，请求一样地看着。人们也是请求一样地看着他。

"快着呼唤哪——笨货，瞧什么？"

"随便怎样称呼还不行？反正这全是自己的弟兄。还他娘的害羞咧！"

人充着嫉妒性地骂着，脑袋向前探伸，形成一个人肉的桶。空气全要被隔绝。铁鹰队长挥了一下胳臂命令着："散开这里——到那边去集合。"

人还是要贪恋地看看这个女人怎样复苏，醒过来以后，是哭呢，还是怎样呢？不过铁鹰队长的命令比什么全重要。那是说不能不去集合。

唐老疙瘩也没有例外。

"同志们，我们不能在这里耽误！——那个女人应该扔掉她，敌人容易追到我们——"铁鹰队长的眼睛经过唐老疙瘩的脸上停止住。

——那个女人扔掉她——这句话如一枚靠近的榴弹炸裂了的轰鸣，使唐老疙瘩丧失了知觉。他抖颤着，复苏一般流着眼泪，无顾忌地提起了抗议："这不能，队长同志！那个女人不能扔她……"

"什么理由？——"铁鹰队长坚定地瞧着他。人们如静肃的一群乌鸦样，排列地直起脖子，在倾听。

"没什么理由……什么理由也没有……把枪给你们吧……我不去革什么命……我陪她在这里，一同叫日本兵用刺刀捅得稀糊烂……你们走吧……要不，你们就把我枪毙……可得连她……"他跑到倚在树下七嫂的跟前拍着说，"……连她一同枪毙……我是反革命了……同志们……对不起呀！怎样办呢？队长同志……"

他当真将步枪放在地上，随着把解下来的子弹袋，也一同放在了枪的近边。蹲伏了身子，使自己的脸埋在膝盖上，开始纵声大哭。

铁鹰队长阴沉了，举起眼睛来询问这群不动的乌鸦；乌鸦们也是用眼睛询问这个平常什么也不曾被动摇过的"铁鹰"。

一种可怕的沉默！一种悲伤的沉默！

太阳光掠过了桦木林，投射向那边田野去了。田野上的穗头，也一样在沉默。

"同志们，这该请大家出主意！——三分钟。"铁鹰队长说。

三分钟过去了。人依然还是沉默的乌鸦。唐老疙瘩的脸，依然还是埋在自己膝盖中间。

"同志们——"铁鹰队长又扣紧了嘴角，看一看蹲在地上的唐老疙瘩；但是他并没去看那喘息着的李七嫂，接着说，"唐同志，你这是革命队员的精神吗？为了你自己弄老婆，你要想使所有的同志全死灭？日本兵……如果得到王家堡子被袭击的消息，马上就可以赶到我们！我们的任务是来做什么呢？那一次你私离队伍跑出来也是为了这个女人……现在你又这样……同志们每次攻击全有死亡！今天又死亡了五个同志！同志们全是为了什么死？我们为了什么向死亡路上跑？……你是一个革命队员，你就应该知道这……今天你要我们裁判你，好！这是没什么怜惜！——"铁鹰队长的脸色更来得阴郁了，嘴角也显得更陷下，同时将腕子挂着的手枪拿到了手里，颊骨向两侧伸展。但是他还是说下去："……应该纪念我们的同志！一次一次被日本兵和走狗们杀死的同志吧！为了给他们复仇……我们的任务……唐同志……你一定要……一定要强健起自己来！"

这些话对于唐老疙瘩，就如一阵轻飘的风，碰在了没有洞孔的石头上样，不发生什么回应，他依然还是哭泣。

在山口外面似乎有什么轰叫。飞机叹息的声音，已经是清切地可以听到，那是经过这里，循着道路向前面飞行。这是一带长林，日本军估计他们一定走得很远了，只是一盘旋，无目的地投了一枚爆弹就飞开去。

人们分开伏向草丛丰密的地方。炮声也还听得真切。那好像向堡子里在射击。也许恐怕堡子里还有他们的敌人潜藏。

唐老疙瘩没有谁的劝告，自己也爬向了丛草去伏下。李七嫂也被拖到丛草里——她已经能够睁开眼睛，并且还能辨别出伏在她身边的就是那个宽肩头的，在苦难中也还想着的情人。

"天哪！真是……你……吗?"她的嘴起先被血凝结住。眼睛扩大的，抓住这个青年的农民。

"…………"

"我是死了吧？我是死了吧？我是梦里见到你吗？我的孩子呢?……"

"…………"

她只能扩大眼睛，没有眼泪流出。这可以看出她正在过分地惊愕。同时她又发现了唐老疙瘩的身上没了枪。

"你的枪呢？你的枪呢？——你为什么不拿枪呢？枪被日本兵抢去了吗?"

唐老疙瘩他才意识到自己的枪，还放在那边地上，连同子弹袋。

"你还是死了吧！我的妈，你还是死了吧！要不然我们全得完！

队长不准许我带走你，我也知道你是不能走的啦。队长要枪毙我。我说我们全死了吧！我交了我的枪，要队长枪毙我，……我们就一同在这块地上并骨吧！谁让……谁让我们……我们……好……好一回呢……"

唐老疙瘩哭成一个孩子了，肋骨疯狂地抽动着。

"孩子呀！为什么要同志枪毙你呢？同志能枪毙你吗？去捡过枪来，我也要同你们走的，我软弱吗？一点也不……一点也不哇！"

她为了要表示自己的不软弱，疯狂地跳起，但一种什么疼痛却使她跌落下来。眼睛更加扩大地挥着手，嘴虽然张动，但是没有声音，活似一条失掉水的鱼。

"你……你还是去拿自己的枪……我，我……是不成的了……"

枪声使全森林变成骚乱。草丛里的人也开始还枪射击。戴草色钢盔的日本兵，灰色的中国兵，飞穿着树的间隙，形成了间隔不匀整的连环，两翼延伸地横包过来。机关枪不间断开始扫射，子弹低垂贯穿树身、野蒿……时时有小树被折断，或是飞腾起碎的野蒿。

"同志们，举起我们的旗来，前进——"

铁鹰队长身子从草丛里跃起，手枪固执地挥耀着。口笛困苦地嘶叫着冲锋的调子，接连是同志们的跃进。

只看见的硝烟，只听到狭长的弹子号叫，现在被一片粗鲁的叫骂和杀声所淹没。

——不前进即死亡，不斗争即毁灭！全数地毁灭……

随着红旗的探伸，人是疯狂了的海涛样，横卷过去。

六　这样一个女人

从每处树叶的间隙，有清冷的月光投射下来。草叶轻妙地摇曳着，处处是虫子的吟鸣……一股黄蒿的香味，杂着夜的露湿气，很醇厚，又似近乎一点忧郁；蟋蟀常常会跳出来，无顾忌地叫，草里的虫子们也是一样。

垂折下去的小树，大树上的树枝，有的完全委落到地上，有的一半还连续着母干。折断的部分显示出骨头一般的惨白和参差。那上面的叶子看起来还没有什么改变。

李七嫂瞧着几步以外唐老疙瘩的尸身，帽子远扬到一边，臂膀还是那样宽阔，两腿长长地拉直……那一边是他的步枪。子弹袋也是放在一边。孩子被抛到什么地方去了呢？她模糊，她不知道是自己抛开的，还是别人。现在她清明，她知道孩子死是死了！自己的情人也死了！他是怎样死的呢？她记忆着，那是当日本兵攻进林子，他跳跃着去拿自己的步枪，几颗子弹中了他，中了他的心窝，中了他的头颅，当时他没有大叫，也没有呻吟，似乎只有一声悠长的叹息。也许是当铁鹰队长挥动着手枪，同志们疯狂地卷过去的时候。李七嫂为了这，她又昏迷过去。——唐老疙瘩的尸身，那时是不被注意的，在同志们冲锋的步子底下，被践踏过去。

现在，什么日本兵，什么同志，什么……那个铁鹰队长……全不见了。只是这森林微微响着夜的骚音。

她轻轻搔着地上的泥土，茫然地思索。就如漂浮在辽远海洋上面的一片秋叶，虽然风涛是平稳的，谁知道涯际在哪里呢？如果要自杀，她爬过去，当然很容易就可以将那步枪拿到手里。子弹也有。她试着使自己的身子翘到能坐起的地步，这并没有使她艰难。她又试着使自己的身子立起，这次却是失败的，重复又被跌倒在地上。腿是那样的不中用啊！软颤，抖动……

什么欲望鞭策着她，终于在几次试验的底下，她能够凭借着一棵树干，坚定地立起。

牙齿在嘴里扣紧，一切是艰难和痛楚的。一切全胁迫她，要她再重复坐下吧，等待死亡！求生的欲望，却要她忍受一切的苦痛和灾难。

裤子阻碍她，因为那是破碎得跟围裙一样，被地上的野藤牵扯着。她没有怜惜，整个地抛开它，挣扎到了唐老疙瘩的尸身近边。

她使自己的头枕到尸身的胸膛上。那有弹力饱满的肌肉，宽阔的胸膛……一切曾是她所熟悉的。现在呢，也还是熟悉的呀！这却变成了冰冷，也没有了那可怕和可爱的抽动，当他们先前每次相爱着的时候。

她吻那胸膛，用口唇温暖它。她知道不会将他再吻活过来，再拿起步枪，去和敌人们交战。再和别的同志一般英勇……和那铁鹰队长一样英勇，和海涛一样，卷没了自己的敌人……也知道这是不会有的希望了！但她还是满存着希望一般，吻着这个已经快僵冷了的尸身。

"睡吧！……孩子！睡着吧！妈妈好汉的孩子！这是多么好的地方啊！你埋在这里！你的同志们……念着你……念着你……中国同胞们也念着你的呀……不要忘了，用你的血和肉……在这里培长起这树林……"

泪，湿着死人的胸，沾着活人的颊。这个王家堡子一个美丽青年农民，被情人的眼泪埋葬了。

李七嫂剥下了唐老疙瘩的衣服，使自己穿上。子弹袋也束在腰里。提过了那步枪，又复跪倒在尸身近边。

"等着吧！妈妈为你去报仇！睡吧！睡在这里吧！你的同志们念着你咧！妈……妈妈念……着你咧！睡吧……念着你……"

一种坚决的、忍受的步子，踏着野蒿，踏着落在地上的树枝，踏着碎细的月光，踏着茫茫的夜，没过了山岗。

唐老疙瘩照样安宁地睡着。草虫吟叫，蟋蟀跳出来，又跳开去——也在吟叫。被李七嫂辗转蹂躏过的茂草，也开始了可怜的舒伸。

到哪里去呢？她是真的捎起唐老疙瘩的步枪来了。她要复仇吗？

周身汗浸着，脚步不安宁，感到了饥饿。知道在这里饥饿也没有希望，只有赶到龙爪岗那里许能获得她所希望的。道路不甚熟悉，每步更是艰难！

　　艰难，艰难，什么全是艰难……她爬过了山岗，爬下了谷底，穿走着田野和森林……这世界在她现在感觉到，许尽是被这些山岗、谷底、田野和森林所占据了。她软弱下来，哭着……哭到疲乏恢复一些的时候，步枪又开始抱到她的怀里。那森林躺着的死了的情人，似乎在催促她："为了孩子的复仇，什么全要忍受的啦！"

　　于是，艰难的脚步又重在那狭得肠子样的山路上曳走。月亮高高地，清明凄凉……繁星显得没了光芒。这与李七嫂完全没有关系。她所想的只有"复仇"和"忍受"，"孩子"和"情人"。怎样踱尽这所有的山岗、田野和森林……早一步跨到了龙爪岗。她没有更远的回忆。不想怎样和李七哥结的婚；更不想她第一次和唐老疙瘩怎样勾搭，以至于乡村里怎样有了"革命军"。唐老疙瘩怎么在她面前显英勇，枪毙一个敌人的侦探……

　　"小老婆，你看看我挂上枪了呀！我去打日本兵啦，我是革命军的队员了！我叫他们打死我，叫你做个第二次的小寡妇，看你害怕不害怕？……"

　　他说话常常似唱着的。李七嫂打他的背脊，笑眯着眼睛，也常常假作气恼的样子，来恐吓这个青年顽皮的农民。

　　在乡村没发现过日本兵的时候，在乡间那是太平日月。"胡子"，有也是不多的。对于穷人更有什么关系呢？李七哥那也是什么人全交结的，"胡子"也常常会到他们那个孤独的小房子里去夜餐。她对他们也全是熟悉的，说玩笑也是常有的事。官兵和"胡子"并没两样，不过"胡子"却更规矩些。

　　唐老疙瘩在李七嫂面前夸耀自己做了革命军，做了队员……她会更巧妙地挖苦他："把那枪给妈妈拿过来吧！让妈妈来给你枪毙个日本兵看看！你的奶毛子还没干呢！小心不会放枪，坐倒了，自己哭出眼泪来……妈妈没工夫给你擦哩！还有你的小弟弟呢……"

　　实际，唐老疙瘩在村子里是很有名的射手呢！打飞着的麻雀，和耸立在百步外墙头上的"子母筒"①总是不常落空。

李七嫂看着过那在红旗下面集合着的革命军。唱着歌，喊着万岁。司令红着脸，一只手插在皮带里，粗嗓子地演说。村中妇女们全挂着眼泪，不知那是欢喜还是悲伤。那时她想如果不是有孩子，她一定也挂一支步枪和唐老疙瘩一样，和别的队员一样……加到那红色旗的下面。听那个短身材的人演说，声音并不美丽呀，语句也并不巧妙。但人们却被他感动着，吸引着。女人们眼泪挂到脸上。狗在墙根下安静地垂着喘息的舌头。

"同志们……男同志，女同志们，我们从祖先就在这里居住哇！看那树啦，井啦，墙上的一块石头，房子的一根椽子……全是祖先费过力弄得的吧！我们过去的祖先，是受清朝那些王八羔子们管辖。给他们纳租、纳粮，叫他们作'皇上'。我们为什么要'皇上'呢？"

那个司令，一只拳头上下捣动，他愤恨得似乎这拳头可以击透了地体，击碎所有的敌人……听着的人们，似一块整块的铅，没有骚动，也没有分离。这粗粗的声音又继续下去了。

"现在日本人一天比一天多了，日本兵也一天比一天恶了，他们要完全将我们赶跑！他们住我们的房子，种我们的地，老的牛马他们杀死，拣强壮的使用……我们祖先的坟墓要刨了的，我们的子孙，也再不能在这里活下去了。"

提到子孙，这使年老的悲伤了，成群地响着鼻子。

"为什么呢？应该打仗的王八们，跑了。遭殃的是谁呢？除开我们老百姓还有谁呢？我们现在就等着日本兵将我们赶跑吗？叫他们将我们赶到大海里去喂王八吗？还是就等死在这里？"

"不，不——一定要和他们拼命！拼命……"

这是群的声音，湮没着山岗，淹没着远天……墙根下半睡眠、垂下舌头喘息的狗也惊跳起来，被不老成的年轻人踢开去。这是表示着

---

① 子母筒：即子弹筒。

不能融合的愤怒。

"是的啦……我们一定要和他们拼命……我们是人民革命军……凡是不想死的全应该来加入……我们自己来救自己……我们的同志在什么地方全有的啦！我们一定有全联合起来的一天，建设起我们自己所需要的政府哇！什么皇上，什么'满洲国'，……我们全不要他们。他们不是将我们当人看待着，他们拿我们做奴才。我们死了他们是一点也不可惜！现在日本兵把'宣统'弄来，要在关东做皇帝！这就是证据！我们为什么要做奴才？我们不想做奴才，也不想被日本兵赶跑、杀死……要建设我们自己的政府。我们一定要先把屠杀我们的日本兵、日本军阀走狗们杀得一个不剩——一个不剩我们才能活着，我们子孙才能活着……"

青年农民们回家准备自己的枪；老年们勉励着。妇女们自那天起，全要自己的丈夫加入人民革命军。

当夜，李七嫂她一直是思索到天明。孩子累了她……不然她也会同男人们一样，爬山岗，打日本兵，和自己的情人在一起……不过这全成了李七嫂过去的幻想，成了她过去一点点鲜明的追忆。

孩子完了，情人也完了，如今她真的捎起情人遗留下的步枪，同别个男人一样。这不是她能梦想得到的。

在几里外，由各种间隙，恍惚似有篝火的光透射过来。沉思被这篝火光打碎了。

鼻子突出，眼睛深深地埋到眶子里。两条臂捉抱着膝盖。脸色为了篝火所燎烤，显现在发红，但是没有光泽。胡子蓬蓬地，腮上颊下和唇部的四周全有。衣服的一只袖子，裂开着长长的洞口，轻轻起着飘飞。帽子除下，头顶近乎隆起而闪光，辉映着天空的月亮。

轻轻听到了呻吟的声音，发自背后。在背后，在地上，那是连环地睡着几十个人。其中着了伤的不能忍受，发着连环的呻叫。

"同志们，痛得狠吗？把带子再紧一点——"

铁鹰队长很困苦地转过头去，茫然地，向发出呻叫的地方看了一眼，又接着说道："……大约还得忍受一刻，我们的担架队就可以来的。这里派去的同志，去的工夫也不小了，怎样呢？疼得还厉害吗？'挂彩'①在我们真常事呀！"

　　他说着沉默了一刻，似乎说了不应该说的话一样。在革命军里，已经不许再用匪贼中的隐语。为了习惯，今天他却用了一句。同时他又看了看自己那只有着洞口的衣袖。他知道如果那个日本兵的刺刀再准确一点，这只臂膀，也许不会再是完整的了。

　　呻唤照旧是呻唤，勉强的一刻自尊，总是抗抵不了现实持续的苦痛。起始还是小声音的，接着便汇合得庞大了，最后竟夹到了哭声和诅咒。

　　"妈的，担架队全绝户了吗？不来……"

　　"这样再……疼一个钟头，我非用枪自己打死不可……"

　　"对，我也随着你，反正这算残废了！我的左手算完了。"

　　"…………"

　　悲惨地互诉着，哭泣着，诅咒着，绝望地叹息……这全在刺痛铁鹰队长的心！他摸摸身边的手枪，又无意识地放下去。眼睛不转动地向着篝火堆——火堆也渐来渐显着黯淡下来。火焰无力跳动，越来越短小，四周增多了灰烬。灰色的夜，轻松沁凉，没有间隙地围袭着人。

　　呻唤好似不安定，不正常，海里的波浪，起伏不定，连续也不定。但是每次全似击打沿海礁石一样，击打着铁鹰队长的心。

　　——这是一个创伤啊！

　　他想着那日间交战，唐老疙瘩怎样了呢？还有那个女人？也许被背后抄进去的敌人俘虏了去？或当时就杀了。不然他们一定要被拷问。唐老疙瘩是不可靠的队员，他会因了难忍受那种种拷打、非刑，

----

　　① 挂彩：即受伤。

而什么全说了！那，本部队现在的地方是危险的啦！不然，担架队应该快来的了。

　　篝火不再有火焰跳动，有的只是炭块一般的燃烧，近乎安宁的喘息。

　　一个伤者，在呻叫得没有希望的时候，他竟开始唱起歌来，这歌声俨然是一条燃烧的火柴，抛在了有毛绒的毡上；一块石头投到安宁的水里……传染了所有的伤者。即使睡在地上没有着伤的队员们，也逐次被这歌声缠裹住。起始还是迷蒙、模糊的，在半睡里接受着感动，接着他们竟是跳起来踏着拍子合唱起来：

　　　　…………
　　　　弟兄们死了，被人割了头；
　　　　被敌人穿透了胸！
　　　　活着的弟兄，要纪念他们，他们做了斗争的牺牲！
　　　　世界上，唯有为解脱奴隶的运命，才是伟大的斗争。
　　　　唯有做了自己弟兄们的先锋，才是铁的英雄！
　　　　才是伟大的牺牲！
　　　　弟兄们忍耐着艰苦，
　　　　弟兄们忍耐着创痛，
　　　　不忍耐没有成功；
　　　　不流血怎能解脱奴隶运命；
　　　　在地狱的人们，不会有天降的光明！
　　　　只有不断地忍耐，不断地斗争。
　　　　饥寒交迫的弟兄们……

　　铁鹰队长在脸上轻轻地挂了两条泪流。他的眼也还是笑着。歌声和呻叫声一样击打他。在这歌声里面，他寻到了力的源泉。在月光的昏暗里，他又轻轻地将这泪痕拭了去。

趴伏在不甚遥远草丛里的李七嫂，起始她为那呻叫声所烦扰，后来她又被这歌声所摇动。她爬起来，马上就要过来，也加入来唱；可是她又趴下去……一直到歌声止了，人们渐渐又回复了安定，呻叫声又轻轻继续起来……这烦扰使她再也不能安心爬下去。她爬起来，顺了草丛，步枪横提在手里，很快地走过去——

铁鹰队长正在寻找思想一般地思想着。从草骚动的声音，使他清醒了。接着是一个深灰的影子，已经浮现在几十步以外，并且很快地蠕动起来。

"谁?"手枪担在一只腕子上，迅速地伏下身子去。接连所有站着或是坐着的人们，也全伏下了身子。

"谁? 赶快站住!"

"我……我是……"李七嫂她该怎样称呼自己呢? 谁知道她叫李七嫂，还是知道她的闺名叫"环子"? 这又是不容迟疑的，她的心脏不可制止地骚动了，颤着声音说："我是李七嫂……我是从王家堡子来……我是认识唐老疙瘩的……是也认识铁队长的人……"

凝止了一般的气流，开始轻松。在人们有了一种小骚动。步枪依然还是担在地上，瞄准着这个幽灵样子的灰影。

"你是李七嫂从王家堡子来? ——举起手哇!"

"李同志，你去验看验看——喂! 你再向前来几步哇，手不准动——"

伏在那边的李三弟，弓下身子挨过去临近了李七嫂。使他惊讶的是李七嫂所穿的衣服，在臂上也还系着有地有星的臂章。这一切全是他所熟悉的。他看了看睡在李七嫂身后的那支步枪。

"得啦，她是李七嫂——"高喊着接了又问，"你怎么跑到这里来? 你在树林子里……怎么逃脱的? ——放下手，让我拿着那步枪，到这里来!"

李七嫂似乎有点熟悉李三弟。那是在唐老疙瘩抱起孩子跑的时候，他曾那样吆喝过他们。

伤病者也停止了呻唤。有的还尽力爬向前边要听听李七嫂尽说些什么故事，形成了一个人环。这时的李七嫂，俨然似一个孩子被丢失后，见到了自家亲人，唤起不可遏止的、睡着很久了的伤心。虽然这里没有妈妈，也没有了情人；有的尽是挂了枪的同志们……

他们知道了唐老疙瘩是怎样了，也知道李七嫂怎样能变成这样一个英勇的女人！他们狂热地赞叹她，全把一颗青春的心要送到她的怀里去温暖！他们大家去拥抱她，亲她的脸……伤病者要她到每个人的跟前，摸抚他们的伤口。

歌声又在人群里拉起，雾一般升腾着欢笑。

铁鹰队长深深地深深地，用自己的全心拥抱着这人群。他抚摩着李七嫂携来的步枪，眼睛向着人群，又轻轻地，轻轻地在脸颊上挂下了两条泪流！

李七嫂梦样迷惑着，她不知道这是欢欣，还是什么。心脏悬空地，什么全忘掉。被洗浴在苍茫的歌声里。

歌声不久就会消失的。那时才不安定和怆痛的心，现在也随着这歌声疲倦下来。同时她清明地意识到，从此她也将和别的男人一样。现在她是什么也没了，没了牵挂，没了孩子，没了家，也没了情人……却有了同别人一样的步枪。她不独可以防止了日本兵对她的强奸，还可以任便杀死他们。她常听唐老疙瘩称赞过司令跟前那个朝鲜姑娘安娜："喂！那小家伙！真是什么全懂！替司令管文件……常常还给我们讲：为什么非革命，中国的农民和世界上的被压迫阶级，就不能再生活下去；为什么当前非得把日本帝国主义者打跑不可……要不然日本人一定要比处置朝鲜还要加厉害，来处理满洲的民众……那小家伙，也教给我们认字，她说一个革命队员必得要随时随地求知识，这样才能对于革命更热烈……她的枪也是打得很'靠'呢！"

当唐老疙瘩每次说着安娜的时候，他的眼总是热烈地闪着光，拳头打着自己的膝盖，唾沫星飞溅着，会使七嫂诅骂他："一个男子汉，被一个女人教训着，还不是羞耻吗？在这里还有脸说？"

"你不用不宾服，早早晚晚你一定能……那个时候你就服嘴了！"

唐老疙瘩笑着狡猾的眼睛。

"别人能干的事，我也能干得来！将来干给你看看。"

李七嫂每当说到"干给你看看"，她的脸色会严肃的，隐隐透露着一种不可思议的坚决。

铁鹰队长又如先前，孤独地坐在那已经残得要尽了的篝火旁边，手里还是抚摩着那支步枪，谁也不知道他尽想着些什么。在天的一边，已经淡淡地拖直了一条乳白色的狭带，像要将这所有的山峰，束合在一起。接着一种酒醉了似的绯红渲晕着。接着又是沉重一抹浓云——

露水，雨一样浸湿了人的衣服！一种沁凉，近乎透骨。伤病者似一具键条不好的钢琴或风琴，没有节拍地发着呻吟。

从对面的两个山峰的鞍部，拖长地爬下了一队灰色的人。曲折的，一刻又被树林遮断了。

树叶静着，各样植物的叶子也静着。人们是纵横地睡在这山环里一块小草原上。这是在一个山腰，脚底下有着不可测的树木和溪流。水流动的声音，还能听得到。李七嫂寻找她夜间的来路，很不相信自己能够这样熟悉竟来到这里。——到王家堡子的道路还在这谷的外面。这里是安全的，到龙爪岗有着复杂的小路，差不多任是一个队员全熟悉的地方。

"同志们，我们的担架队到了——"

伤痛者止了呻吟；睡着的跳起来……这是救主一样使他们欢喜呀！

这该是怎样的担架队呢？同志们抬着同志——在临上担架床，会使伤者不能克制了呻吟和尖叫——担架床却是很好呢！全是由日本兵那里获得来的。

安娜也来了，她没有闲暇抹开自己脸际的汗流，迅速地裹着每人的伤口，嘴里还是这样说着："同志们，怎样？太紧些吗？忍耐点，路中省得脱落。"她说话舌头不很自然，但是温爱而又甜美的，每人全这样感觉到。

"安娜同志——"铁鹰队长走过来，"这是新加入的一位女同志，李。她可以帮助你裹扎绷带——"

安娜并不停止她的工作，她笑着，看铁鹰队长指给她的女同志——一个穿着不相称的男同志服装的人。

"好的，李同志请你来吧——"

很快地李七嫂学会了安娜几种扎绷带的方法。同样她也是这样说着："同志们，怎样？太紧些吗？……"

穿着树林，穿着山腰，静默地开始了向龙爪岗进发。太阳透不出光芒来，只是在阴云后，被淹没着打转。

铁鹰队长的手枪插入带子里，他随行在队的后面，眼睛深陷地看着前边。

李七嫂同安娜走着。她看着她那强健的腿肚，不费力地爬着山坡……

"安娜同志，怎样？你不觉得累吗?"李七嫂很难为地，扯着安娜的手指尖。在她自己是感到充分的疲乏。

"这个是一样的——"她笑一笑摆脱开手指尖。

李七嫂从路边掐到一枝小小的野花，簪在安娜的帽子上。安娜并不拒绝她。

铁鹰队长看着这拖长的一队，看着每个担架床上同志们脸色——灰白衰弱……在满是阴云，没了太阳的天空下，更显得惨淡！

他又注意到安娜和李七嫂。她们两个的背影也会使他如遭受了一种侮辱一般不安定。——如今女人们也拿起枪来了！

在铁鹰队长一向是知道女人不能拿枪的。克服敌人还是男人的事！他对女人常存着蔑视。

在过去的梦里，他一向是英勇的。虽然杀人是平常的事，但他从来也不杀女人和老年人。他不屑毁灭一个不能和自己抵抗的生命！他也从没爱过女人，虽然在当胡子的时候也有女人伴着睡过，同别的伙伴一样。这是不常有的。现在他做了革命军队长。打仗现在是有计划地打了；现在打的是日本兵。司令训练他，他也知道了当胡子是反革命的。当胡子并不是他本身的过错。

当他一切什么全明白了以后，他变得软弱了一点。虽然他的身材还是那样挺直的，他打仗也还是比任谁全英勇，变得软弱的是他的心。他懂得了怎样思想；怎样非扑灭了日本军不可；怎样把同志看成比自己的弟兄更亲切；怎样遵守和奉行革命军的纪律……

每次同志们战死全要使他心伤！他心伤不是别人知道的。别人只知他是一个英勇的队长，一个守革命军的纪律和遵行革命军命令的战争员。他们一同投来的同志，在每次斗争里全葬埋了！他没有被葬埋，那也许是因为还没有到应该葬埋的时候。周身印着每次斗争的弹疤，这是他所忽略的。

"挂彩"是常有的事呢！

山头有风吹过来，他一只臂上久久被忘怀了的洞口，现在又被风鼓动着，飘飞着。从这里下去奔大路，那是有被日本飞机侦察的危险，可是这是比较平坦的。

"同志们，还是走小路，奔右边那个山哪——"

他待队先头将要到岔口的时候，在后面喊着。

"着伤的同志全受不了啦！小道上的石头太多，树也太多！担床的同志们脖子全肿了！大路平稳得多——"

"不成，我们必得走小路——"

树根裸露着，道路因为每次雨水的汇流，已经形成一条小小的沟。沟底裸露着有棱角的石头。

担架床不安稳地颠荡，床里的伤者呻唤得已经绝了力。有色泽不新鲜的血水，透过单薄的床布，轻轻不被注意继续飘落到地上。

这里没有时间，也没地方可以调换他们的绷带。安娜和李七嫂只有无奈何的焦烦。李七嫂周身酥软着，安娜扶持着她；步枪已经由铁鹰队长挂在肩上。

一种饥饿，损害所有的队员，困疲无言地爬行。待到距离龙爪岗还有三里路的地方，李七嫂她再也不能拖延地走下去，她留在一块石头的旁边，开始呕着血。

安娜留在这里，其余的还是前进。铁鹰队长使李三弟也留下。

铁鹰队长加重着焦烦，手里抚摸着唐老疙瘩的步枪。

——这又是一次损害呀！

在龙爪岗他看见了飘动的红旗，他对于这红旗，这次带来的却是损害。

铁鹰队长向司令陈述着战斗的经过。陈柱同每次斗争失败了一样，没有什么表示的，只是颊骨咬得更痛楚些，脸色没变动地说："没有纪律，终归是不成的呀！这次被损害了，这是唐同志，忘了任务！忘了纪律——"

在每次遭了损害，或是获得成功，他总要提到"纪律"，仿佛"纪律"是什么全可以主宰似的。

"是的，这次又是纪律上的损害！"

铁鹰队长很同意地这样说了一句。在那面，石头上坐着的萧明和另外几个队长，却似不注意到这些。

"司令同志，连同唐老疙瘩，我们这次是被日本兵损害了七位同志了。现在还有着伤的这些！同志们的尸首，不见了！同志们的枪支也损害这样多！怎办呢？这里是再居留不下去的，我们再没有力量和他们接连地对敌，应该找个地方休息一下……"

"是的，我们得休息一下……恢复恢复力量！同志们的伤，也是需要调治的。"

别的队长附着萧明的提议。铁鹰队长沉默着，用脚尖轻轻点着地。陈柱两只手交叉地纠绞在一起，也是沉默。

山坡下伤者们呻唤；别的同志准备早餐。其余的，纵横地睡在草原上。不甚远地从左面山梁上有人爬过来了。看得清，那也是正抬架着一个人呢。

　　"我们得休息一下——杨同志，你们今夜在附近要攻下一个'大家'，最好离大路远一点。就是岗那边有炮台的一家吧。杨同志，何同志，你们在一起，另外再选拔三十个同志——"

　　当担着人的担床走过陈柱他们的眼前，那张惨白的，由嘴角还在向外面渗着血的面影，寒战着他们。长长的头发，时时被风吹动，一半是搅染着脸上的血。

　　"铁队长同志——"安娜费力地跨上了山坡，得救一样坐在一块石头上。她先除下肩上的绷带包，随后又解下手枪。人们全听着她要说什么，她不匀衡地喘息了几口呼吸，才接着说道："李同志，怕是要不行啊！我们再这样跑，这样对敌，那她一定非死不可。——别的着了伤的同志也是一样。应该休息在房子里。"

　　于是"休息"的提案，便成了决定。当前的斗争，和所需要的就是怎样寻到休息的地方。

　　"萧同志，杨同志，何同志，我们就这样决定了。今夜你们要将那个'大家'房子借好了——在必要时应该攻击的。"

　　他们从岗顶将那飘扬的红旗也取下来，一同到草原上去吃早餐。

　　司令看过每个伤了的队员，他们吃着东西，那是黏米豆团，有的吃着，有的只是放在一边仰面看着天。伤势比较轻的，那是打穿了肚囊，也许没有伤到肠子和胃吧。虽然呻叹着，也还是甜蜜地吃着。这全是由王家堡子每人分带出来的干粮。

　　碗是不敷用的，轮流尽伤者用。强壮的，到山下去喝溪水。最后陈柱又走到李七嫂躺在的地方。她昏迷得已经什么不知道了，轻轻地不匀整地呼吸着。肚皮一起一落。眼睛合闭，头发委落在地上，那身不相称的衣服更陪衬了哀伤。安娜正弄到一点热水，为她洗着嘴角和脸上的血污。血色已经变得发黑，同时还黏结得很固执。

"怎样，安娜同志，她许不要紧吗？"

"这不敢说定啊。她血呕得够多了。"

"别的同志呢？"

"别的同志？……"她依旧蹲伏着身子，只是扭着脸向那边——那边的伤者，有的企图要坐起来，呼唤着别的同志来帮助他。别的同志们有的吃完了自己的粮份，不满足一样地打着辽视，交抱着胳臂。有的来复地跑着，笑着，或是擦拭自己的枪。几个队长正围在一块石头近边，计议着什么。小红脸在一株孤独的树下，又咬起了小烟袋。他旁边的是正吃着黏米团子的李三弟。萧明在草地上打着徘徊……

"……有的，在应该休息时候，才能想办法。我们的药啦，绷带啦……什么也快完了。"

安娜又在药囊里寻到一个小瓶，倒出一点药水来搅在一只盛着半下清水的金属的杯里。

"来，请你帮助我撬着她的牙齿，我把这点药给她灌下去。"

安娜把一只匙子先撬着李七嫂的牙关，而后交给了陈柱。他很担心自己会不能胜任。他微颤着多毛的手，注意地看着安娜轻巧而敏捷的动作。

"好了——"陈柱把匙子交给安娜。她又开始走向了伤人的丛里。陈柱一只手插在皮带里，辽阔地看着这个忙碌的小影子，他叹息着："女人是没有疲倦的母亲哪！"

他轻轻地，像贫穷人家的一只猫，又走向别的方面去。

小红脸临看着这些忍着饥饿，在日本兵弹火下逃亡的一群。草地上同志们的呻唤，又引起他的回想。那是和投向王家堡子路上所想的没什么两样："什么时候我才可以自由耕田呢？手里把持着犁杖柄，也可吃烟袋。老婆啦！孩子啦……那个招人爱的小王八羔子……老婆也还是好的啦！多么知道疼热！愿意吃点什么便做点什么……只要和老婆一说。"

陈柱的影子将他的思想给截断了，他走过来，用确定的眼睛在寻找谁。

"王同志！吃你的烟，你就说给我萧明同志到哪去了？才我还看他在这里走着……"

"萧同志？——"小红脸闪着眼睛，他不能决定他是将小烟袋由嘴里取下来好呢，还是就那样存在着？最好他还是不取它下来。

"反正这也不是军队里的官长！用不着怕，也用不着讲礼节的。"

"你找萧同志吗？……"

"我找他——"陈柱节省着声音。

"他，他刚还在这里来……许是到哪里去小便？李三弟你知道吗？"他用脚尖触着睡在地上的李三弟。——他的帽子扣到脸上。

"你到下面去看看——他也许在那里！"

"我去找吧——"陈柱又猫一般地走了。小红脸却接续不起他的思想。梁兴由那边爬过来——他的帽子尽可能地扣在后脑勺上。胸襟裂开。似乎什么也没威胁过他一样，坦白和愉快。

"好哇！小红脸同志，今晚又该开火了。岗底下那个窑子——看看我有这么多的子弹呢，分给你几个？"梁兴拍打着挂在身上的弹带。

"我不要，留你自己使吧！"小红脸笑笑地看着这个孩子的脸——变得消瘦而枯黑，接着说："你还是爱浪费子弹。等缺乏的时候，那是危险呢，比粮食还要金贵呢！"

梁兴他并不以为这话是对的，他是看不起小红脸常常那样咬着小烟袋，没有生气般地胡想着。他心里却这样埋着一个仗恃："反正打倒一个敌人，就有子弹使的。"

他从不想敌人会打倒他，他是信任司令，也信任铁鹰队长，他有点不大喜欢萧明了，那是因为他太文绉绉呢。

"我们革命军，无论目前怎样失败怎样牺牲，最终胜利还是我们的。失败，牺牲，那是为了被压迫的弟兄们。我们是先锋队，我们是被压迫弟兄们的先锋队。我们不牺牲，谁牺牲？……同志们，我们无论缺乏什么，敌人全会送给我们的，这就是说：他们是我们的输送队。"

这是司令常常说的。所以当他们每次和日本军队或是"满洲国"军队接仗，他们就称这是接迎自己的"输送队"。当两军接近，能够听到互相叫骂的时候，他们总是这样骂着笑着："输送队呀——输送队……"

是的，敌人队伍中，也一样叫笑着，他们并不生气叫他们作"输送队"——实际他们常是这样输送着。他们也有时把子弹卖给革命军，这还是公平的交易呀！

"司令才向你说什么？"梁兴拾起一块石头抛出去，接着又拾了一块，在手里颠动。

"他找萧明——"

"找他干吗？"

"这是不知道呢。大约是商量晚间怎样攻打岗底下的窑子吧。"

"你说给他萧明到哪里吗？"梁兴笑着，歪着脖子，显着调皮和狡猾。用手里石头投到地上，又拾到手里。

"才他还在这里走着，走着不见了——司令自己去找了。"

"哼！他也许找得到？"

小红脸听着梁兴的语音，他迟缓地翻着眼睛。看了看梁兴，接着说："你又想说什么坏话吗？小伙计！"

"他妈的，反正女人全爱漂亮的小伙子，别看不起我才十八岁！什么也全瞧得懂呢！——同志们全在说萧明的坏话呢！"

小红脸不理他，加力吸了两口烟。他感到无味，丢开手里的石头，帽子照样尽可能扣到脑后，响着肉口哨，走开了，又加到另一堆人里去。

陈柱拨着向山坡下去的乳树和茂草，向前移动。在快要到临近水边的地方，他听到了似乎是安娜的声音。他下意识地止住了脚步，让自己的身子隐在树干和草丛的后面。

暂时是静静的。

萧明和安娜并肩地坐在小溪边一条横倒的树身上。安娜用一枝树条不经意地击着流动的水波，使它轻轻溅起零星的飞沫。绷带包和手枪垂挂地留在身子的后面了。萧明的帽子也除下来，头发很妥帖地趴伏在头顶上。

"……九个同志，死了四个了。我也明知道这是应该的，就连我自己也是一样。不过，我还是想念他们。这是任谁也不知道的。我知道，我这样人对于一个真正革命队员的要求，还差得很远。一个革命队员一定不许有动摇，有悲伤的……"萧明的声调是一致，没有抑扬，也没有顿挫，仿佛是一汪汪在月夜里面流去没有涟漪的水。

"你有时，也想念到你的祖国吗？……"

萧明把中途的话折转到安娜的身上来。

"祖国？……多少是有些怀念的啦。不过，我是生长在中国，故国的情形，总是爸爸向我诉说的。"

"……你父亲，他在上海怎样呢？"

"那面情形很糟糕！"安娜用力使树条抽打了水波一下，接着说，"……在幼年的时候，父亲，妈妈，总是讲着祖国里的悲惨啦，日本政府怎样使朝鲜总督加紧压迫朝鲜人啦。他们常常是痛哭一整夜一整夜的……父亲的友人们来的时候，也是集在一起讨论，痛哭，引得我们小孩子也痛哭。我从有记忆的一天，我就记得向日本复仇……"

"你几时加入组织的？"

"这个很早咧！在十四岁的时候，我就开始被训练着了。爸爸现在的胡须很长了。他再也不提到祖国，也不再流泪，他现在工作是忙的，还时时有被中国政府逮捕的危险……"

"你到满洲来，是组织里的任务吗？"

"是的，也是父亲的意思……在临行他说：'去吧！安娜！到满洲去工作吧！只要全世界上无产阶级的革命全爆发起来，我们的祖国就可以得救了。不要信任别的，安娜！到满洲去吧！那里有我们几百万同志，也有我们的敌人。开始去和王八的帝国主义者，做血的斗争吧！'他说'祖国'这是最末的一次呀！……"

安娜只是诉说，在她们背后的陈柱被感动着。他手抓住一株乳树，勉强镇定着自己。同时他想到安步东，一个怎样英勇的，为革命而什么全丢掉的英雄。

"萧同志，你应该努力克服自己呀！——动摇会死灭了你自己……"

而后他们的声音使陈柱听不清了，同时也不想再听下去。他要退到山岗上，叫别人来找萧明，好计划怎样在夜间攻取那个窑子。

一块石头，嘣——一声，投到水里去了。水花横溅到人的身上，他们惊愕地寻找投石头的人，发现了在后面帽子尽可能扣到后脑勺的梁兴，狡猾地在笑。

"你这贼——"萧明用手枪指着他，同时脸颊不自禁地有了涨红。

"我不是贼，我是司令的传令——司令要你马上就去，萧同志，听见吗？"梁兴的帽子还是尽可能地扣到后脑勺子上，摇摆地走了。萧明同安娜也爬上了山坡。

太阳已经快挂过天西。侦探的人们回来，揩着脸上的汗。在一处有荫的树底下，司令就坐在那里。人们坐着，立着，或是两肘支着地围着他。萧明，安娜，他们分别走开。安娜去巡视病伤者和李七嫂；萧明一直向人围的方向走过来。

"司令同志——"萧明向陈柱打过招呼，就拣了一块石头坐下。一刻安娜也回来，在脸上似乎增加了一层哀愁，深深地印入萧明的眼睛里。

"诸位同志……"陈柱看一看他周遭的人，全似期待着什么一样。他接着垂下自己的眼睛，安定了一刻而后说："……今夜，我们要攻下岗下那个院子，要注意这是比和日本军斗争还要难！这里面要有几十支大枪和小枪。据去侦探的同志回来报告，那里守护得很周密。炮台也很坚固……"

他又沉默了一刻，最后他把手扭绞着决定地说："无论怎样，也是得攻下来的……如果要他们自己答应我们……应该是困难的！总之非得攻下来——反正，这全是有势力的地主。"

一切按照计划开始布置。把所有的人分成了四部，一部由铁鹰队长率领——安娜也属于这里——守候这里的伤病者和行李，算作预备队。余的三部由陈柱、萧明、杨队长率领着。在月亮还没有爬过山头的时候，他们开始向预定的目标，做着探险一般的爬行。

正是这个时候，在山谷里，在安娜的怀里，在铁鹰队长和所有留待在山谷里的同志围绕着的当中，李七嫂死了！唐老疙瘩的步枪，也还是放在她的身边。

七　毙了他们必要吗？

消息，像秋月里的蚊虫，嘴角尖锐刻薄地到处飞着，传布着，传布疟疾那样传布着各种各样的消息——某个市镇，某个乡村……被"义勇军"占领啦；某个地方的农民组起了"自卫军"，自卫"红枪会""黑枪会"，更伤心的，竟有一面抗战着日本兵，一面和乡村里的大户作对，所谓"人民革命军"也出现了；日本兵一天用炮灭几个村庄；"满洲国"的兵们枪毙了日本军官，叛变去投入了各色的团体……不间断，流着的水一样，在各处流走着。采取不同道路，不同的方向流走着。他们共同唯一的呼声，是驱除和歼灭屠杀民众的日本军，和那些走狗的军阀。

王三东家，自从听到岗上有成伙的人蠕聚着的消息，他是感染了疟疾一样的不安。他想不出这流派是哪一流派，义勇军吗？是胡子呢？义勇军和胡子是没什么区别的啦。不，义勇军是不绑票呢。要枪，要子弹、烟土、纸烟……也是一样的呀！他们也不同日本兵、官兵，那样到处强奸女人。

"南岗山洼里，又来了那些人哪。打着红旗，自己在那里做饭呢，全有枪，还有女人……"

一个早晨，放牲口的秃四，跑着来告诉王三东家。王三东家在院子里走着，看着内院的墙壁，外院的墙壁，墙角间的炮台……家里的快枪是足够用的，只是伙计们太少了。家里的钱财不必担心，全存在城市的银行里。大东家、二东家，同他们自己的老婆孩子们，全到城里去住了。三东家舍不掉这样一片宅子给佃户们住，或是被胡子们占了去。他发誓要守在这里，时时他念着老人给留下这样的家产，是不容易的啦。一千垧地，这样的房子……太平年月总会有的吧。他瞧不起他的哥哥们吃鸦片烟、赌钱、娶窑子女人……他是朴素的呢。不肯浪费钱，也从不肯让过佃户们一个租钱。佃户们给他的绰号"白脸三曹操"，见面那还是称三东家。

他想着，这应该怎样办呢？到城里去请官军一定来不及。不然，早晚山岗上的人一定要下来。这与穷人家没有关系的。他是这里的首户，一定是脱不过。一直快到黄昏，他决定把所有的附近的佃户招了来，一面他秘密派秃四到有"剿匪军"的地方去报信。

就近十几个佃户，抛开自己的家，来听三东家的吩咐。

三东家在院心里走来走去，手不停地指着南山岗，嘴里讲着好听的、使佃户们有点不相信的言语。因为三东家从来嘴头是巧妙的。秃亮的头顶，也是有节奏地来回摆动，小眼睛深深很轻妙地嵌到肉里去，形成一条缝，勉强笑着，因为在眼尾有皱起的肉纹，那是在表示笑，也是在表示焦烦。

佃户们青年的，全不耐烦听这样屁一样的唠叨；老年们为的要表示他们的厚道，要表示他们是忠于地主们的佃户，却显示出更谨慎，企图在患难里感动三东家的心肠，至少是有好处的。虽然他们也明知道三东家是"白脸曹操"。

"东家说得不错呀！俺一家老小全是吃东家，穿东家，指仗东家活着……现在东家有事了，就是要俺们的命，也说不出别的来呀。"

佃户老孔特别要表示他是更忠于东家，用手掌拍着自己的胸膛。他的小发辫很固执地盘踞在头顶上，脖子的脉管高高地裸露着，胡子起着稀疏的颤动。

"老孔才是血性汉子呀！"三东家称赞他，同时又说，"好歹我们是地东地户多年了，平常谁对，谁不对，全是有个担待的。比方我们家里有事，你们来帮忙；将来你们有事了，做东家的，能够白瞧着吗？……还不是一家人一样吗？……"

谁全知道老孔的老婆是今年春天死的。死的时候是用一领破席子卷着埋到土里的。三东家什么全知道，三东家也并没说什么。不过老孔并不计较这些，农民是不晓得怎样记仇的一种人。

每人一支步枪。三东家又每人给了五十粒子弹，告诉说："子弹不要浪费呀！子弹现在真贵得凶呢！要两角钱才能买一颗。放完枪的'子母筒'也不要丢了，留着卖铜也是很值钱呢。"

三东家特别破费，杀了一只猪。肉在锅里滚煮着。大罐高粱酒敞着口，酒的香气四出飘溢地引诱着人。

王三东家的伙计们、佃户们，一共是二十七个人，二十七支步枪："七九""大盖""八米厘"……全有哇！王三东家也挂了盒子炮和一支"马牌"八音手枪，巡逻院子里每个炮台。每到一处他总是这样说："他们不动手，我们可不要惹他们。"

在炮台二层下，安置着火药缸。那是为了长筒的"抬枪"，抬枪是很厉害的，可以装大粒的铁砂，钉子形的"单子"。在半里地内可以成片地喷射着，专打马队的胡子。

年轻人惊奇地玩弄着步枪。王家的炮手们说给他们怎样放，怎样填子弹，怎样放完了把子弹筒投出来……他们无忌惮地吃着煮猪肉，不熟悉地饮着高粱酒……轮班在炮台里、在院子里守望，兴奋着如孩子们盼望过新年过季节一般地盼望着，那南山岗上窝藏着的家伙们，马上就爬下来。王三东家恰是相反的，在心里默默在祷告："老天爷，还是让这些贼种们全过去吧！什么义勇军，什么革命军，全是可恶的啦！全是一些不安分的游民！还是让我们过太平日子吧！有'皇上'也好，日本鬼子全占了也好，反正谁坐天下给谁纳税吧！万恶的'红军'，竟妙想天开来分富人的土地财产吗？天地间发财要命的呀……"

高粱酒烧红了青年人们的眼睛，烧热了青年们的心，沸腾起野性的血流。他们大声地骂着，骂着南山岗还不马上就下来的一些人；唱歪曲和淫亵的小调。他们不和老年人在一起。在炮台里面谈论女人，又谈到义勇军、革命军，和听到日本兵在什么地方把小脚女人的脚剁下来，挂在树枝上；剖开有孕女人的肚子，绑她在大炮上去打红枪会那些事。就他们所知道的他们全谈论着。有的在谈论里，因为酒吃多了已经睡去。最后他们又谈论到王三东家——王三东家巡回到这里，又巡回到那里。每到一处，他总是这样说："天是时候了，多清醒点吧！"

所有的狗，全关锁起来，怕它们吠叫混乱了声音。

"全像今天这样还不错，有酒喝，有肉吃……"一个叹息一样地说着。

"可是王三这家伙，真够鬼的啦，过河就拆桥。"一个暗在墙角的人这样说着。

"你小心叫他听见。"一个在劝阻他。

"你放心吧，这个时候，你就是骂他八辈祖宗，他也假装听不见。听见又能怎的？这些人把枪嘴一掉，就到岗上去挂个'柱'！这年头才好呢！也没有老婆赘着脚——"

"就凭你这角色，还要去挂'柱'？你知道枪由哪头放？嗳！要说俺吗？"

"就这么一拉，这么一推；再这么——""钩"字还没说出来，嘣的一声，他的枪已经走火了。人们开始骚动了。睡在墙角的人们纷忙着寻找自己的枪。

"走火了吗？"炮手在外面问着。人们的耳朵只是沉重地响着，着了锤击一样地吱鸣着金属样的声音。谁也没有听到门外的人在问什么。

"发现什么动静吗？还是枪走火？"王三东家也跑了来，他手挥探着一只手电灯；另一只手捏着手枪，机头高翘着，用大拇指隔碍在中间。那个枪走火的青年农民，还是原姿势抱着那支枪，眼睛睁大地没有回答。显然他是有点昏聩了。震落的尘土轻轻在飘飞；有不甚浓郁的烟，从枪口，从枪机槽的地方，悠闲地沁出。

"抽开枪栓哪！"一个青年农民取过他的枪，但是枪机因药烟的黏结，很费力才算使弹筒丢抛出来。有的人拾起了它，那是遵从着王三东家所说的"铜也可以卖钱"的话。

人们的骚动平息了。在林子里却引起了夜鹰的长鸣。

死静死静的围墙，整齐排列得像一所小小的城池。在转角部分更高耸一些的，那是炮台。模糊的，由炮台眼探伸出来的抬枪管，显着很苗细，很贪婪……

秋虫在各处叫得更显著，使人感到一种不可说的凄伤。夜鹰在树枝上打扑着翅膀，常常听到小鸟们不安定的啾唧。

萧明期待一样看着天，想着日间，想着安娜，想着安娜用树条抽打着溪水，激起来的花沫……又转想到这当前的斗争。——杀人是不可避免的。在他想着崔长胜常常问他：什么时候那样日子才能到来呢？现在他又来无解答地问着自己：什么时候才可以避免了人杀人呢？

十几个同志，也是伏在地上。他们是沉默的，只是等待当前的斗争，没有想到更复杂的事情上去。小红脸也在这里面。这时节却没有给他吃烟管的机会。

眼睛全注视炮台的黑孔；耳朵倾听着枪声。一会儿在墙里，在炮台里听到了高笑声音飘出院子来，飘到远方去。

"听，里面有放枪声了。"一个队员在后面说。

"这不像向外射击的样子，一定他们自己走了火——"萧明解释着。一直到枪声引起了远方的狗叫，院子没了骚动，萧明挥动手臂，他们又开始向墙脚的方向挨过去。那墙不容易攀登，外面掘就不能飞跃很宽很深的壕沟；墙上布满了有棘刺的铁丝。壕的外面纵横地还放着很多不驯顺的树枝，杈丫伸展。

在左侧面也已经有了灰色移行的影子。萧明知道那是陈柱率领着队员们，去攻打正门。枪声无节制地爆鸣着了。

炮台里有枪声响了，每个炮台全开始骚动。接连有着抬枪向树林、田野，遥远地喷射。萧明发命令，要队员们加速地将壕沿的树枝一齐填到壕里去。他们踏着树枝爬过了障壕，开始准备怎样爬过墙去，去掘炮台的底座，好燃烧炮台下面的藏药缸。

在前门有口笛号叫，特别是东北角上枪声更繁密，并且有喊声："你们这些王八浑蛋，我们又不是胡子……"

"妈的，谁管你们——着家伙——看着，不要叫他们贴到墙啊！——放枪啊——子弹咧——三东家——我眼睛什么也看不见了——真他妈，就这么几个子弹——三东家钻到什么地方去啦？——四个炮台角全没用了——一会儿非抢进来不可——进来咱们还有好？——为什么我们替别人挨枪毙？这个'刻牙鬼'怎么也不来说'子母筒可以卖铜'——"

五十粒子弹，很快被他们发射完了。他们空着枪在院子里穿来穿去，寻找三东家。从炮台眼里向外张望着——那只是灰茫茫一片。

外面的枪声哑默住，在东南角上的炮台，蓦地起了一个破天的轰响。在这意外的惊愕里，世界被消灭了吧？太阳爆炸了吗？整个的炮台没了顶盖，墙垣陷落下去，残破的房椽，残破的人的肢体飞腾起来又落到地面。浓黑的幕烟带来了硫黄气味。整个的庭院，被这破天的火光照彻着，幕烟充塞着……由别的炮台角抢出来的人，成了没有经验、失了洞穴的耗子样，在院子里到处慌乱地穿跑。

从火光崩残的墙缺，在火光高烧的辉映下，人，魔鬼一样浴着涂红的火影，接连地爬进来，围墙上也全发着喊声："抛开枪，把手这样举起来……"

"不要开枪，我们全是地户哇！我们是被派了来的呢，给他看家。"

完全顺从地举起手来。大门敞开了，人们开始去搜寻王三东家，搜寻各炮台，各地方……陈柱命令跪着的农民站起来："站起来，弟兄们，我们不是胡子——"

他挥着手，叫他们到一个屋子里去集合，命令两个队员："同志，把这些弟兄，全先带到这个屋子里去，看守他们，不准乱动——"

陈柱指着一间屋子，他同别的队员又开始向后面去了。在模糊里，农民们看着这个短身形的影子，他们显着惊讶和疑虑："这是什么军哪？是红军吗？还是义勇军？一刻全枪毙我们吗？不然我一定也去干干啦！这是机会。"

在后面，队员已经搜获了王三东家和他的老婆。他们颤动地在人们围绕里面，像两只刮掉毛绒肥好的猪崽。皮肤是白皙的，他们这时什么全能忍受——在火光照耀的院心。

陈柱并不向他们有所询问，只是简单地说给萧明将他们拉到什么地方去"枪毙"而后葬埋就完了。王三东家听到要枪毙他的时候，他是死也不肯离开地皮，他哀鸣，他的老婆也哀鸣着，就如催缴地租的时候，他吩咐炮手们拉走佃户的牛到屠场去，佃户的一家那样哀鸣着。萧明向陈柱说："枪毙他们必要吗？"他们声音放得很低，但是同志们全注视着他，倾听着他。

"必要的，没有什么理由，再留他们生活下去——好，另换一位同志执行吧。"

人们轻微地哄笑和骚动。最后是由杨队长去执行。萧明感到一种不安，近乎伤心和羞耻。陈柱并没注意到这些。他开始分配哨兵和派人去山岗上接迎病伤者。

在墙外不甚遥远，发出两声沉闷的叹息，那是步枪的声音。萧明知道了那两个动物，已经被结束了。同时他又感到一种矛盾的轻松。他决定地自语着说："这是对的啦！"

队员们到处发现着可吃的东西，他们快乐得忘了一切。完全坦然，自己在厨房里烹调。陈柱到处检点墙的缺口，随时在命令什么地方应该用人修补。而后他又讯问那一群被关在屋子里的农民和炮手。他们大概是知道王三东家已经遭了枪毙，他们也感到共同的不安。

"弟兄们，不关你们的事。天亮的时候……全可以安心回家——你们有知道枪支和子弹放在什么地方的，可以领着我们取出来。别的我们什么也不要，我们走了以后，你们可以随便拿的。这全是他们剥削你们得来的——你们不全是他的佃户吗？这就对了……"

王家的两个炮手，他们忠心地愿意领着去寻藏子弹的地方。同时他还说大约他还能知道藏"烟土"和钱财的地方。那是应该在三东家自己的卧房里，一向被三东家老婆掌管着钥匙的。

"别的我们没有用，只要枪和子弹。"

一直到黎明的时候，才万般全安定。厨房里时时听到铁勺高亮地，模仿着饭馆里炒菜那样的声音，和有很浓郁的香气散布出来。

长长地在每个屋子里摆着桌子，什么碗盏全是齐备的。年轻的队员们走来走去，兴奋着啃吃猪骨头。

小红脸在一个屋角，悠闲地吸着烟袋，看着这不常有的现象。队长们一样也是兴奋的。其中饮到酒的，红着脸色，不必要地打碎墙壁上带镜框的照片。找到纸烟，不会吸的也开始吸，玩笑着用鼻孔来代替嘴，而后引起哈哈的笑声。

从扯开每扇的窗子，汗臭、烟气盘旋地上升……陈柱一只手插在皮带里，轻轻闭着一只眼睛，高高站在门前阶石上张望着南岗。

秋月的清晨，一切是清澄的。岗顶几处轻轻静止着几条薄薄的秋云。夜露湿压过的树叶，凝碧而显着沉重，有的已经发黑和轻黄。没有熄灭尽的东南炮台里面，还不断有烟上升，同时也还散布着恶辣的气味。一只破碎了的，已经不大清楚是不是人的尸身，被焦烤在燃烧着的一块木柱上，源源沁着脂油……

打断了的枪支、子弹筒……在院子里各处散布。女人的绣花缎鞋，被一只狗在那里撕碎着……

陈柱走上了一个炮台，他察看这个地势哪里是容易被袭击的地方。在东边山上，已经有自己的红旗飘动。那地方是很适于瞭望，同时他想日本兵和"满洲国"兵，马上是不会追击到这里的。

——这是比较安全的。

遥远地他看到从岗上已经有人向下爬行。担架床艰难地摇摆。一刻被树林和田野遮开。——他细细地辨认每个人，却分辨不出来。他猜想行在人群后边那个较高身材的，也许是铁鹰队长。他关心地寻找着安娜，用手遮到前额上，这样也是分辨不出。

在最后面又出现了一具担架床。那一共是三个人，两个担床的人，和一个走在后面的人。衣服呈着淡灰色的闪光。

这个，一定是安娜了。那个同志伤重了吗？为什么走在后边？

他确定了那是安娜以后，竟觉得周身轻松了许多，同时偷偷在嘴周挂起一点笑意。这笑意在陈柱的脸上，像是久久被冬天封锁的大地，一旦春来了，松软了，有几棵嫩黄的小草芽，在枯草下面生长着一般。

他蹲下了阶石，什么地方飘来饭和肉炒菜的香味，烦扰了他。从厢房里他看见梁兴红着脸跑出来，赤着背膊，后面有谁在追着，骂着……他看到了陈柱，待要跑转去。但是陈柱用眼睛止住他说："你在调什么顽皮？喝酒吗？"

"当然要喝的啦！不喝王八羔子们的酒，喝谁的？司令同志，你也想喝一盅吗？"梁兴显着顽皮粗野，直直身子站在厢房门口。是的，梁兴近来会更俏皮地说着流行话了。他从来也不想到实际是什么。他变得更快乐，更粗鲁，变得更会巧妙地骂着自己的敌人，就是在打仗的时候也是一样。

陈柱微笑还是挂在嘴周，静静地看了梁兴一刻，已蹀向别的地方。梁兴看着这个不甚美丽的司令，一只手插在皮带里，缓慢地又蹀向对墙角小红脸吸着烟管的地方。梁兴摇摇自己的头，两只眼睛交替地眨眯了两眨眯，身子一勾曲又转身钻入了厢房里。厢房里的呼喊声还是无停止。

"司令同志——"小红脸正又陷在他过去的沉思里——什么时候才可以太平呢？什么时候可以分到应该得的田地呢？日本兵和日本鬼子，什么时候才可以完全消灭尽呢？……

他从墙角现出，把烟袋从嘴角里恭敬地取下来，习惯使他如在乡村里见到某个熟人那样，高擎在手里说："司令，够辛苦了，吃袋烟吧！"同时用手摸了摸烟袋嘴，这表示是擦得干净。

陈柱接过那只小烟袋，咬在嘴里，很熟练地喷着烟，顺便也坐在小红脸身边那条蹩脚的木凳上。

"敢情，司令也会抽烟哪？"

"是呀！我也会抽烟。"陈柱似在体味着什么，一只眼睛微眯着，显出意外的安静。

"怎？平常一回也没见抽哇？"小红脸像个很殷勤的主人，以主人的身份用烟袋来招待客人，在乡村这是普遍的。小红脸一辗转又想到了他们那个以产烟叶著名的乡村。

"这烟味道还好吗？"小红脸见到陈柱只是埋在什么追忆里一般的沉思着，于是他又补充了一句，"这烟味道还好吗？"

"还好的。"陈柱和先前一样没有变动。

"这不如我们家乡的烟味多多了。这味道一点也不厚。真是嗳！"小红脸说到这里，他停止住。陈柱注视他的脸，那是已经有了很多条忧苦的纹褶了，脸色也还是不鲜明的红润。

"想家乡吗？王同志——"陈柱已经把那半烟袋锅烟吸尽，在鞋底上企图叩去里面残留的灰渣。小红脸发现陈柱那只"水袜子"①已经残破得可怜了，一只底子已经有了开洞。陈柱还很开心用那烟袋锅，在那残破处搔刨了一下。

"还有家可想吗？不因为日本兵把家给拆散了，我恐怕还到不了这里呢！嗳！家？"

这似乎引起小红脸无限伤心样。他要过陈柱手里的烟袋，探入一个不很小的皮囊里，熟练地扭转几下，又是一锅满满的烟末插出来。他用一只拇指轻轻按按，又递给了陈柱。陈柱也没有推让，咬到自己的嘴里。这时在每个房间里，全是骚动的大笑，猜拳，唱着冲锋歌……

小红脸第一根划着的火柴灭了，接连划着了第二根。陈柱又归复了沉静，开始吸第二袋烟："这烟是从哪里得来的？"

"梁兴同志在什么地方弄来的。——你的'水袜子'破了呀！"小红脸很关心地说。陈柱没有动他的脚说："是的，破了！走起路来很担心！昨夜里一颗石子杠得我好苦，现在还是疼着呢。"

"那怎样办呢？"

"等到集场子再说吧。所有寻到的鞋子，一双我也穿不合适。你应该去吃点饭吧。这里有好些吃的东西呢，足够我们吃些日子。"

剩余的半袋烟他给了小红脸，孤独地走出了二层院子去。小红脸好像遗忘了什么，怀着追悔的意味，看着这个值得亲近的人。

"我忘了，我不是应该问他些什么吗？关于……"

将近早晨七八点钟的时候，才发现队员们抬着伤病的同志，从大门走进来。门卫队员开始敬着礼。

铁鹰队长脸显着削瘦，下巴突出伸长着。李三弟和别的队员，也全是一样显着疲乏、倦怠，勉强支持着自己的眼睛，看看这宽宏院子的每处。

---

① 水袜子：日本劳工常穿着，可避水泥，橡皮底，轻便耐用，登山最宜。

那已经残破了而现在还有多余的烟在升腾的炮台，却使他们感到了一点振奋。

"昨夜就是由这里攻进来的吗？"铁鹰队长握紧陈柱的手掌——那手掌多毛而厚重。陈柱点着头；经过这里的被安置在担架床上的伤者，他们一刻也似忘了痛苦样，困苦地笑着，张望着那点奇迹。

"昨夜在岗上，我们听得很真切。这炮台被炸时候的火光我们也看过了。那真是很大的动静呢！我们在山岗上，为你们唱过'冲锋歌'！"

铁鹰队长渐渐又复了他那鹰一般的风度。

萧明、杨队长、梁兴……也全跑出来。

"安娜在后面吗？"萧明问着铁鹰队长。

"在后面——"

萧明他不再问到别的。陈柱轻轻地看着他。

"安娜怕是要病吧！"铁鹰队长注视着远方，这时所有伤着的队员，已经不经过了。他接着说："昨夜她是够受的了。两个同志，一个因为熬不了痛楚，自己爬到一块岩石碰破了头，一直到天明才'过去'的。李七嫂呢，在你们下岗不多久就'过去'了。"铁鹰队长说话时候好似没有感动，声音低平，同时眼睛一直看着远方。

"冯同志和七嫂全'过去'了？就是昨天晚间吗？"

"……"铁鹰队长没有回答梁兴，也没有回答其余的人。

从树林转角地方，有两具担架床出现了，接着是安娜也出现在后边。

"这就是两位同志的尸首——"铁鹰队长指示给人们。人们的眼酸楚地投射过去；下面安娜和抬担架床的队员，他们的眼睛也是得救了一样，投射上来。

八　为死者祭

三发枪声响过。一条悲哀的生了刺样的长锁链，贯穿了每颗刚强的心。陈柱开始他的演说。

"同志们——"眼睛向前边恳切地望着，用两只臂分撑住两边桌角，显着过分强制哀痛的艰苦，声音不响亮地接着说，"我们自从开始和帝国主义的军队斗争，一直到现在，同志们死的已经不在少数！……眼前这又是两位同志的尸首！……"人们的眼睛全集注到人围当中两具门板上的尸首——很安静地看不出一点凄惨。李七嫂的头发，已经被安娜剪得很短。那一个队员，头颅也还是包裹着，透出来的变得发黑的血渍，也还能看得出。身上全搭着绣花的被子。——人们的眼睛又恢复了低垂，恢复了乌鸦样忧伤。天空看不到太阳，只是浓浓地摊满了半天云。陈柱使自己身子挺直一点，一只手抓住了腰间的细皮带。腮边和上唇的胡须，不驯顺地起着纠绞。在眉间那两条成直交的纹皱，也显得更清明。

"……不要忘记，先前死了的同志，是死在谁的手里，是为了什么死的，现在这两位同志是死在谁的手里，是为什么死的。同志们……一定全知道！"

停顿，接连又说下去："……我们死，是光荣地死在我们敌人的手里了！我们死是为了自己的志愿，为了替人民做革命的先锋，为了自己的责任，为了目前新的世界，为了向压迫、杀戮我们的同志，和杀戮我们姊妹弟兄的敌人复仇……我们的牺牲是必不可免的呀！……"一只拳头重重地投击到桌子上，使每个人的周身全遭了抨击样。

声音又放低了："同志们全知道，我们当前唯一非扑灭不可的敌人，就是日本帝国主义的军阀、政客、资本家，为日本帝国主义做走狗的'满洲'军阀、官吏、地主、土豪、劣绅……他们是无耻的东西……他们是企图破坏、阻碍劳苦大众的革命发展；他们企图永久使弱小民族、劳苦工农和士兵阶级，永世千年，子子孙孙，在他们的地狱里生活！为他们做牛马，做奴隶……"

声音震荡着气流，震荡着围墙外面的树林，深深地，深深地向四围山谷里去消没……

"……我们有的从农民里来的；有的从军队里来的；更有的是从别的绺子上来的……我们这样辛辛苦苦，忍饥挨饿，集合到一起，浴着血来和我们的敌人斗争。为什么呢？这是偶然吗？全不是的，这是我们的敌人将我们逼成这样！敌人他们要消灭我们的力量！……要回头想一想吧，你们在军营里，你们的长官全是怎样的啦？他们抽'大烟'，他们娶'小老婆'，他们每月还要从你们那几元钱的饷钱里揩油水。他们向士兵们使用军法，自己却做着诸种犯法的事。他们自己做错了事来拿你们枪毙，好证明他们的军法无私！他们的亲族可以做官，他们可以使用士兵们的劳力来换他们的荣誉；他们可以将你们的两腿打得皮破肉开，而后再用两个鸡子来收买你们的心！他们会说更好听的迷汤话。当他们到前敌的时候，他们向你们打善意，做兄弟称呼。那是怕你给他们枪子吃！平常他们会像猪一样地待着你们，向你们卖弄着威风！你们一千一万个死灭，那是不被谁注意的；你们忍饥受寒，那是没人同情的，因为你们在民众的脑袋里被憎恶了，在大众的温情里被摒弃了！你们一样也是有血，有肉，有温情的身体，有聪明的脑袋。但是贫穷鞭打着你们，碾轧着你们，驱逐你们去当兵，去死在没有代价的枪炮下面，去筑成资产阶级的堡垒，做成资产阶级走狗军阀们的工具，一无所知地，大量屠杀着自己同一阶级的弟兄！这是怎样可悲的呀？……过去，受着那些狗东西长官们的压榨已经够了！而今呢，又增了两层的日本兵的压迫……当过兵的弟兄们，你们现在是做了为劳苦大众，为全世界弱小民族争自由、争平等的好汉了！这是露脸的呀！我们一定……一定要和压榨过我们的，那些狗东西们斗争！同志们……斗争啊……"

当过兵的队员们，高高纷乱地挥击着手臂，嘎叫着，垂挂着鼻水和眼泪。

"司令同志，说呀！——说下去呀！"癫狂地叫喊。站在队前排的小红脸，鼻子困苦地起着抽动。鼓噪起来的气流，轻轻荡动着李七嫂的头发。

萧明、安娜、铁鹰队长……他们的头忧郁地挂下着。

"说呀！司令同志，说下去呀！"

陈柱点着头，同时笑着两条细小的眼睛——凄悯而安静。

"……同志们！"他先举起两只手，又随着骚音平平地落下去，手心向下，看着这渐渐停止了蠕动的人群。

"……同志们！我是当过兵的啦。吃过军棍，为连长太太抱过孩子……打过前敌。我是'满洲'土生土长的庄稼人。我做过放猪的孩子，爸爸是'扛活的'①，他的肩膀是很宽的呀！身材高高的，屯子里全叫他作'陈大力'。因为他的力气大，地主们全欢迎他。谁知道他的力气在四十岁的时候就完了。四十一岁他的生命也就同他的残余的气力，同他的高身材、阔肩膀，埋在地下了。他自生至死，就是一个卖苦力生活的老实庄稼人。他没有一天是为自己来种地；也没有一天不是为老婆孩子卖力着——他常常拍着我的脑袋说：'柱子，我必定要叫你念两天书！爸爸是瞎了一辈子的眼睛啦！不是吗？也就得一辈子给别人扛活呀！'同志们，他是看到自己东家的儿子闺女们全念书，念完书就做官，做官就有了钱，有了钱就买地……钱是越来越多，田地也是越来越多……结果有钱有地的子弟，永远是用不到劳一点气力呀！至于没钱没地的呢？仅仅用劳力赚生活的人们，那就一想就知道了。结果是富的更富，穷的更穷了！同志们，你们在年轻的时候，同我这样环境的，一定也是有的多多啦！现在我们知道了，这是不公，这是惨无人道，这是不能和解的冤仇……我们祖先受过去那些王八羔子们皇帝、军阀、官僚、土豪、劣绅的统治、蹂躏，现在他们又把我们盗卖给日本兵。日本兵又在他们的大炮、刺刀的后面带来了一批批日本帝国主义的军阀、官僚、走狗，照样来统治、蹂躏我们，屠杀我们的弟兄，我们的同志，我们的姊妹——"陈柱的声音断下

---

① 扛活的：即长工。

来，人们仿佛是正在行走的列车，突然遭了停止，感觉上做着一致的颠簸。

陈柱打拍着自己的胸膛，同别人一样被自己的感情燃烧着。最后他扩大了喉咙，近乎嘶鸣一样，高高地把一只手臂撑向天空去；接着又迅疾地抛斩下来："……我们就到全死灭的一天，也不能软弱，也不能屈曲着脑袋，再叫那些王八羔子来统治了！同志们，你们是不是抱了这样决心，才来参加革命的？……我不必征求谁的意见，那是一定的……不过我还要向同志们要求，要求同志们要认清了革命军的'纪律'！要尊重、严守革命军的'纪律'！譬如这次铁鹰队长同志，败仗了，唐同志和其余同志的死伤……这是同志们忘了'纪律'！没有重视和实行革命军的'纪律'！譬如唐同志那样，那是应该'枪毙'的——这是铁鹰队长同志犯了感情上的错误！——结果是这么多的同志死伤了！从此以后，同志们一定要担保自己，不要再有这相似的事情发生吧。我们自身若没有铁一般的纪律，是不能和我们的敌人斗争的，也万不能克服我们的敌人……结果……结果我们只有全数死灭，全数死灭——现在把这两位同志埋起来吧！我们一定要纪念着为了'错误'而死的同志们！我们要唱一个歌——"

在群众的歌声里葬埋了死者。

九　暂时分开吧

苍鹰在天空打着盘旋，地上再没有了一只鸡雏，可以引诱它们扑下来。山岗上树林多的地方，色调已经不统一。有的地方变成了整块的湛黄，山榆树、野葡萄叶的殷红，或者夹着发黑的绿色。

远处田野里，还是没发现有人收割。这已经来到八月末，照例收割的时候。成熟了的庄稼，只有没兴致的，和没有成熟的时候一样，生长在地里。

佃户们互相传讲着王三东家家里发生的奇迹。更是那夜由王三东家家里被放回来的农民们，发了疯狂样。在青年农民的心里，开始生长起青草，再也不能安静地工作下去了。拿着镰刀，比拟作步枪，捎在肩上到处里走。嘴里模拟着那夜学会的一句话："抛开枪，把手举起来——"互相地戏弄着。有时候不经意被镰刀割破了手，鲜血流出，也是欢喜地喊："伙伴们！挂了彩啦！"

一心一意地也要去干革命军。他们还不知道革命军是怎样，在他们却有一个信念："反正无论干什么也比庄稼人强啊！"

老年的叹着气，没有力量能够把这些不驯顺的野马们，再锁在农具上，一年到头地拖呀拖……替地主们耕地，替地主们赚租银。老年人除开悲伤着自己，不会再有太平日子好过以外，还惋惜他们是快拖了一生，儿子们也快拖了半生，还没有拖到几顷地和几间自己的房子，只要是草和泥垛成的房子也可以。希望使他们灰心！眼前的庄稼不能收割；槽头耕地的牛马，一头也没了，一头头地没了，连一只小鸡全被过路的官兵杀尽。老人们常常要找到一起，讨论着，在岗下王三东家家里，住着的这些人，究竟是干什么的？不像官军，也不像胡子。青年的小伙子，每天向那里跑，一直到夜半才回家。回家还要大笑，高唱难懂的歌。

"我们报官去吧。"老头子孙兴提议着。

"报官干吗？官军比胡子又多了什么？如今官军里又添了日本兵。谁报官还不把谁先打一顿吗？才怪呢！"有人反对他。

"要不，这怎样办哪？我们的庄稼眼巴巴地不能割；青年人一天比一天来得可怕了！简直他们也要叫那些天杀的拐了走，反了天。什么救国啦，打跑日本兵啦，土地收归种地的人种啦……那些'二扒子'们，每天回家里讲——这不是简直要造反吗？平白的别人的地，就归我们。好，固然谁都乐意，那就怕弄不成功啊！叫官家弄了去，就得枪毙——连好人说毙就毙，何况……还干过……依我看还是报官吧，我们落得做个安善良民。反正我们老百姓谁当皇上给谁纳贡呗；种谁地给谁纳租呗。自己没饭吃，得自己挨饿。什么中国啦，日本啦，现在不是'宣统'又回了朝吗？真龙天子一出世，天下也许就太平了……"

孙兴接连地发表他的见解。那是在他自己的窝堡里，坐在院心。另外还有几个老年的农民。他们全是有儿子的，这其中，孙老头是有儿子最多的一个。他是坚决主张去报官。王三东家家里放牲口的秃四，就是他的儿子。自从王三东家派出去报官，一直到现在也没有回来。同时也没见到有官军来围剿。

"秃四不是替王三东家报官去了吗？好几天了，怎么还没回来？"

"千万你不要说呀！"孙老头子两手摸索地分张着，从坐着的地方站起来，屈曲着腰背，手掌频频地显着过分颤动的摇摆。

"这可是说不得的啦！这被听见……我们全得……枪毙呀！他们一定还不知道有人去报官咧……也许不知秃四就是我的儿子。也许这些不着调的青年人，会说出来。——'二东家''大东家'在城里，势力也有些呀！认识日本翻译。调兵来那是现成的。"

"官军也不见得就能打胜仗，多少次我们看官军打胡子，不全是先给胡子一个信，胡子走了，他们才上来。胡子和兵，那是一个鼻子孔出气呢。官军下来不干了就是胡子，胡子不干了就去当兵。他们除非没办法，但分挤不上他们是不碰的……"有经验的老秦，抖着他的白胡子。

"……现在不是先前啦！"孙老头子为的要贯彻自己"报官"的主张，他把他的驼背，耸了两耸。为的院子里的蚊虫，他极力挥动着蒲草扇。他的胡子还没有完全变白。"……现在改了'大同'啦，不似先前'张大帅'的时代啦。'宣统'回朝是日本人接来的。日本人要保他做皇上，才把倾国人马，全发到我们'关东城'。就说的是这些胡子不是胡子，官军不像官军的什么革命军啦，什么义勇军啦……会啦……全是反对日本人来东三省的，全是不准许'宣统'回朝的。那一定，日本兵要和他们开仗啦。原先……因为中国军队在前边，见着敌人他不打，尽向半天空放枪。打仗的时候……就打仗吧……嘿！还和敌人对面说玩笑呢，并且动不动中国兵就变了，跑到敌人那边去。后来日本兵奸了，他们不叫中国兵在前边，他们自己在前面，叫中国军队在后面堵后路。现在要去报官，那一定要派很多的日本兵来呢……"

"你打跑了这一拨，还有那一拨呢！将来他们知道是我们报的官，你想想，他们能饶了我们吗？还是想个好办法，叫那些年轻人远离开他们就完了……"

孙老头子有点茫然，他开始无可奈何地看着院子的围墙。墙外响着高粱叶；墙下，窘迫地吟鸣着秋天的蟋蟀。从岗下王家住宅的方面淹没过来一片宽宏的歌声，在歌声里还夹杂着高笑。

老人们全哑默住。形成几个小黑团团，像院中在冬天不耐寒的狗，蜷起身子用自己的尾巴温暖着自己的鼻尖那样。

蚊虫们，没有退让地在人们群周打着回旋。

火焰烧着天空，残破的月亮还没有显现出来。风虽然是有，只是不被人们觉察着。人们能觉察到的，只是大堆升腾的篝火。等待歌声起来的时候，篝火便被遗忘掉；到歌声高沸到不可遏止的时候，歌声也被遗忘了。贯穿每颗心，充满每只眼睛，充满每人的咽喉……只是一种火流，一种泪，一种震荡的鸣叫。

萧明和安娜每人站在一条桌面上，身体一致地摆动，随着节拍击着手掌。队员们也击着手掌。篝火在院心，在人群的中间。伤病者也架起拐杖，坐在椅子上。头上、臂上、腿上的绷带显露着。痛苦被忘掉了，被轰鸣的欢声带走了。他们一样是抛开了拐杖。

按次序第一句是萧明和安娜唱。萧明唱低音，安娜唱高音。接着是队员们唱。铁鹰队长的声音是不够的，明显他是感到了一种焦急。陈柱的眼睛在脸上小到简直要没有存在了。

"同志们，再来一次——"萧明高亮着喉咙，后面是龙爪岗的青年农民，他们也喊着："再来一次，同志！"他们忘掉他们还是龙爪岗的农民，俨然是一个革命军的队员。除开臂上还没有一条正式的黄星的红臂章和一支步枪以外，简直他们是什么也不缺少。他们觉到自己万般全熟悉了。一种不可抑制的引诱，抓紧每颗青年的心，开始为这活跃的、新鲜的、热情的人群所吸引，所迷恋。简直一刻也不能忘怀，一刻也不能忘掉了谈论，忘掉了"好，明天一定加到里面去，跟着他们走走吧，看看天底下还有多么大吧！前面尽是什么埋藏着呀"这样的念头。青年人商量着，计议着……老年们的阻拦早就不放在眼睛里了。在那人群里，他们知道了好多的事，也知道了三东家为什么应该挨枪毙。

"那是臭虫一样的东西呀！吸着你们的血！"

那些领袖，那些队员，什么全解释给他们听。虽然有时候也使他们不相信，也有时激起他们不明了的质问，可是那些人，并不骂他们是浑蛋！

孙老头的二儿子，高高站在人圈的后面。想着他的爹，那个老头子，真是被臭虫咬嚼一辈子了。他们也开始被臭虫们咬嚼了二十年。现在臭虫死了一个他还要为它们悼惜。并且秃四还到城里去替王三东家报官，搬日本兵来打革命军！想到这里，有些不坦然。他想：如果真的日本兵搬了来，他们有大炮，有飞机，革命军一定要吃亏的啦！他扯了身边哥哥的袖子一下，一同悄悄地走出了院子。

后面的人群没有觉察，没有缺少……歌声一样还是一次又一次地升腾起来，一次一次低沉下去。篝火增加了些新的烟苗。萧明和安娜也还是一致地摆动着身子，手击打着拍子。

孙二将孙大领到一块石头上坐下，孙大开始问着弟弟："你叫出我来干吗？那里唱歌唱得怪好的。"

"干吗？你只顾听唱歌，你知道吧，老四不是叫王三东家打发去搬日本兵吗？"

"我知道，为什么到现在还没有信？不是在半路上叫日本兵给杀了吧？"孙大显出怀疑和不安。

"杀不杀，先不管——要真的把日本兵搬来，怎办呢？"孙二用衣襟揩着自己的脸。从人群带出来脸上的汗渍被拭净。同时为了晚风的吹拂，才使人感觉到这已是快八月末的天气了。

"那能有什么办法呢？革命军不是到处全打胜仗嘛！日本兵一定也不被他们看作一回事啦！"

"不，你这人真是……"孙二在星光下看着他哥哥那副呆板的脸——忠厚得近乎可怜，愚蠢而没有变动，筋肉好像冻凝的蜡油。

"……你这人，总是这样没紧慢！什么事也不知道着急。平常你还总生气有什么事不和你商量，尽和老三商量，把你外着，现在可是来和你商量事了，你又是这样……"孙二一半是叹息和焦急，一半是愤恨着他的哥哥。

"那么……还是你想方法吧，我听着你的。"

孙大表示自己是个一无成见的人，凄然地向自己的兄弟笑了一脸。

"你觉得革命军怎样呢？"孙二像故意做一个煽动家，像投击一颗皮球一样，静待孙大的回应。

"反正是很好吧？——我不知道！"

"你觉得这些人好呢？还是像'王三曹操'那样人好呢？"

"我觉得吗？……你说呢？"

"我问的是你呀！"孙二的声音强调一些了。

这回孙大要思索了。他思索什么呢？别人是不知道的。他的弟弟等待他，他徐缓地摇了摇自己的头才说道："依我觉得吗？——我觉得还是王三东家那样人好！"

"为什么呢？"

"不知道——"

"你愿意和这些人好，还是愿意和王三东家那样人好呢？"

"当然啰！我是乐意和这样人在一起喽！也不用讲规矩礼法。王三东家那样的人家，尽交结有财有势的。咱们几百辈子能配得上呢？"孙大叹息，叹息自己是个穷人，自己的老子也是个穷人。穷人总是配不上富人的。

"你没听那位司令说吗？'富人就是穷人身上的臭虫'，只有穷人，才是穷人的好朋友！穷人才能帮助穷人！富人们总也没有好念头在穷人身上打算的。在过去'王三曹操'不就是那样吗？用着咱们的时候，他的眼睛快笑得没有了，嘴也甜了，像抹了蜜一样……等到没有事该他收地租的时候，那就显原形了，少一个也是不成。我们穷人，总是心肠软，不会记仇。吃过他几回亏，到有事的时候，还忠心耿耿地去给人家效劳。譬如这回事吧……"

孙二静听了一刻。院里面已经不再唱歌了。似乎有人在讲话。一刻人群哄笑起来；一刻又是不规则地喊叫。说话人的声音一抑一扬，那是很有顿挫的。孙大也似被牵引了，他被这院中发出的声音牵引了。他挺直了坐着的身子说："你听啊！这又是那个女的演说了。他们全说她是朝鲜人，我不信，朝鲜人能说那样的中国话？朝鲜人不全是穿白衣裳、戴纱帽子吗？她怎么不那样？"

孙大对于这个是朝鲜姑娘而没有穿白衣、戴纱帽的谜，却感到了更深的趣味。虽然他弟弟说给他"富人是穷人身上的臭虫"也只有无抵抗地承认下来。他并不想到应该怎样把这吸血的小东西处置了。他还是继续问着孙二："你一定知道她是不是朝鲜人？你不是和她说过多回话吗？"

孙大捧着半脸可怜的喜悦，向弟弟望过去。

"朝鲜不朝鲜？穿白衣裳不穿白衣裳，戴纱帽……这有什么屁关系？尽扯淡……人家懂得'革命'就成吧！人家才是十八岁的姑娘，什么全懂得。所有的队员没有一个不说她好。会治枪伤，治病，帮着司令下命令。平常每到一个地方，只要一安定下来，她就给队员们讲革命的道理。教给不识字的队员们认识字，唱歌……人家朝鲜倒亡了国呢，还有这样女英雄，咱们的地方如今不也叫日本人给占了吗？我们马上就要和朝鲜人一样了。朝鲜先亡的，还是我们的老大哥呢！她说：我们现在若不起来革命，将来比朝鲜人还要惨呢！日本人抓住不服从的朝鲜人，就脑袋冲下活埋！将来你也等着活埋吗？……啊……"

"割命！割命是干什么呀？"他的弟弟每次提到什么"割命"，他从没想有一次求他给解释过。现在他听到那个朝鲜姑娘也"割命"，他想这"割命"一定是件什么奥妙的勾当。

孙二狡猾地闭起一只眼睛，睄着这个颠顶的哥哥，他真有点愤慨，同时又有点可笑。

"革命？革命就是把从祖先就欺负我们的那些臭虫全杀了；把现在东三省的日本兵全赶跑了。剩下田地我们自己种。我们不再纳粮、纳租，养活那些白吃白喝的臭虫们，懂了吗？比方革命以前，富人们有三个五个十个八个老婆，你现在三十多岁了，还没有娶起一个老婆呢，革命以后，一个钱不花，你就可以有个老婆。自己有地，不再给别人种了。懂了吗？这就是革命！这就是那个朝鲜姑娘说的。他们同志们全是这样讲给我听的。"

"这是那个朝鲜丽姑娘说的？真的？她就这样'老婆''老婆'地向你说？她一点也不害臊？真的？"

孙大过度地惊奇和兴奋，自己的下巴全感到冒火。孙二又补充了一句道："你不信可以自己去试试看哪！那位朝鲜姑娘，谁去她全搭理。她一点也不像'王三曹操'家里那些女人。队员们全尊敬她。说她坏话的一个也没有——我在这里等着你，你去试试看，看她尽和你说些什么。回来我再和你商量别的事。去吧——"孙二鼓励着哥哥。

"不，我不——"

"你不？那我们来商量正经事吧——我还要问你，你到底喜欢革命不喜欢哪？"

"我吗？……割命要是真这样，真像那个朝鲜姑娘说的一模一样，我就喜欢！"

"那么，你想革命不想革命啊？"孙二就如一头猎犬追踪一头兔子那样，不放松地追逼着他的哥哥。他使自己的身子靠近了一些，声音也放得亲切、低沉。

"我？……咱爹一定不让的啦！他那大把年纪，他能舍得叫我们去打仗吗？"

"舍不得叫我们去打仗，就舍得叫臭虫吃我们一辈子血吗？——我要干，谁也不商量，拔腿就走。这年头还等着太平日子来？你不去打仗，将来日本兵说不定哪一天碰到你，也杀了你。要不然你就给臭虫吃一辈子血！"

"我吗？……哼！"孙大不相信地站起来接着说，"我们该回家了。他们里面还没完呢？还是那个朝鲜姑娘在说？"

他侧过耳朵倾听着。——夜是静的，声音可以送得很遥远。篝火的光还没有减弱。这次的声音却不是那个朝鲜姑娘唱歌一般的喉咙了，粗大而阴沉。

"你先不要忙，我和你商量，如果老四报官回来怎么办呢？我想……他今天一定回来……你不信吗？——他回来怎么办？"

"怎么办？这我知道怎么办？"

门前守卫的岗兵，阴沉地走着。走过来，又走过去。步枪上的刺刀，偶然地会摆动出一缕缕闪光，借着门内的篝火。

"他如果回来，我决定要把他领来……见革命军的司令——"

"啥？你发疯癫了吗？你怎么要把自己的亲兄弟送去枪毙呀？"孙大惊讶地抖着自己的手。斜对面那个守卫的队员，也停止了他的走动，而向这边挺立着身子，步枪固定在肩上。

"司令不会枪毙他，那不是他的主意。"

"不能枪毙，这也不能叫他见那个司令啊！他们杀人还算回事吗？那天'王三曹操'，不就是那个司令吩咐去枪毙的吗？'王三曹操'和他的老婆还那样地哀求，他连一点怜惜也没有，就命令拉出去给枪毙了！你想咱老四去报官……"孙二打了他哥哥一拳，把声音给打断了。对面那个队员也开始向他们这边走过来，步枪变换了位置，不水平地横在手里。

他们全被哑默住。

怀着兴奋的青年的农民们，打着团结，打着连环走去了。队员们也开始怀着习惯兴奋后的倦怠，到自己安眠的地方准备去睡。临睡在炕上之前，年轻的喜欢谈论的队员，譬如梁兴或是李三弟，总是抓住一个题目，争执着，一直到问题像一团乱线，得不到端绪而裂成碎段为止。每夜习惯是这样的。

小红脸还停留在窗外面一条凳子上，小烟袋照例咬在嘴里。他空漠地，和张德先谈着故旧……崔长胜、刘大个子，和沿路上死掉的两个伙伴……很安详地谈着他们。他们也谈到萧明，不过那是使他们感到有点疏远了。小红脸磕净了残烬的烟灰，这次却不再装满它，只是用烟袋锅，轻轻叩打着板凳腿，很轻妙地发出嗒——嗒的声音。

"老张，我们一共跑出了九个人，现在剩几个了?! 这才……几天工夫，老崔、大个子也死了。嗳！"

"这讲不了哇！谁让我们跑上这条线了呢？这年头，反正哪里也不能得好死。"张德先用着他那打过围的眼睛，瞄视着远方——残破得不像样子八月下旬的月亮，已经快被远方的山头接待下去。墙外不能分清一带树群的杪梢，轻轻地招展着凉意——他一向是轻蔑着死亡。这许是因为一些夏天的野鸭、冬天的野鸡和狍鹿……在他不落空的"围枪"下，死得太多的缘故……他对于人的死亡，也一样漠然。他以为一个人的死亡也只是相同一头不运气的兽，遇到了幸运的猎者的"围枪"一样平凡。

"梁兴那孩子，近来变得发狂了，也学着会造谣言了。"

小红脸一半是叹息，一半是近乎哀伤。

"你说，他是为萧同志和安娜造谣言吗？那是瞎扯淡！司令知道一定要劝告他，这全不用担心！年轻小伙子，还是要阔大点好——萧同志呢?"

"在那里——"张德先顺着小红脸手指的方向看过去——在阶石上面一间耳房的窗上,还是显现着灯火和人影。不过,人说话的声音却是听不到的。

"他们又在会议吗?"

"不是——正在审问两个人!"小红脸尽可能地附在张德先的耳底说。

"审问两个人?谁?——还是秘密的吗?"

"这是值门卫的吴同志……得的。全队部只有我知道,嗯!秘密的。"

"知道是谁吗?"张德先也放低了声音,他们担心屋子里有未睡着的人,会出来看热闹……屋里已经被没有节奏的鼾声、呓语声、不规则的咂嘴声所充塞。

"就是每天晚……来听演说、学唱歌的那姓孙的两个弟兄。"

"他们?他们是奸细吗?他们,不是也要加入我们一伙去革命吗?就是那个很精明的年轻庄稼人?"

小红脸没有回答,只是表示地点了一下头。

"我们去听听好吧?"张德先提议。

"去听听?……没有妨碍吗?没有妨碍就去听听——"

小红脸把烟袋装在了口袋里,掖好了,随在张德先的后面。

由垂着窗帘的缝际,可以看到里面的全部。屋子的顶棚和四壁完全是洁白的。各样奇怪的摆设,全为他们所不熟悉。

司令坐在一张桌子边。桌子上燃着一盏大的煤油灯。火焰轻微打着颤动。桌子对面就是那两个农民,他们并排地坐在一条板凳上。沿着两边的是安娜、各部队长,萧明正是斜对地坐在安娜的对面一个角落里。

"……你们真心愿意,加入革命军了?"陈柱每一个字眼全说得很清楚,很有力。

"真心愿意——"对方似乎成了催眠受术者，意志上蒙了桎梏。

"好——这是应该的！"陈柱站起不甚高大的身材，眼睛爱喜悦地笑着。在地中间走了两转，又回复到原位，没有立刻就坐下，使一只手握住了腰间的细皮带，另一只手钩曲了一只手指，敲打着桌沿，忘形地把嘴唇勾起来，样子好似要打口笛。他并没有那样做——周转地看了所有屋中人们一周——全是静默的，有的已经感到了疲倦。窗外的小红脸、张德先，也如被看到了一样。他们忘掉他们是在窗外，不会被看到的。陈柱思索着看了一刻那轻微跳动的灯焰，复返又坐下，困苦地拉长了眉毛。

"孙同志，这件任务现在要你们去做。就是明天以内，要把你们的四弟寻到，我们对他完全没有责罚的。我们知道他是受了王三那狗东西的指使。不过他去报官，这对于他是很危险的。他们会诬指他是我们的奸细，去诳他们来入圈套……打个半死，王三家里有势力，在那里也不会成功。了当地说，除非万不得已，他们是不乐意和我们对仗。和我们对仗，于他们是不利的多。日本兵也是一样，他们在这有山有树的地方，战术啦，飞机啦，不会有多大用。知道吗？到处全是有我们的部队，到处我们是被贫苦的弟兄们同情的。不同情我们的，就是王三地主这类浑蛋！他们是贫苦弟兄们的敌人，吸人血的臭虫，我们到处应该附带把这些东西铲除了，简直就得消灭！将来的土地就是我们大家共有，公平分配——啊！你们必得把你们的四弟寻到，完成这任务，二位孙同志！"

小红脸同张德先，忘了他们这是偷听秘密的讯问，一直到把那两个农民送出来，他们才明白这是应该躲避开。

沿了狭长的路，两面尽是庄稼颤动。孙氏弟兄熟悉地向回走，沿路愉快地讲着，任意批评他们所见到的。最使孙大感到兴味的谈话，还是安娜！隔不过几句话，他总要把话拖到安娜的身上来："……你说……老二，就凭那样大姑娘……整天，整夜，和男人们在一起混……你说……还会贞节吗？我看，他妈的，至少她和靠墙坐着那个小伙——就是同她一齐唱歌那家伙——多少总得有点勾头！……"

孙大满怀着不信任，走在孙二的前边，很腼腆地笑了说，说了又笑。孙二暂时先不反驳哥哥这样可笑的话。他知道哥哥想老婆已经着了魔，除开老婆以外他不会更想别的，也不会想到，为什么他偏娶不起一个老婆，就是怎样丑陋的全可以。他探试着说："……那个朝鲜姑娘你看好了吗？怎样？明天我们托媒人，把她给你做老婆，好不好？"

孙大知道弟弟是怀着不诚意打趣他；他并不着恼，心里是笑着的，虽然他暂时是沉默着，这样可以表示他是不满意弟弟这样恶意的打趣。

"……可是你要是不参加革命军，这我可不管——我不管你干不干，明天我是非干不可。保不准那个朝鲜姑娘……看我干的工作好，还许跟我好起来呢……"

"你吗？凭你吗？——"孙大这次显着很大的不服气。他在前面特意地把身子晃了两晃，顺手扯下一片高粱叶，又急躁地摔开去。

"……就凭你？……人家那里比你能干的多着咧！看那些队长们，那个大家伙儿叫他'铁鹰'的，样子多么英雄！那个姓萧的，正好和那个朝鲜姑娘是一对……你吗？你加到革命军里，不也是小兵吗？那样姑娘，能看中你一个小兵……"

"我不和你扯这些，到底明天你干不干？"

"干吗？"

"革命去，当革命军去打日本兵。"

"我不去。"

"你真不去？"

"真不去——"孙大又接了说，"可不是真不去嘛！他给我一个老婆，我就干；就是死了也不埋怨！"

孙二开始计划该怎样办。他的哥哥，眼见是要做了障碍，回到家里，他一定要把这事情泄漏给他们的老子。结果他四弟回来，一定要被放跑。司令给他们的任务要达不成。

"对了！我也不干去了，咱们还是当正经的庄稼人吧。等年头好了，我们多租几顷地，赚了钱，我们一人娶个老婆，你看多么好。咱爹又是那样大的年纪——"

"老二，你说话可得算。凭咱们革什么命？打什么日本兵？先躲躲吧。等日本兵来了，把这些东西们全打跑了，我们再出来，好不好？咱还算安善良民。"

"对！可是你到家，千万不要对爹说咱们今晚上的事情。"

"是呀，我不说——"

"我不信你，你应该发个誓！"

"还发誓？——好吧！我要说，我就死在你手里！"

"死在我手里吗？"

"就算这样说吧，亲兄弟万万没有杀亲哥哥的。"

"就算这样吧。"

孙二沉默下来，他看着哥哥的背影，看着，研究着，这个人的全身——背脊很宽，走路的腿脚，常常踢到路上的土块或草根。他想不出方法能使他和他一同去革命，革命对于这样人，一个可怜的"老婆迷"不会发生影响。

听到自己家里黑狗在叫了。他们吆喝着，使狗好听出是它主人们的声音。

屋子里有灯光。狗在他们身周旋跳，用舌头舐主人的手。孙二今天还是照常地挽着它的脖子拖着它，敲打它的鼻子……他知道明天他将不再看到这条可爱的狗了。它生得很雄壮，全身黑色，只在头上有一条缝际一般的白纹毛。

这时候还点着灯吗？

他想，这也许是秃四回来了？他推开顽皮的狗。屋里面已经听出是秃四和老三的说话："你们，怎这时候才回来呀？"

"秃四回来了吗?"

屋子里正烧饭,孙老头躺在炕上的一边,显着很衰弱的呼吸。太阳穴近乎更塌陷,老人显出更年老。麻油灯的光焰还如平日一样:幽暗,羞涩,不时还起着跳动……

老三忙着烧饭,秃四的脸孔肿着,有时还能发现几条划破的伤痕。第一个注意到这个的便是孙二,他靠近秃四,摸着他的脸说:"这是怎么啦?"

"这是日本兵给打的——"秃四对于自己似乎一点也没有怜惜,他完全不经意,接了说,"……他妈的,日本兵才不讲理哩!差一点我没叫他们枪毙!好家伙!他们不愿意出来打仗……"

"他们全问过你什么话?"

"他们问我很多,很多,是一个翻译问的。日本官们坐在上面,他们非叫我跪下说,我不跪,他们就用皮鞋脚踹我的腿!……看这腿……"

秃四尽力地将他的裤管撸到腿根,在那赤露着的大腿上,有一块一块的黑色伤痕。

"这全是用脚踹的吗?"孙二抚摸那每块黑痕悲愤地说。

"不是,有的是枪把子戳的……还有咧……"

秃四尽是指点自己这次由城里回来,身上脸上所获得的伤痕给哥哥们看。炕上躺着的孙老头,他爬起来,挥摆着自己的手,麻油灯也随着颤动,儿子们全等待他要说什么话,但是,他又躺下去,垂闭了眼睛,忧郁地呼吸着。

屋子里变得不活动,屋外烧饭的老三也挨进来,要听听他的哥哥们有什么意见发表。

"他们尽审问你什么来?那些王八崽子,驴一样,他们就知道欺负人!"孙大为了四弟的挨打,他平时好忍耐的性格,这时也变得粗暴一点。孙二只是不说话想着,看着秃四那张臃肿的脸。他想,"王三曹操"临死还叫别人去为他挨揍。

"他们快发兵来啦！横竖三两天就到啦！他们要带着我一齐来打仗，他们怕我是革命军的暗探，骗他们。他们说打不着革命军，就枪毙我，叫我给他们做向导。后来还是二东家托人保出我来……"

秃四依然还是个孩子，吃着饭，他还是无疲倦地讲着。痛苦深深擒住了孙老头。他没有言语，静听着儿子们的意见。不过他从没想儿子会挨了打回来。起始他还说这是替东家尽了忠，到太平的时候，二东家定不会忘了他们的忠心。现在他也还是梦想着太平的岁月，不过眼前的却越来越不太平！——地主人被革命军杀了；炮台烧了，青年的小伙子们全被革命军给活迷住。自己的儿子就不可靠。老年人的运命，眼见就要被抛到泥沟里去。日本兵把秃儿子又给打伤。

"爹——你起来，我们要商量点事！"孙二摇动老头的肩膀。老头失了爸爸应该有的控制力量，颤着声音说："有事你们商量吧，我在这里听着就是了。只要你们不扔开我……不要忘了你妈的坟是埋在这里……就完了。"

孙老头没有希望地诉说着。诉说到最终他的声音被痰填塞住，眼泪却没被填塞住。他始终还是躺在原地方。

"爹！你不要这样！现在到了我们翻身的年头，我们还错过了它吗？你看四弟不就是个样子吗？日本子来了，他还容我们分说吗？我们又全这样年纪轻轻的，他们打不好革命军，还不把我们捉去砍脑袋吗？早先那些'剿匪军'，不全是这样干吗？打不着胡子，拿好人'顶缸'，好回去报功。三窝堡的李麻子和他的兄弟，不全是这样死的吗？日本子按说是更凶，我们又不懂话，又没钱买通翻译，还不光等叫日本兵割脑袋，到城里去显威风吗？——反正我们算不能像一个小鸡崽一样，随便就等着谁给弄死——"

"你们全走吗？一个不留？一个……不……不……留？……"

"走，我们就全走，一个不留！"孙二的主张，使孙老头坐起来，他的眼睛睁大着说："你们年轻，人家要你们。我这样大年纪的老头子，去干吗？跑全跑不动，还用说放枪？去吧！你们全去吧！我是死

115

了也不离开家。让你们年轻人去反叛吧！盼望你们早去早回来，等我死了的时候……只要你们有人将我的骨头……埋在你妈的坟边……就足啦……不要叫狗……叫……狗……给啃得东一块……西一块……"老人抑制不住自己的悲伤，眼见儿子们就如被什么怪物搣去了一样。儿子们被这悲伤传染着，同时也被这悲伤催迫着。

"老二、老三你们去吧！我不去，我看不中那'割命军'，我要陪伴着爹。等爹死了，我再找你们去。"

孙大固执地流着泪。

"你也去吧，你们一个不要留。省得日本兵来杀了你们。秃四也去——日本兵他们也不能要我这条老命；要，我就给他们，反正我也活够数儿了！"

窗外遥遥响着稀疏的鸡声；"大黑"很安静地吠着。窗纸慢慢布上了灰白，反映得麻油灯的光亮，更是不充足。

简单地每人寻到了自己仅有的鞋、袜；一件过去冬天的破棉袄。孙二将他的棉袄翻看两下，最终他抛开它，那是太破了。

"大哥，全仗你在家里，侍候爹吧！"

一排地跪下去，每人给老人叩了三个头，又给孙大叩了头。老人的手无感觉地伸张着。

院子里的"大黑"还和平日一样，当主人们出门或是归来，总是蹿跳地跑在身边。孙二拍着它的鼻子，吆喝着，一直到半里路，孙二才威吓般用土块赶它回来。但它还是依恋地停止在那里，舌头拖到嘴外，惘然地立着不动。一直到孙二他们的影子被高粱地遮断，它才嗅寻着自己的尿迹，跑了回来。

十　厚嘴唇说话了

一片一片落叶，什么红的，黄的，半绿，带点漆黑颜色的……样样全有，被夜间的露水镇压在地上。树枝凝止不动。包围在院墙四周的高粱、豆子……也是不动。院心残存着篝火的灰烬，没烧完的木柴，一切和每日一样。那张桌子上面，萧明和安娜的脚印，泥土还是很新，可以清楚地分辨出，哪几枚是萧明的，哪几枚是安娜的。

陈柱深深呼吸着，使自己的头仰起来，又俯下去。用两臂收缩或是扩大着胸膛。走在房门前的石阶上，厚嘴唇不停止地颤动。这又是他在思索。

夜间他没有睡，他决定队伍应该离开这里，到东安去集合，中途还要经过集场子。不过还没有决定，应该把谁暂留在这里，等待几个枪伤还没有完全好和还不能照常放枪、走路的同志们一切恢复了以后，再去到东安集合。

他迫切地感到应该到东安去，队员们需要训练和组织，需要足额的枪支，充足的子弹……到东安是可以更扩大了革命军的组织；可以更进一步使农民了解而联合起来。接近敌军，使其分化……

他知道敌军不久就会到来，守候在这里，任务是严重而又艰难。除开萧明以外，铁鹰队长只是适于攻击的。其余的队长，也全是不适宜。不过他证实了，萧明是爱上了安娜。

他把安娜也留在这里，还是带走呢？最后他决定了还是带走安娜。

在孙家弟兄到来的时候，他从秃四的口中又知道了关于日本兵的一切，更加重了决心，决定非离开龙爪岗不可。在当晚，他集合了各队长，在他的办公室里，会议是严肃地进行。

"……明天早晨五点钟一切全准备好，五点半钟开始出发……"全屋子哑默住，谁也想不出应该提出什么意见来说。安娜的脸色较每日微微有点不同，眼睛近乎痴呆。萧明也是一样，看来他比安娜更不能镇定。

"萧同志，和另外二十位同志暂时留在这里，待几个伤患同志能够自由走路，再一同到东安去集合——完了。一切行军计划，明天待出发的时候，再发表。今天晚间的勤务——山上的卡子、门卫，全归留下的同志们担任，把明天要行军的同志们换回来——萧同志和安娜同志，先不要走，我还有事情。其余同志请回去发表命令——'休息'，早晨五点钟一切全要准备好，五点半钟出发——"

陈柱站在桌子边，目送着每个队长走出门去。在门外他听到有人在耸笑。

"萧同志——"陈柱用手指搔着他的秃了发的头顶，开始在地上缓慢地踱着，并不抬起眼睛来看一看萧明或安娜。他接着说："……在这里你要当心，敌人时时刻刻有来袭击我们的机会。当心你是负责保护不能放枪、不能走路的同志，他们的生命是寄托在你的任务上。二十位完全能作战的同志留给你，你觉得怎样呢？人数不觉得太少吗？我们也只能留下二十位同志，多了不必要。我们要到集场子也许寻到两辆车，来接迎伤病的同志们……但这是不能指望的。必要的时候还应该自己挣扎着走——"

陈柱在屋子里又空空地走了两转，最后他的厚嘴唇又说话了："我知道安娜你们相爱着了，这是没什么关系。不过……目前我们的任务……比恋爱还更要紧些。我们随时可以碰到死亡；随时可以碰到歼灭……'胜利'要我们用'血'去换！日本兵和日本统治下的走狗，没有一时一刻不担心着我们，也无时无刻不企图消灭我们。敌人队伍中的弟兄们，也无时无刻不盼望着我们胜利！不过我敢保证，只要我们固执着自己的信仰，死一样努力抗战……不间断地斗争……胜利必然是我们的。萧同志，不要为恋爱动摇了信仰，软弱了意志……这是革命战士们的耻辱……我并不是不承认安娜同志你们的恋爱，至少在目前……恋爱是革命的损害——"

陈柱固执地立在桌边，他望着安娜，同时又控制一般望着萧明说："暂时，分开吧！——注意，萧同志，不要忘了那几个伤患同志的生命……担保是规划在你的任务里——你必须使他们安全地到了东安！"

"我不否认，我爱了萧同志。但是我反对恋爱阻害了我们的任

118

务。我不是仅为了恋爱才来革命的。这里不是安全讲恋爱的地方！司令同志，你不要把这件事看得这样严重。这和我们枪毙一个敌人一样简单！一样简单……从今天起，我宣布枪毙了我的‘恋爱’——”

安娜高高抬着她的眉毛，面颊燃烧着，虽然她是近乎激愤，但依然还是可爱的。萧明好像完全暗哑了。他绝望地看着安娜。他使自己的手指纠绞着，使自己的眼睛绝了光。

窗外可以听到每个屋子里说话、笑声，和夜风吹动树叶的动静。

安娜，她并不向陈柱告别，斩然地立起来，拉开门走了。萧明一直眼送着那矫捷的背影消逝到门外，鞋底敲地的声音再听不到了，他还是绝望地坐在原地方。

“萧同志！我是这样决定了。——你也回去预备你的任务以内的事情。注意：不要忽略了山头上的哨兵！”

萧明机械地同陈柱打了临别的礼节，惨白地走去。陈柱轻轻地点着自己的头，巧妙地笑闭着一只眼睛，目送着这两个不同的人物，用不同的步伐走出。同时在地上走了两圈，叹息地，才颓然地坐入一张椅子的怀里。一只手抵住额头，思索了一刻，开始做他的计划和命令。

萧明被世界抛弃了那样孤独，悲伤，一千遍地在院子里走着；一千遍掏出自己的手枪，试验着将枪口抵紧自己的太阳穴。只要把一只手指插入护手圈里，轻轻那样一拨动，便什么全完结了。……他没有那样做。也一千遍要想走进安娜的屋子里，痛快地流一阵诉说的眼泪。……他也没有这样做。虽然他看着安娜的屋子里，灯光还没有熄灭，并且还可以时时听到安娜在屋子里走动的脚步声；也知道安娜现在一定会变得不成样子，应该像一头失掉妈妈的羊羔。在那里，一定不会再看到平日工作中那样英勇和强捷的安娜。

最终，还是选择在一个幽暗的墙角，坐下身子去。这里可以看到安娜的窗口；也可以听到近旁一间屋里睡眠人的鼾声。

二层院外值岗的队员，很安定来回散步的动静，更显得清楚。

无端绪的一些意念，像无数不规则的长蛇，穿走他的每个心孔。疼痛，难堪，不安宁……他想起近日来梁兴对他的轻薄和侮蔑，小红脸、李三弟……几个一同逃亡出来的伙伴，对他全生疏地隔离着。更不堪是年青队员们专为安娜和他造出不良的谣言，在同志们中间被当作奇迹一般地谈讲。

——我们的萧同志，真行啊！

——什么女同志，也一样爱小白脸！他妈的，俺们这样大老黑，革他娘的一辈子命，把自己革死了，也不会有人爱……

——还是当兵的好，开到哪里驻防，"窑子"可以随便逛。侍候不好，就是一顿蛮皮带！什么他妈的叫"恋爱"？反正一个男子就应该有个女人，一个女人就应该有个男人……什么他妈叫"恋爱"？

——你说话应该文明点，现在咱不是革命军了吗？当革命军的，万不能再和当兵时候一样野蛮的啦！

——当革命军，就应该像个革命军样！那，萧同志怎么能……和小姑娘吊膀子呀？这样还算革命军吗？简直他妈叫吊膀子军吧！

——司令那家伙，尽装聋瞎……

这样说话，常常是使萧明尽可能地听到的时候，他们才说。可是他们对安娜在表面上，也还是那样敬爱着。

只有铁鹰队长，从不曾打趣过萧明。他始终是一个铁一般严肃的人，有的时候他见到萧明，总是亲切地握紧他的手说："萧同志，近来部队里，对于你和安娜同志……谣言很不好。没有经过相当训练的队员们，他们有的性格还是很坏。他们过去受了不好环境的影响，应该原谅他们。同时你也应该努力克制点自己的感情，不要使自己和团体的任务受了损害。我这不是劝告你，只希望你不要忽略了过去不久，同志唐老疙瘩的故事那就好了……不是吗？李七嫂就埋在墙外面。"

"是的！铁同志！除开我们是同志以外，我还敬重你，当一个亲哥哥那样敬重你！我应该克服我自己！"

他曾说过一千遍"克服我自己"的话；自己发过一千遍暗暗的誓言。他几乎做了一个革命队员绝对不应该做的过错：祷告上帝与企图"自杀"。他在意志上全蒙到了损害。

"安娜！"他低低地唤着她的名字。他看着安娜的窗口，灯光依然是没有熄灭。二层院外守卫队员来复踱着的脚步声，还是无改变的安静。夜凉使他周身起着痉挛。

"安娜同志——"他去挨近窗边用两只手指轻轻弹动着窗棂。里面没有回应，这几乎使他失掉了再弹动窗棂的第二次勇气。胸膛空旷着，深深地屏着气息。一直到听到里面有咳嗽的声音，他才又问第二声。如果这次再得不到安娜的回应，他放下了决心，马上就走开。

"安娜——睡下吗?"

"没——萧同志吗?"

"是我——"

"怎样，需要进来吗?"里面的声音，一点也没有温情。声音发出来的位置，决定在同一方向——人是仰卧在炕上。

萧明犯了踌躇，他应该怎样呢，进去吗? 有什么必要呢? 明天同志们的谣言更是加多了。不然的时候……只要明天一到五点半，便什么全完了! 分别以后，他们还会很平安地见到吗? 这不是有把握的事呢。死亡什么时候全会寻到人。

"是的，我想要进去，同你讲几句话。——不太晚吗? 明天早晨你是要出发的。"

"那么……请进来吧——"意料外的，安娜竟这样爽快地允许，使萧明反感到一点惊愕。

所有的门扇，全没有加闩。

萧明谨慎地推开每扇门，同时又掩好，一直到了安娜睡眠的屋子。他发现安娜端然地平卧在炕上，头向炕内，两只手交叠地垫在脑后，两只脚平平伸展到炕沿上。身边一张炕桌上放着灯和一把手枪。

其余的东西，早已整理得妥帖，秩序地列在地上。一股股碘酒气味很浓重地接迎着人。

安娜并没移动她的位置，只是用手简单地指给萧明坐着的地方，而后又将手交叠在脑后，凝然地投视着灯光。

"全准备好了？"萧明用眼睛机械地，看着地上那些捆好了的，裹伤用的药物材料之类问着。

"没什么准备的，也和往常出发一样。"

"文件呢？"

"在司令那里还有一部分，那归他自己负责拿着——我这里多是没必要的，仅是一些宣传用过的底稿，和给同志们演讲的底稿。"

相互间，谁全知道这些话是不必要。除开这些不必要的话以外，他们是沉默在可怕的、难堪的注视里面。在萧明不久的记忆里，当安娜在陈柱屋子宣布枪毙了自己恋爱的印象，开始感到了无限的酸心。望着安娜，痛苦地望着——安娜还是那样无感动，注视着灯光。院外守卫者的脚步声，依然还可以很整然地听得到。

"萧同志，你是来谈情话，还是仅为了来看一看你要暂时分别的同志？无论怎样全好，我们不用拘束。"

"我要问你，安娜，你把我们的'爱'真枪毙了吗？安娜！我不知道，恋爱竟会这样伤害着我们的意志！你怎样解释的呢？我看过描写革命和恋爱挣扎的小说，恋爱全是被革命胜过了。有的恋爱也克服了革命的意志。那主人翁会跳到自杀的路上去。安娜我不知道，我们会怎样做下去。我知道你会说我的信仰太不固定，同情心太薄弱。实在呢！我不是从真正无产阶级生长起来的。我向你说真话，我是时刻在克制我自己。我能克服劳苦、艰难，和一切……只是对于你的恋爱我不能克服。我试过一千遍，结果全是失败！全是失败！失败到我要用手枪打死我自己！你是可爱的，同时也是伟大的母亲，你把自己所有的来献给革命。我阻害你，我扰乱你！我……"萧明深深地埋起自己的脸，他跪倒在安娜的脚下。他像一个愚昧的"基督徒"跪在金色十字架的前面，祈求着谁的赦免。安娜并不为萧明这样理智昏聩的举动有什么慌张，她坐起来，她试验着用手去托萧明的前额，同时泪水沾湿了她的手指。

"萧同志，请起来！这是没理智的举动。这对于一个革命队员是侮辱的——"

"……安娜……你应该让我在你面前，流一次痛快的泪吧。仅是这一次。就让我们是没有相爱过，看在'同志'的分儿上，让我在你面前，痛快地流一次泪吧。就让我今夜侮辱一次革命尊严吧。我不会辜负它，我会用我的血完成它的光荣……"

安娜的手指失掉感觉了，停止在萧明的头上。不知是什么酸心，在鞭打着她，一刻那双美丽的眼，被融解了。她狂热地吻到他的头；她伏下身子去——

世界在人间消失了！暗夜也在人间消失，所没消失的只是这一双咬着嘴唇，用眼泪来洗涤着生的悲哀的青年男女。

在他们清醒过来的时候，现实的世界，现实的斗争，现实的苦痛，现实的艰难……依然是存在的，依然环压着他们的周遭。也许是更加重了一些。

安娜软弱地睡在萧明的臂弯里。萧明体察着这个女孩子，为了要取得人类平等而转徙流离的斗争，为了不能申诉、不可逃避的爱恋交争，存在于内心的忧伤，在那本来还是少女爱娇的脸上，已经提早地便刻就了辛苦的纹痕。

"安娜！"萧明低低唤着。安娜仿佛是听见了，但她并不立地起来。她声音颤颤地唱着：

> 我要恋爱！
> 我也要祖国的自由！
> 毁灭了吧！还是起来？
> 毁灭了吧！还是起来？

奴隶的恋爱毁灭了吧！

奴隶没有恋爱；

也没有自由。

萧明不懂，安娜是用朝鲜语唱的一支民歌。

"安娜，你唱的是什么歌呀？我听不懂。"

安娜还是反复地唱，不断地从垂闭着的眼角，源源爬行着眼泪。最后她译成了中国话唱出来，这使萧明感动到没了声息！

院子外面守卫的队员不再安静地踱着步子了。他停止住，他奇怪安娜，夜是这样深，怎还在唱歌？并且还是唱得这样凄楚！他知道明天他们是要出发，夜深唱起歌来，这会扰乱了安宁。他走近安娜的窗前，没有思索地用手指打着窗棂说："同志！不要唱歌了！夜太深了呀！同志们睡着了——明天不是还要出发吗？"

安娜喑哑住，萧明也喑哑住。意识清明着他们尽做了什么。安娜使自己的身子跳到地上，强制着哽咽的声音，隔着窗纸说："谢谢你，同志。我正在准备行装，马上就好的。"安娜不动地站着，一只手撩开拂乱在脸上的头发，静听着外面的回答。外面却是静默。人的脚步已经渐渐地向远方移动去，接着又是整然地在院外响着……

"听出是哪位同志的声音吗？"安娜说话声音很朦胧。她看着萧明，他是正在摸抚着自己上唇的短胡须。

"这是第二队李同志，李三弟——"萧明漫然地答着。

"他也留下同你在一起？"

"是的——他是我们一同叛变出来的，一位最忠实最勇敢的同志！"

"梁兴也是和你们一起吗？"

"是的，他也是——"萧明他明显不愿意提到，尽说他坏话的一个人的名字，接着补充地说，"那是个很刁猾的小家伙，他给我们捏造了很多的坏话，弄得同志们全疏远了。就连李三弟，平素我们私人交谊还算好，全对我起了生疏。"

"这是当然的啦，我们是跑上了生疏同志们的路了。"

萧明踏着漫天的星光去了。在临行的时候，他们又悠长地吻着，拥抱着，流下最末次的泪来。在死一般的沉默里，准备着接待明晨的别离。

队伍，接连地出发。

红旗轻妙地在每小队的先头招展；队员们夸大地昂起自己的头，摇动帽子向饯行他们的伙伴告别，用不同的声音喊出不同的句子，那是意味着说："弟兄们，我们又开始出发了，新的斗争又将被我们先占了！"

至于被留下的呢，伤病的携了拐杖，他们没有这样兴奋，他们只有把不久就好起来的希望，来填实这暂时的空虚。那也是在意味着："不要发狂，几天我们也是和你们一样，将有更好的斗争给我们留下的啦！"

萧明挺立在部队出发的路口。所有经过的每个队员，向他挥着帽子，新加入的孙氏弟兄也无区别地和别的队员一样。他看见梁兴扭着口唇向他打呼哨，同时又向后指指，眨眯着一只眼睛笑着……在每张不同的——大致全是枯瘦和黧黑——脸形上，一致浮现着不勉强的笑，眼尾堆积起深深的褶纹。每个队长也同他握手，拍打他的肩头，说着半笑谑的言语。

铁鹰队长，手枪又开始在他的腰间出现了。他恳切地捉住萧明的手，沉重地说："萧同志，一切要当心！斗争的时候，把斗争以外的事情，全忘掉了吧。这里不久一定会有敌人来的。"

他恋恋地撒开萧明的手，站着，似乎等待萧明的说话。但萧明只是这样说了一句："铁同志，我敬重你，一直到我死的时候！"

铁队长他抛开萧明，去追赶他的队伍。队伍走尽，紧接着便是陈柱、安娜和几个传令队员。

"萧同志，一切计划，全在留给你的命令里。再待十天……伤病的同志们……一定全能走动了。你可以按照留给你的地图，到东安去集合——安娜同志还有话要和萧同志说吗?"

安娜很平静。那个连装底稿带装杂物和绷带的帆布囊，没有改变地还是背在她的肩上。手枪也是一样没有改变。较每次出发所不同的，只是脸际上两个平时很适度的眼睑，如今增添了不可掩的浮肿和无损于美丽的殷红。

"我吗？——"她充实了哀怨向萧明投视了一下，径自没有声息地走去了。

陈柱微笑地，也亲切地握了握萧明的手，他感到萧明的手已经失却了脉流一样的没感觉；但他还是微笑着，一只手插在腰间的细皮带里，稍待了一刻，就用那只手，将那脱了顶盖的"酱幕斗"①。从头上取下来，使那秃了发的头顶，裸露在晨光里，一拖一拖地走了去。

现在只是悄静，太阳从东山的缺处，开始向天中爬行。山顶卡子上的红旗，轻轻飘动。萧明迷惘地立着，最终什么声音也听不到了，在他眼前浮现的，刚才安娜的笑，司令陈柱的笑，每个队员的笑，梁兴眯眯的眼睛，铁鹰队长的声音，一面面轻巧飘荡着的红旗……

回旋着回旋着……没有间断地在萧明的眼前回旋着……

回到院子里，第一眼看到的便是全院子被空旷占据。再也听不到从每个屋子里发出的喧笑，从每个地方堆集着的人影。

安娜住过的屋子，任是一只窗棂对他全是感伤。夜间他站立过的地方，他低低唤着安娜的名字。他由这个空旷的屋子，走到那个空旷的屋子。地上乱抛弃着空的子弹筒、子弹夹、脱底的鞋子，用刺刀划在墙壁间可笑的标语和漫画。靠门近边很真切地不知是谁留下了这样一行字:

_____

① 酱幕斗：东北农民夏日遮雨和太阳用的帽子，用高粱秆皮编制，形如圆锥。

革命队，吊膀队，队对对对

男同志女同志……

萧明凄默地笑了笑，企图要用手涂了去。可是没有这样做，他又觉到这似乎没有必要。

屋子到处任意被损坏着。窗子破着洞孔，风由外面侵袭进来，窗纸便很无聊地发出突突的叹息。

细瓷的掸瓶，颜色像新剖出来的猪肝肺，肚子已经敲破了。女人们用的东西，从妆台里倾出来，脂粉狼藉抛撒在每处。

这全是很不成样子的狼藉！

——为什么要这样做呢？

萧明他只能叹息着革命队员们的革命意识和教养的不足，这样无理由地破坏任什么，就如当枪毙王三东家激起来感情上的矛盾一样。他要来怜惜到这不必要的东西残破得多余。他简直忽略了队员们每颗愤怒而获不到报复的心，是怎样才迁怒在这些器皿的上面。

小红脸坐在院子里一条木凳上，安闲地又在吸着小烟袋，神情很落寞，不过看来却是很安心。他将由卡子上被换回来的，他没有更真切地看到司令陈柱和其余的队员怎样出发。仅是在山顶的卡子上，俯临地看着那人群，蜿蜿蜒蜒接连地爬开去。看起像红点点一样的红旗，不固定地在晨风里飘摆。那时，他是使自己的下颏抵在自己的臂上；臂是抵着卡子围墙的石头——另外的那个队员，也是和他取着同样的姿势。那一个队员他曾叹息地美慕着这出发。他打着小红脸的肩膀头说过："出发该多么好！又换个新地方……还有开火的机会……看吧……人家全走啦！全走啦……留下我们等着给日本兵捡蛋吧！"

"哪里还不是一样。"小红脸不回头地望着那渐渐被无边际的田野遮开的部队，空虚地笑着回答说。

"哼！哪里不是一样？横竖谁全乐意开火！谁也不乐意尽守在一

块死地皮。当兵时候也是一样啊，开火该多么有乐子呀。现在干了革命军啦，不天天开火，还算什么革命军？咱司令那家伙……尽知道跑！"

郑七点，满不服气地响动着自己的鼻子，尽是絮絮地说。在队里，人家全叫他作郑七点，在他的脸上无间隙地叠落着天花痕。那是很有名的爱说话和爱生气的一个家伙。

那时他不回答郑七点，自己只陷在一种沉思里。一直到现在他还是继续沉思。

萧明正从一间屋子走出，他看见小红脸，他们互相打过招呼。

"萧同志，到这里坐坐吧。"小红脸将身子移动了一下。其实那木凳很长，即使不移动也没什么要紧。他用一只手掌轻轻拍打着，意思是叫萧明坐下来。

"你换过岗啦？"萧明挨近了小红脸，他却没立刻坐下，只是站在小红脸的身边。他可以嗅到小红脸从烟管里发出来剩余的烟味，同时用眼睛扫了院子一周说："这烟味很好哇！"

"当然不会错的喽！"小红脸显着忠诚地笑着。

"怎么？这是从哪里弄来的？还是从王家堡子带出的吗？"

"从王家堡子带出的早变成烟粪了——这是有人送的礼。"

"送的礼？这地方还有人给你送礼？"

"送得还很多哩！"

"还很多？谁呀？你的朋友是谁呀？真不要小瞧你。你的朋友是谁？"萧明很惊讶，在这时候，还会有人送给小红脸烟叶抽。

"我的朋友，他是个反革命的分子，被司令枪毙了。"同时小红脸并不笑，并且装得很痛苦。

"唔！……你这家伙！"

萧明从不曾和小红脸说玩话，今天他却笑着来拍他的头。

院子里除开东山卡子上的人以外，全陆续地出来了。伤病着的，架起拐杖，接近到屋阶上坐下。有的脱下身上的衣服开始捉虱子。将虱子放在阶石上，用小石块轧得稀烂。

太阳光很温暖，炙热得使人要瞌睡样。小雀们乱窜着墙外的树枝和房檐。萧明坐在小红脸同一条板凳上，开始听小红脸讲他关于烟叶的故事。

那边也是形成了几个集团。郑七点在一个小集团里，不平地正在申诉这次出发他被留下看病人的委屈。

"真是的！你们快好了该多么好？我们不是一同出发了吗？从这里奔集场子，再奔东安……在道上你们看吧，那些欢迎我们的庄稼哥们，他们挂红布在门上，放爆竹，还杀猪……真是亲热得像亲弟兄……连小孩子全知道亲热！女人们把自己腌的咸鸡蛋全都舍出来，那全是用罐子埋到地里很深哪——怕是被官兵日本兵，或是胡子们给翻了去——她们舍得给我们吃，还说：'吃吧！吃吧！你们全吃了吧！省得给那些王八羔子吃了。你们吃得强强壮壮的，好把那些日本兵官兵们打死。要不然我们是没有天日了，平素叫他们欺害得够受了。他们每回到乡下来一次，应名是剿匪……剿匪……实在就是剥我们的皮……'同志们！革命军该多么露脸哪！我在'第四军'经过那里就是这样的。谁知道现在啦。现在一定也不能错，那里的农民全了解革命呢。"

郑七点最后的一句话使满院子的人们全笑了。他们是笑郑七点说的那句话："那里的农民全了解革命呢……"一句术语，这还是安娜教他们识字的时候，顺便说出来的。当时他们是不甚明白这句话的含义，曾经要安娜给解释过，特别留心的是郑七点，他竟很聪明而又妥帖地用在这里了。他骄傲地挺着自己的脖颈，俨然一个有知识、有教养的革命队员了。

他继续着便没秩序地说到别的上去，他又说到他亲眼看过日本兵们处置年轻的农民的尸首，和被捉去的革命军队员，用钉将手足给钉在树上的故事，他们不叫他立刻死，割去他的舌头；女人们强奸过了，他们还要割下她的乳头来……

萧明和小红脸他们不再听郑七点的说话。他们将谈话又转到了烟叶故事的身上来。

"……我是从几岁就喜欢吃烟叶呢。我爸爸种烟，尽是成顷地种。我记得我刚能学着走道，妈妈就教给我怎样打烟叶啦……烟叶那东西……真不是怎样可爱的东西。在它青着的时候，很肥大哪，看着还很好，可是摸着使人不畅快，黏腻腻的，有点辛辣。

"打烟叶分几茬呢！第一茬是好的啦，叶子全是大的。爸爸爱惜每个烟叶比喜欢我还厉害。轻易我是不敢弄坏一个烟叶的。在六岁我就学着吃烟叶了。那是偷着在没有人的地方。爸爸是种烟叶，可是他不抽烟叶……妈妈却不啦，她抽，但是她却管束着孩子们不许抽。她常常是抽一些最末次的和零碎碎的烟叶。好的全是去卖钱……"

小红脸说着沉默了，用手里的小烟管叩打着板凳腿。起始是低垂着头，后来便回忆的样子仰看着天空说："……啊！我已经抽了三十多年的烟叶了！现在能够抽到这样好的烟叶……真还是第一次哩！"

他充沛无限的叹息接了说："……只要有钱，就是不种烟，也可以吃到这样好的烟叶。不种什么，不做什么，要什么也全有，并且全是好的——这怕就是司令和安娜同志所说的'不平'吧？不是吗？萧同志？"他不等待萧明回答又说，"……真的，那里还有好多好多。像这样的烟叶，全在一个很大的柜子里。还有已经有过十几年的烟叶，也藏在那里……"

他指给萧明看，在院子西北角一间门掩着，现在没有人住的房子。

萧明默默地想着，他察看小红脸的聪明增进了，已经再看不到有思乡的哀愁挂到脸上。虽然他的脸还是一样的红。

小红脸望了一阵天空以后，他又装满了他的烟袋，熟练地擦着了火柴。

"这里真是什么全是富裕的，就连'洋火'他们也全预备了许多……司令同志他们到别处，恐怕不会再有这样人家什么全齐备吧？

一定在路上要感缺乏。为了革命什么还不得受呢？就拿我们一齐逃出来的几个人说，才是几天工夫呢……崔长胜老头子……他是看不到我们的胜利了。反正太平日子，是不会容易马上就来的。所以我看透了，我也不再盼望它。反正什么日子，还不是一样地过……"

小红脸吐出的烟丝，一直向晴空里飞动。郑七点高亮的嗓音，使这院子里，像只容着他一个人样。

夜间，队员们全睡熟的时候，萧明在院子里还是一直徘徊到天明。

十一 一条固执的蛇

队伍走起来，是一条固执的蛇。长长地拖着尾巴，无休止地穿行着森林、田野、山谷、残落的人家……

太阳照耀在高空，在一个时间里，没有一点云丝，也没有一点风。高粱叶全停止不动了。豆叶湛黄。路旁边的草看出渐渐衰老。可以看到在田野里，开始有收割的人了。按季节来说，这时候收割已经嫌晚了一点。

工作的人，他们停止不动，遥远的，即使靠近路边的，似乎也并不惊慌。他们很痴呆地望着，一点也不躲避，似乎熟悉这不是官军，也不是日本兵，相信这许又是什么大"绺子"，或是××军。

田老八并且更近些看着，他看见了孙氏弟兄向他打招呼……不停止地过去了。

孩子们无顾忌地叫着，指画着，妇女们用秃秃的袖子去遮阳光，手掌扬在前额上做遮伞，习惯了一样，企图要知道这共有多少人。

"这些，怎么没有一个骑马的呢？"一个小伙子，轻快地试着把自己的镰刀割下了两棵高粱说。

"对啦！看吧！有二百多！那个大个子，腰里插手枪像个'当家的'，样子很像嘛！"

“我看他好像个‘炮头’^①，要不然就是‘秧子房’^②上掌柜的。”

“得啦，你们看，那才是当家的呢。”

大家伙儿的眼睛全集中，由那边高粱地的队伍，快过尽了，在队尾巴上，才发现了陈柱和安娜，几个传令的队员。

陈柱走路，他不如别人轻捷，脚常是一拖一拖的。但也并不缓慢，也不休止。眼睛常常像张望一样探视着队伍的先头。除下自己露顶的草帽扇着风，头顶闪光地炙晒着太阳。手枪随了步子的颠动打着自己的胯股，一踊一踊地……

“那才是当家的咧！还带着一个女当家的呢！女当家的也没骑马？也一样走？——怎么没有‘票’哇，也没有‘驮子’驮东西，全是用人背……”

女人们，在这个队伍里发现女人，感到一种亲切的兴味。

队是很平稳地爬过去了。他们又开始了自己的工作。

“这年头，你寻思女人就总得守在家里养孩子呀？男人们能干啥，女人们就能干啥！过去那些‘绺子’里，不也常常看到女的吗？还有‘女当家’的！”很年轻很粗鲁的女人这样说着。头发盘卷在头顶上，赤着脚，夸张地挺着一双贪婪而坚实的乳头。使自己蓝色宽大的长衫，盘卷在腰里，镰刀开始很敏捷地割倒每棵高粱，毫不落后地和男人们在竞争。

“嗯！女人干得他妈……更凶咧！”一个男人这样附议她。

“对啦！”她一用力一刀又多割了一棵高粱。

“那你也就去干吧！——放下镰刀。”

“对啦！怕他们不要，要，看哪个‘养汉精’不去！”

“你去，老八舍得你吗？”

“放你的屁吧！”

在一排正割着高粱人们中的老八，他不作声，他哑默地笑……

---

① 炮头：即胡子队中的前锋。

② 秧子房：即看管肉票者。

132

"老八，你的老婆可非管教管教不成！太撒野了……我要有这样老婆……哼……一天非捶她八顿不可，至少我得叫她怕我像一匹耗子见猫。'老婆，老婆，是张破锣；三天不打，上房揭瓦；一天一顿，欢天喜地'……非打不可——"

"嗯！你熬瞎了眼吧？你想老婆想疯了吧？你还想打？你等着打自己的大腿吧……"本来女人还想要向下骂这个同她玩笑的家伙，但是放在地头的小孩子哭了，大孩子跑来报告她："妈——小狗子哭啦……"大孩子远远地连嚷带跑的，手还不住提着裤子。

"知道啦！大嚷小叫干吗？跌倒叫高粱茬戳瞎你的眼！"她把镰刀砍在一条地垄上，接着向男人们说："老太太先去乳乳孩子，奶奶你们的小大叔，回来再和你们这些王八比赛——"

"喂！听见吗？老八，你老婆骂我们全是王八，连你也在内呀！"

女人不再理他们，她踏动着宽大的脚掌走了。大孩子跑在她的后边，小辫无条理地甩动……

"老八，真是好运气，摊这样一个好老婆，什么全能干！一养孩子还是一对……晚上那家伙一定不老实……"

老八任凭伙伴们打趣他，他只是一直很得意地笑着。

晚间睡觉的时候，他告诉他的老婆说：白天看见的队伍，那不是什么"绺子"，那是专门打日本兵和杀土豪劣绅的人民革命军。由龙爪岗来的。"王三曹操"就是被他们枪毙了。

"你怎么知道哇？"女人轻轻拍打着孩子，眼睛蒙眬半闭着。脱得赤光光的身子；老八也是一样。

"我怎知道？龙爪岗，老孙家哥三个，全干上啦！他们约会过我，我因为有你和孩子们，我没答应。"

"真的吗？"女人的眼睛不蒙眬了，她把声音提高，同时惊醒了孩子。

"噢……噢……噢……"她把惊醒的一个孩子又哄睡了，老八还是静静地躺着。

"再是假的，早就走了——"

"那你怎不去了呢？"女人说着轻轻地挨过身子来，接着说，"……你怎不去了呢？"

"不去……不去……就为了这个……不……去。"

老八凶猛地抓过这个年轻女人的肉身子。

老八心里就如有不知几多条生绒毛的虫子，穿着心孔爬。每夜在这时正是睡得和蜜一样的甜，就是孩子的啼哭和老婆的骚动，全不会扰乱他。他会一直睡到天明，被八嫂叫起来还像条夏天的狗样慵懒，伸着懒腰才爬向田里去。今夜呢？他想不出被什么理由扰乱了，只是左右辗转也睡不着。眼睛张开是清明的；合起来的眼球却在眼睑里着了油一般的滑动。

孩子们的小鼾声，老婆的大鼾声，全很匀整而拖长地酬答着。老婆的被，被抛开，那饱满的身子一点也没有隐藏地摆在炕上。星光映射进屋子里，那双坚实高大的乳峰，像两个不驯顺的小山丘，倨傲地耸据在突出的胸膛上。那腿……什么全是清楚的呀！

老八为了避免自己心脏的骚动，转过眼睛来，他让脸对着墙壁。窗外面，墙缝际，吟鸣着深秋的蟋蟀。蟋蟀的鸣声，平生来似乎才被田老八发现。平时他是什么全忽略的。

邻近的狗，虚空地打着吠。他听见邻家为牲口添草，大概是为了牲口抢草吃，主人骂着和骂人用的一般句子。

"孙氏哥儿们，真行的！说干上就干上了！这比'挂柱'还容易呀！这还是打日本子，为国出力，多么露脸的事呀！将来把日本子全赶跑……哼！……人也不算白活一回……"

老八常听从城里回来的人说：如今什么全改变了！做官的做日本官了；老百姓纳捐，纳税，全给日本子拿去了！日本还要到乡下里来挑兵，到关里去打中国人……

日本鬼子真是太欺负人哪！这简直是蹲到头上拉屎来啦！

从日本鬼子一开始正式宣布占领了满洲，老八的怒气，就开始在自己的胸膛里暗暗地积增。他的胸变成了橡皮球胎，消息却仿佛是由打气管注进来的空气。他总是说："若不是老婆太年轻……孩子们太小……我真走啦！妈的，人横竖怎的还不是一辈子？男子汉……大丈夫，总得闯闯！尽死一辈子在庄稼地里……有什么出息！"

就是老婆太年轻，太可爱，孩子们还太小，这是多颗多颗大小铅锤，系在老八的脚脖上，击着他的踝骨；悬挂在他胸膛里，沉坠着他的心。他常诅咒着这些是累赘了他，要不然他一定是个呱呱叫的革命队员。放枪那是他最爱好的，至于革命以后，打跑了日本兵以后，什么平分土地……他却没放在心上。反正他想着，怎样也得卖苦力气吃饭！不过他是不甘心叫日本子们管教着。他只知道凡是日本子就不是好人：卖"吗啡"，卖"大烟"，到乡下来卖"洋药"……全是日本子们干的。

老八不识字，但人却是固执得很。他准知道日本子总不存好良心。有时也听到城里回来的人说，日本人怎样说要和中国人做弟兄啦！他知道这是"黄鼠狼给小鸡贺年禧，绝没安着好心肠"。

老八也有弟兄们，但是全分开家了，弟兄们和陌生的人也一样，谁也不接连着谁。他想不出把他的老婆孩子们托靠给谁。他想得鼻子的呼气全发了热，还是想不出怎样可以将自己的老婆和孩子丢下就走，去扛起枪来和那些人混一场。眼见孙家弟兄全干上了，自己缺什么呢？年纪也是正壮年，力量在同伴里面也不弱于谁……

只是老婆太年轻，太可爱！孩子们……唉！太小啦！

老婆老了，孩子们大了，他自己呢？不是随着老婆也老了吗？老八并不想到这一面上去。他瞥了一眼老婆的身子——没有改变了位置和姿势，乳头蛮野地耸立着像两个小山丘。那腿……什么全是很清楚。夜深了，窗纸更显得通明。

他把日间的影像，重又在脑子里温习了一过——一队一队地过去了，人跟着人……人跟着人……步枪挂在肩头上。每面红旗……每面红旗……上面全有那样大的"星"……那样大的"星"……那样子英勇得很可爱，高个子的队长……和那个脚步走路一拖一拖的亮头顶的人……还有那个女人……那个女人……他知道她是朝鲜人，并且还知道她叫安娜……叫安娜……全不使他憎恶，像憎恶一些官军那样。最使他难忍耐的就是孙氏弟兄当真的也干上了。肩头上每人全挂了步枪，连秃四那毛孩子也一样……在队里不停留地向他打招呼。这该是多么值得起火呀——简直是侮辱了他！

老八爬起身子，到外面丢了一泡尿，夜风吹得他减低了些烦扰，有点静下来，自语地决定着："唉！过几天再说吧！老婆太年轻，太可爱！孩子们呢……太小……等日本子杀上头来的时候……再说吧！"

渐渐地，渐渐地……蒙眬围抱了他。在蒙眬里，他还是迷恋着那条爬行着的、固执的蛇。

十二　集场子

渲染在碉堡上太阳的斜射，已经由焦灼一般的殷红，浸渐归复了淡赭。四郊轻轻浮笼着灰暗的轮晕，只是天西的云，被太阳燃烧着了一样，云团分布着，形成一幅地图——两处云团伸长地尖对着，在两处尖对云团的环抱里面，还是海一般的天空。那像渤海湾，从上面探下的那样子正像辽东半岛；由下面伸向右上面的，那样子似山东半岛，全沿岸浸透在燃烧里。

这云，并不很快，又分结成了别样的形象。从别样的形象又分解开……

在碉堡外面的人们，张望着，眼睛向同一方向望去。里面有的是：这镇上商家的代表，农民的代表，学生的代表……什么的代表……

每个碉楼上悬挂的红绫，鲜艳而寂寞地飘动着……

爆竹堆在门边一个三脚架上，长长垂搭着"京鞭"，这是用接待官军或"绺子"的仪式，来接待人民革命军。

孩子们不安定，冷清着脸色，爬上墙，爬上树端，尽可能地噪叫，跑来跑去……

大人们为了这样仪式每次积渐形成的苦痛，深深埋在每人的胸窝里。在面上浮现着一种忍受的落寞。刁狡、拱起鼻子的商人们，幻想如果这是一个肥"绺子"，至少能捞到一笔钱：什么女人啦……鸦片烟啦……烧酒和鸡雏……全是"绺子"上的人们所需要的。不幸的他们得到的消息却是什么"××路，革命军"，革命军他们是见过的，革命军是没有钱可捞的。

黄昏了，还没有见到本队的影子。人们开始了沸腾。

"百八十里路，走一天，应该到的啦！"

"路上不许遇到什么官军吗？"

"官军吗？哼，他们还避着走呢！"

"年头乱，真是鸡犬不安！自从日本子占了东三省，到如今，哪有一天安定日子！兵来，将去，官的，私的，官不官，私不私，半官，半私的……我们这个镇，慢慢每家人的骨头全得被啃光了。唉！反正这是逼人上'梁山'的年月……上'梁山'的年月……"

"徐掌柜，少说点闲话够多么好！小心什么地方全有耳朵，现在不用说大'绺子'，就是小小'绺子'我们也不敢动啊！比方每年吧，小'绺子'我们说不准他进街，他们就不敢怎样。如今就不成了……"

"快呀——点鞭，点鞭哪……"

爆竹在无节制的鞭声里，狂乱地爆碎着，扑击起地上的浮尘和着爆药气味，这会不安定扰乱了人们的呼吸。

队员们忘了疲乏，脸上，眉毛上，挂着一路的浮尘；嘴唇被风吹袭得干枯，当这时候他们欢喜得要发笑，干枯的嘴唇会为这发笑而破裂开，沁流出殷殷的血丝。

陈柱看见碉堡上的红绸，不被注意回荡着晚风。爆竹的骚声起始使他很惊愕，他要责问送消息的队员，为什么不禁止他们这样用迎接"胡子"的仪式来迎他们？终于他还是闭紧了自己的嘴，他知道这是自己的错，自己不应该忘掉说给来这镇上送消息的队员，禁止用这样的仪式来接待他们。现在商民是这样地做了，陈柱知道"已经错误了的事情，悔恨是没有用的"，只是准备着不要再有这同样的疏忽。

商民们手里捏着自己的瓜皮帽头，眼睛可能地笑着，背腰可能地俯下去……挨个向每个走过的队长行着折身礼。谁知道他们的嘴里在问候什么。在铁鹰队长是熟悉这些仪式，他厌恶商人，他不向他们瞥一眼，他只是眼睛湛湛地，看着那些靠近镇边的农民——他们远远地站着，赤着脚，上衣多是脱掉纽扣的样子，散掩着胸怀。

安娜一路随在陈柱的身边，距离总是那样保持着，一路上除开必要说话以外，她一直是沉默到现在。

商民代表们，追随地陪伴在陈柱的近边，很巧妙地运用他们的智慧，来和陈柱攀谈。陈柱呢？没有改变，脚还是适度地一拖一拖的……露顶的草帽拿在手里。

"这又给你们镇上添麻烦哪……不过今晚住一夜，明天一早就走的。你们转告诉镇上的大家弟兄父老们，不要吃惊，我们决不能有什么招扰！我们是专跟日本兵和日本走狗们的官军打仗的——"

"司令何必这样忙啊！真是的，平常我们盼还盼不到哪！多住些日子又有什么要紧呢，大家弟兄们也好歇一歇。你们全是为国效忠的英雄，我们是应该招待招待……"

陈柱很知道这些油滑的商民们在卖弄着乖巧。他们很有经验，对于怎样接待一些官军，匪军，革命军……虽然他们在内心全这样积藏着一种同一的意识："全死灭尽了吧！我们全不要这些！"可是他们的嘴依然是亲热而甜蜜的。他们知道只有这样才会保护自己，老爷们儿的手掌才不会贴到他们的脸上；老爷们儿的刺刀才不肯探入他们的胸膛。陈柱只是微笑着，向队先头探视他的眼睛。——队行在街心，两旁已是驻满了人。

"这里……最近有日本兵来过吗？警察这里有吗？日本走狗们的军队到过吗？"

"日本兵也来过，官军也来过——他们走还不到十多天，他们说要到'山里'去剿匪，不知道为什么他们又不去了，开回原驻防的地方去——"

队伍停止在一片广场上，行军值日队长验过了每处宿营房舍，绘了草图，报告了陈柱。他开始按着人数在草图上做了记号分配。接着简单地下了应当每队分担勤务的命令，和指定宿营地值日官。一切他还是按着旧日军队那样区分。

"同志们，走了一天的路，全是太累了！这时候我不应该有什么可说的。我们全是革命军的队员……就是时时刻刻不要忘记了老百姓就是我们的弟兄……我们不是日本兵……我们更不是官军和什么'绺子'……要大家伙努力，使此地父老兄弟们了解我们……我们是一家人……我们是替一家人来抵抗我们敌人的队伍——你们待他们亲切，他们一定待你们更亲切！在无论哪一块宿营区里，总不要忘记了，我们是中华人民革命军！——完了——除开有勤务的以外，诸位队长同志们，到司令部去集合。"

在每次说完话的时候，陈柱总是把手臂一挥动，整个的队伍，便开始分解开，按照规定的宿营区走去。围观的人们也开始无秩序地议论着走开……

陈柱拖着脚步，队长们跟在他的后面，向司令部进发。

安娜哑默得像在梦幻里。

十三　招展的红旗

"明天早晨，还是五点半钟出发——"陈柱脸上的浮尘，被汗流浸浸地斩断，快要流到嘴角。他用一只手轻轻把它们拂开，在一张地图上指点着他们要经过的路和必要的路程说。

“我们在此地多休息一天吧。”一个队长说。

“队员们第一天走路，全累了。应该休息一天哪。”另一个队长附议着。

“这不能——”陈柱由看地图的姿势，没有改变，也不抬头看一看这发言的人是谁，只是解说着地图：“看见吗？由这里出发，奔东北，我们要走这条有山的小路……这条河，还不知道涨水没有。……不涨水的时候，可以蹚过去……涨水那还要耽误时间——明天五点半出发。”

队长们从桌子走开，各人又回复到自己的座位。陈柱的眼睛像在寻找什么一样地说：“……刚才是哪位同志提的意见，在这里多休息一天？”

“我们——”刚才发言的两个队长，不甚得体地半欠着身子，他们以为陈柱对于他们的多言，会有什么斥驳，脸不期然地发了烧。

“请坐下，高同志和杨同志。我很知道队员们今天很辛苦。不过，这里我们是万不能多停留！日本兵和走狗们的军队，很快地就可以来到——你要相信吧，今夜也许就有人送信给我们的敌人。今夜一定要当心点，队员们不许到街上去喝酒！要紧是有电话的地方，把机械应该给他们损坏了——”

屋子里，暂时是沉默。陈柱搜索什么样，又在凝想了一刻，然后才立起身子来说：“一切就是这样，关于铁队长同志，我再直接使传令队员送命令给他——请回去休息！当心队员们的勤务！”

陈柱目送了每个队长走去，他还是沉默地在桌角孤独地站了一会儿，而后才轻松地呼吸了一次，徐缓地将自己的手枪除下，搁置在桌子上。

这里是一个“烧锅”：有年轻的店员来侍候他；商家的老板们，来向他道“辛苦”。

在他洗脸的时候，安娜走来了。她的眼睛深陷而迟钝地望着陈柱。不说什么，坐在陈柱时才坐过的那张椅子上。

"吃过饭吗？安娜同志。"

"吃得还是很好呢！有酒，还有许多的肉。"

"你喝过酒？——"陈柱开始来注意安娜的脸。起始她的眼睛虽然是迟钝，现在却有些流动。在灯光的辉照里，面颊上已经透露着浸浸的红潮。

"安娜同志——你不应该喝酒，这是今天命令里所禁止的——知道吧！你是违反了你自己——"陈柱整理自己的胡须，用一只梳子梳剔着那已经没有许多根的头发，那头发是更喜欢脱落了。他没有发怒，也没有笑的表示。眼泪充在安娜的眼睛围缘。她不愿眼泪流在别人的眼前，很快地揩掉，这是陈柱所忽略的。

"司令同志！我要回上海去——"

陈柱停止了手里梳子的梳动，他望着安娜。安娜这时已经将脸埋下在两条臂上，肋骨起着抽动。

"安娜同志，你要逃避革命吗？这可是你自己的意思？你的父亲不是这样希望着你，你不已经是献身革命了吗？现在什么意思呢？你是什么意思呢？你今天这样说？"

陈柱束好他的细皮带在腰上，准备着吃饭了——饭的香味和菜的香味，更是酒香，使他有点迷惘。

"安娜同志，我很想知道，你为什么要回上海。"他开始吃饭。为避免酒香的诱惑，把酒壶放置到较远的地方。商家招待客人的老板笑着眼睛走来了，很周到地说："司令到我们这里……什么好吃的也没有，真是屈尊哪！——酒是我们本家出的，司令应该多喝几盅，反正也是不忙啦，歇几天再走——"他嘻嘻地笑着，同时他还命令随在他身边年轻的店员说："你们这些无用的，也不说摸摸酒壶热不热。问司令还喜欢吃什么，吩咐厨房一声，叫他们赶快做——"

两个青年的小店员，哑默，同时有点惊悸来用那枯瘦的小手，企图给陈柱满酒。陈柱止住了他们。那个操着直隶滦县口音的交际老板，又转笑了他的眼睛，可能地温和着说："司令，您老这人太好了！真是难得咧！你老要喜欢吃什么只管吩咐吧！菜要是做得不合口味，也只管吩咐，这里没有别的好吃，只有肉……"

陈柱很香甜地吃着饭，他没有工夫来和这个商人纠缠。

"什么全好，什么全好！你请去忙吧，我们这里马上要开个会议——请你把这些收拾去——"陈柱推开了桌子；安娜在地上来复地踱着，踱着……她的脸变得更绯红。

"安娜同志，你需要回上海吗？"商人们走尽了以后，陈柱问着她。

"是呀！我需要回上海——"

"我没有得到你父亲的通知呀！"

"我父亲的通知，和我有什么关系？"

"我是尊重你父亲的意见！"陈柱固执着语气。安娜正踱着的脚步，突然停止住。她做着一个挺直的立正样的姿势，挑战一般地望着陈柱。陈柱并不抬头望看她，还是照常地坐在炕沿上，看着由茶杯里，渐来渐迂缓升腾起来的蒸气。

"我是不管你尊重谁的意见，我就是要回上海！"安娜也充分显示着固执。

"这是自由行动，'党'里不能允许的——"

"为了我自己——我需要'自由'！"

"安娜，这不是一个革命队员应该说的话！更是你，你是受过充分训练的！你是喝过酒的啦，你应该沉静去休息一下，等清醒的时候……你再来和我讨论这问题——"

"喝酒？喝酒有什么关系呢？喝酒比革命要充实得多呀！革命是什么呢？革命是一只宝贝的坛子吗？里面盛的是'痛苦'，还是'不自由'？——"没有端绪地她响着门扇走了。

陈柱他了解为什么安娜今夜会这样完全失掉理性地狂言。他看着这个初次被爱情所咬伤的孩子，自己感到一种轻微的悲伤。他准备着该怎样使她更切实地接近"斗争"。

在第二天出发的时候，安娜还是照常地走在队尾。在她的身上什么也没缺少，背包和手枪啦，还是照样地挂在肋下。只是不常见的，在脸际增加一些消瘦和惨白。

陈柱拖着脚，头顶秃露在天空，照常是愉快的，脸微昂着，瞻视正在爬行的队伍，和那一面面招展的红旗……

十四　"同志们安静点"

消息传来了，由乡民之间传来的。官军和日本兵已经开始向龙爪岗进发——

萧明从安娜走后，他整个的身心，投在梦一般的悲哀里。这消息对于他，似乎不见得重要！小红脸却常常警告着说："……萧同志，日本兵听说已经向我们这里出发了。我们怎样办呢？同志们的伤还没有完全好，我们是守在这里吗？还是走呢？走是应该提早走的啦！"

"司令的命令，那是要伤病的同志全好了，才能到东安去集合啊。不是吗？这是司令的命令！"萧明在说话里，潜在地隐匿着一种冷淡和酸楚，同时是超然地笑着。

"萧同志，为了大家伙儿，应该委屈点自己吧。我知道你是不满意把你留在这里，他带了安娜走。司令是把这里的同志们委托给你，你是不能丢开不管的。"

"我是始终不能反叛我们队伍的，你总会相信的吧？老同志！我已经宣过誓，要用我的血来洗涤我加于革命的耻辱。无论日本军，还是他们的走狗，反正来了我们便和他们'拼'！"

"这是不能够的……萧同志，你怎能这样说呢？动不动就是血不血的，要不就是'拼'。把事情耽误了，'血'又有什么用？'拼'又有什么用？你总得顾大家伙儿，顾那些走动不容易的同志。我们现在是健全的，我们再不管他们，还有谁？日本兵赶到了……还不把他们活开膛吗？嗳！'同志就是亲弟兄'，你不是常这样说吗？"

"是的呀！亲弟兄，亲弟兄……那我们就一同等在这里吧！死，死在一起！活！活在一起……"

萧明是过分地燃烧着感情！小红脸心里在想："糟糕，这必须去和李三弟及其余的十八个人去计议。"小红脸望着萧明一副显现着无智的脸，和迟钝的眼睛，实在是不似他所认识的时候那个爽快的家伙，也不似他们一同由军营里逃出时那个做领队的汉子了。他知道在这里和他纠缠，不会有什么启示给他。他变了，他抛下了萧明，去寻李三弟。

在夜间，他们集会在一间厅堂里。那就是陈柱在这里，常常召集各队长会议的地方。

病伤者，他们已经能够用自己的脚步移动了去，有的已经试验着抛开拐杖。要强健起自己来的欲望，充沛着每人整个的心。

空旷的大厅堂，为了缺乏油灯，便燃起了篝火在地中央。他们围坐成一个不甚规正的圆圈。麻子脸郑七点，和几个爱说笑的队员，无思虑地说笑。他们要谈到什么时候革命才可以成功；又谈着萧明和安娜……

秋天的黄昏，在外面不被谁们注意地流走。他们看见萧明和一条忧伤的狗样，隐没在墙根一条板凳上。

"我们的队长，怎不来参加我们的会议呀？拖来吧！"郑七点麻子脸高叫着。别的队员在附和。

"对的啦！拖他来……这家伙丢了'魂'！"

"扔他在火堆上，看他知道疼不？我不信什么叫丢了'魂'！"

"想女人……怎么也不能比挨火烧还难受。"

队员们有的向萧明打呼哨，嚷着去拖……却没有人先动手。

在人全齐备的时候，李三弟开始由他的座位上站起来："喂！同志们安静点！听我说话！"

大家伙平素是看得起李三弟的英勇和正直，连平常最喜欢破坏秩序的郑七点，也哑默住。只是篝火细碎的爆鸣，在轻微地继续。李三弟多发的前额，固执而单纯地在篝火辉映里，显现在人们的眼前。声音很不熟练还带点沙哑。

"诸位同志——"这四个字却是很说得熟练。脸色变得近乎发红，脖子四周的脉管也显出不自然的充涨。接着说："……诸位同志！今天晚上开的这个'会'不为别的，为什么呢？……就这样说吧，司令留我们在这里，为的是等着受伤的同志们伤好了，再到东安去集合。到那里我们是要被编成正式革命军的啦！那里同志还有很多呢！要正式跟日本军和日本的走狗军队开战的啦！那里听说还有马队，有机关枪……不过……萧明队长同志，他现在表示没有能力来领导我们了……诸位应该对他原谅，他是忠实的，他不过被女人苦着了。这是他们知识分子，很难通过的臭泥洼。现在我们要自己来领导我们自己……今天早晨的消息，我们是知道的啦，另一股日本兵和走狗军队——大约就是'王三曹操'他们的家里人弄的鬼，今天晚间不到，明天一早准到……怎么办呢？是先跑呢，还是留在这里和他们对抗一阵再走？这要大家伙来拿主意……"

在临末尾的说话，李三弟并不那样拘泥了，从容说完他所要说的。

周环的人像一个静默的铁环，全不自觉地向萧明坐着那方面的地方望过去——他依然是沉埋在墙根下，更显得模糊。

"同志们，现在要我们自己来做主了。萧明同志他已经声明，要服从我们的决定——"

小红脸窥知人们还是这样不能自决，而还依存着领袖的倾向；他们还是系念着萧明来规划，来负责……

"他妈的，来了就打打，别看咱们人少，只要把几个山头一卡，放几枪，管保他们非跑不可。"

郑七点闪动他脸上的麻子，用眼睛征求着谁的同意，一只脚蹬在椅子上。

"打一打，保管非他妈胜仗不可——他们准不知道我们这里，仅仅就是缺胳膊、掉大腿的二十几个人。要知道他们不早就来捡我们的蛋吗？趁这个时候，我们唬他妈一下……唬好了他们就许给我们扔下点什么……反正那些走狗的军队，他们也不想真心卖命。日本鬼也是一样怕死呢！他们比他妈，比什么全奸……不好我们再跑！反正我们人少，路也熟，跑得也快——他们连个屁也捡不着我们的！——"另一个小身材的队员，尖着嗓子附议着郑七点。

"放你的屁！好腿好脚的这样倒成了，那些枪伤没好的同志怎么办？依我看还是三十六计，走为上计——"

"没有看见敌人的个屁毛就跑，明天别叫他妈的革命军啦！叫'狗熊军'好啦！不成，非打打不成！这有多少天没开火了，再不开火……子弹全他妈的要生锈啦！"

"谁爱打谁打，我是不打——"

"谁爱跑谁跑，我是非和他们打打不成——"整个的屋子，甚至连整个的院子全被人声腾沸起。争论的人全离开自己的座位，谁也忘记了在篝火上应该加一块木柴。

伤残的几个人，他们远离着这斗争一般地坐着，拐杖倚在自己的怀里，向李三弟这面望着，他们也彼此望着，脸色浮出不可掩的凄惶。有的竟试验着站起来丢开拐杖，企图和好人一般来走几步。结果是遭了失败，几乎跌倒在篝火上面。

"喂！全坐下——同志们，听我发表点意见……不准乱七八糟的——"

一直等到争论的人们平静下去，连小的计较声音全听不到，人们感觉全属于自己的时候，李三弟才开始扯开嗓子说："主张'打'的全是哪几位同志？举起手来！"

第一个举手的便是郑七点。他一只伸得像箭一般的手臂，几乎要穿破屋顶，脱离自己的身子，马上就飞向敌人的队伍里去的样子。接着是两个，三个……一共是十个人。李三弟挨个地记在心里："好的啦！放下手——不愿意打的，全是谁？也举起手来吧。"

一共是五个。李三弟也是照样地记在心里。他很快地注视了人们一刻，便开始又说："……两面全不举手的同志，怎样呢？随着哪方面？"李三弟向着不曾举过手的队员们笑着说。

"我们随着的啦。李同志你怎样决定就完了——'打'咱们就'打'；'跑'咱们就'跑'。"不举手的队员们他们是温和的，全是大一些年龄的。

"随着吗？怎样办呢？我自己打了一个主意——"

李三弟停顿了一下，别的队员也停顿了一下。萧明由那面暗的角落里，也走向篝火近边。

"……要打的同志们，就留在这里一天；要走的同志们应该多辛苦点，你们就同受伤的同志们先走。你们到帽儿山等我们，后天一早晨我们也能赶到那里——不过在道上你们得多辛苦点……换着班抬他们。"

第一个欢喜的是郑七点，他无理由地打着自己的大腿喊着："对——对……还是李老三，这才像个样儿，将来到东安我非举你做队长不可——"同时他是轻蔑地向萧明投视了一下——萧明没有关心这投射，不动地垂着自己的头在两腿中间，身子勾下着。

"萧同志，你是怎样？是'打'呀？是'跑'哇？还是'想'啊？……"郑七点抱绞起臂膊，一只脚蹬在椅子上，刁狡地笑着问着萧明。萧明的姿势没有变动，也没有声音。

这屋内的气流，样子似乎要凝结，严肃得有点可怕。郑七点脸上的笑，不知是受了谁的指使也不那样轻薄了，渐渐变成了凄惶。

"萧同志，你也应该表示你的意见哪。"

"对呀，或是怎样，我们全是老同志，谁全能原谅谁的——不要尽听郑七点的瞎说八道，还是表示你的意见——"

"表示意见！"

"表示意见！"

萧明再不能默着不动，他从凳子上站起来，声音很低地说："我现在是完全服从诸位同志的啦！我已经同李同志说过了——郑同志对于同志的态度是不应该的。为什么要这样呢？这不是对于同志的态度。我犯了什么过错，这是有你们的权利批判，但这是应该提到司令那里去。为什么呢？你们对于我的本人会这样？要知道尊重你们的同志，就是尊重你们自己，也就是尊重我们的大家伙儿，尊重我们的革命军……无论谁犯了过错，那一定要有严肃的裁判，决不准许有什么轻薄讥笑的成分在里面——现在我虽是服从李同志和诸位的决定……可是'队长'的责任，还是在我的身上，我是有权向诸位，更是向郑同志来忠告的……对于同志讥笑，这是不准许的——"

"这样吧，萧同志就同那几位同志，到帽儿山等我们去吧。"李三弟向着萧明，同时也是向着大家伙儿又这样决定地说了，"就是这样，准备明天的吧！——"

一九三四年十月二十二日于青岛

（1935年8月，上海容光书局）

桃色的线

一

"穷"，逼得他们实在是太不体面了。但，他们却不想再去做那杀人的行业——虽然杀人是他们本行，受过充分的杀人的训练——或是卖掉灵魂，卖掉身体自由的勾当。他们更不后悔，挣脱了的美之寄食所。他们拼命和环境奋斗，他们只是咬紧牙关，硬着心肠，肉搏般地和穷困来抗战。他们顾不到失败——经验告诉他们，穷是不能战胜"人"——失败两个字，在他们看来，真是滑稽平凡得可笑！至于穷困的围攻，也是他们认为应有的敌人之一种。

春晨的微雨，是悠闲而平稳地飘落着，时间已是八点钟。小旅馆的每个房间里，有的还打着鼾声，有的似乎已在起来漱洗。

星，为着习惯的催迫，醒转来是不能更延续地睡下去了。他徐缓地在被中伸动着他的四肢，由窗上玻璃的反映，他发现他虽然不甚粗肥，却是充实而强健的双臂，由曲卷的姿势，激起来的肉块突兀着，使他满意地微笑了，他庆幸他还有着一具精健的身躯，便什么全可以应付得来，并且，假如现在有一个爱他的少女，他似乎还有承受的希望。余的他觉到他是个任什么也没有了的人。

他，孩子般地跳起来。绛色的短裤，仅可以护住身体的或一部分，他踢了朗一脚，命令着说："还不起来吗？——懒龙。"

朗，似早已在醒着；眯着眼，下半截脸依然是藏在被沿里面说："起来怎的——你一个不安定的人。"

"洗脸，漱口，喂脑袋……我肚子早就在饿哩！"

"饿吗？先忍一忍。"

"我的什么全能忍，唯'饿'是忍不得，一饿就要犯肝气症，便什么也要不高兴呢！"

"今天例外——你且少犯一次吧！对不起！先生。"

朗，微笑地瞧着星——短发蓬蓬的，有的在披覆。以一个雕像般的姿势，抱拢了双臂，笔直地立在床上，眼睛里射出了青春之光。

"今晨的饭，吃不成了吗？"星问。

"也许能吃得成！——还有五分钱，是花不出的。"

"饿，是挨定了吧？"星绝望般地坐下来。

"饿——饿也是经验呢。他自己不挨饿，怎知道别人饿时的滋味呀。"

"啊！饿，饿也得要经验。不就是那样：腹内空索索的，什么也不喜欢，什么也没力气干了。由愤怒而仇恨，而抢掳，而斗争，而流血！……甚至任什么全想要干了是不是呢？即使是拼掉生命的话——那时也许不再爱着少女了吧？是不是呢，那么？"星，很肯定似的在发表他的饿之经验及理论。

"但，比这还要复杂呢。"

"唔？……还要复杂！那只可……但——你也总得起来呀。"

星似明白朗的意思了——延迟地再卧一刻。

"……起来，想方法塞饱了腹皮，再讨论它；或者……怎么？"

他们全不言语地穿着衣服。星，迅速地已经是完了一切。接着朗也穿得齐整。他们计算的，唯一方法只有"当"，他们开始又数计着什么可以"当"，什么是富余的。在书箧里翻来拣去，除开一些册子之外，只有星的一件绒线衬衣，是可以"当"；是星昨日才退下来的。

"就是它吧！"星提着抖了两抖，蛮高兴地说。

"这能当几个钱——大限三元钱。"朗蹙着眉头，"还不够吃一顿'白宫'呢！——饮两杯，我给你唱一段程砚秋的《女起解》。"

星的涎水几乎要流下来。

"吃'白宫'是够了，但，下顿呢？"

星，急切地竟是回答不出，他向朗瞟了一眼，似嫌他太啰唆了，说道："下一顿？"

他一眼瞧到床上拥堆着的被子了。

"下一顿吗？……可以当被子呀！被子完了，褥子，衬衣，书，大衣……精光了我们好走；多么爽利呀！"

"走向哪里呢？"朗，发着怅惘的叹息。

"左不是在地球上滚吧，滚到哪里算哪里。地球如果不许我们滚时，有机会，我们也可以到另一个星体上去白相白相。"

星的说话，使朗凄然地笑了。

二

星，及朗，由一家饭馆昂着胸大踏步地走了出来。脸色全是微红红的，嘴里横噙着不可说的微笑。

星的帽子提在一只手里。两个人整齐了步调，做着七五生的步长，四步一分间的步速前进着，在大街上前进着。

警察怔怔地看着他们踱过了十字街头。

"鱼做得真不错呀！"星说。

"米饭蒸得更恰我的脾胃。"朗说。

…………

大街来往的人，似谁也不曾也不屑注意到这二位是当了衬衣，才吃了早饭的英雄。但，讨钱的孩子们，却显得聪明得多呢，竟是在后面做着他们的随扈队了。

"去，去，走远些。你们这些连我也不如的小动物——我没有钱。"

星，笑笑地紧走几步，孩子们似明白他的意思，也跟近了几步。星，站住了，孩子们也站住了。

朗，正在寻思一件事，偶一侧首不见星了，回头看时，约三十步的距离，星恰在分铜圆给孩子们，闹得不可开交。

"走哇！——无赖汉。"

星听到朗的喊声，将手中余的铜圆撒在地上，任孩子们自己去分争，他跑开来。仍是继续着他们的"前进"。

谁也不说什么。

跨进小旅馆自己房间的门，便全仰卧在床上，他们此时似乎什么全忘了。

雨，早是停起，上午的阳光射洒在每处，全显现着些清净得可爱起来。

"星！那绒线衬衣袖头一部分的织缀，真鲜艳哪——桃色的线，红得真可爱！有趣呢！"

"有趣怎的？可爱怎的？"星看了他一眼，哀怨地瞧着天棚——角落里正是一只苍蝇的尸，悬挂地摇动着。

"有趣的是入了当铺的库了，饭是入了我们的肚了——你不是说过那还是敏子姑娘给织补的吗？"

"是呀！是她如今又怎的？为饿的缘故，是什么全不能可惜吧？什么全可以当，如果他们——当铺——要人的话，何妨我们两个任谁可以当一个——最好先当我——你可以有趣地，尽力地'玩''乐'他几天——她织的又有什么稀奇！"

朗，很懊悔自己的失言，又提到了敏子姑娘——他们已是很久不通音问了，并且敏子现已无踪——他知道星的心颗破碎得仅是凭借一些细弱的筋络在维系着；一层嫩薄的膜囊盛裹着，怕终有一日会崩裂的。朗，为要弥补他的错误，他说："星！无论谁与谁，全要有断绝关系的一日，何必又计较于迟早呢？"

"那自然喽！——谁与谁也没有关系了。"

星说完，翻侧了身子，面去向着墙壁，低吟着弘一法师①未出家时的一章七绝诗："一夜西风蓦地寒，吹将黄叶上栏杆。春来秋去忙如许，未到晨钟梦已阑。"

尾音显然是颤恻得几乎要听不清晰。

<h2 style="text-align:center">三</h2>

那大约是一九三一年的一段事。

星在沈阳，为避难在一位友人家中的机会，得认识了敏子姑娘。他们全是"流浪儿"，又全有着火烈般的情怀。不幸的，他们便循序地踏向"爱之路"上来了。而星又是个婚过者，并且他的妻还在侧。但他及她——敏子——全是为爱而踏破一切的勇士。他们是这般地引用茵梦湖上的几句话，及他们自己的爱之哲学做防盾是：

> 今朝哇！……只有今朝！
>
> 我是这般的美好！
>
> …………
>
> 只有这一刻你倒还是我的！……
>
> …………
>
> 爱呀！我们便死命地爱！……
>
> …………
>
> 管什么将来……现在！
>
> …………

敏子姑娘，现已不知去向，别后因为或种的误会，现在他们似乎

---

① 弘一法师：为丰子恺业师，俗名李叔同。

已断绝关系了，而星却流浪在这寂寞的荒原上。

在别的前夜，敏子姑娘发现星绒线衬衣的袖部，有了破绽，她不顾别人们的眼睛，是怎样恶意地射着他们，她要星脱下来说："星，将你的衬衣脱下来，袖部是破了一个洞呢。"

"不吃紧的。"星是怕可恶的人们说敏子姑娘的坏话，而苦了她，所以推辞了一句。

"我明白你推辞的用意，任谁的意思我全明白。但那——请你脱下来，我可以给你补缀好了，这是一点别的赠意呢。"

他是不能再推却了。

她为他静然地，用着桃色的线，在那宝石蓝颜色的袖部补缀着。

他也是静然的，看着她那双，明夜——也许是永久——便看不到的手，及她的一切！……

那时——仅是那时——的世界是完全属于了他们。

人们，做贼一般监视他们的人们——星的妻是一个"不可知"的女人也在内——几乎全要气得流下泪来。那仅是在补缀一只衣袖而已。

别了！别了！……

星与敏子姑娘别了之后，他有时总要默默地，饱含着无涯的悲绪之泪，偷吻着那只补缀的衣袖。那是他流浪中苦痛时，仅有的安慰，仅有的快乐，仅有的幸福哇！……而如今为着吃饭，他竟是不能不舍去他那仅有的……安慰，快乐，幸福……并赖以系托他那忧伤之魂的桃色绒线，仅是一条桃色的绒线！仅是……

（选自《跋涉》，1933年10月，哈尔滨五月画报社初版）

154

孤　雏

一

　　除掉还清店债离开这里，或是街头去漫游与归来写些什么之外，他实在没有更好的方法，能破除这小旅馆日间的寂寞与夜间的嘈杂。特别是今夜，就如一具新型的留声机在放送着某某公司特种的唱片一般：男的，女的，笑的，骂的，甚至于哭的……声音。这使君绮再也不能忍忍地假睡下去，他不顾到新洗过的脚掌，铺好的被褥，连长裤也顾不到穿，披起那件仅有的长袍，拖起一双破而旧的鞋子，便跑到了正阳街口——

　　就如一只饥饿的狗，在寻找与等待人们的抛骨头，或是什么……的到来，那样倚立在一棵电线柱下。

　　笔杆是静静地被栽在墨水壶的短颈子里，似等待主人归来，寻得材料，好用它那伶俐的嘴尖记在纸上。它知道这是它应尽的职务。至于主人用它尽是记录些什么，在它似乎毫不顾到那些。

　　君绮屋子里，简单得只有一只椅和靠间壁的一张小小的案桌——现在是做了君绮临时的写字台——间壁上钉着玛丽一幅小小的剪影。那剪影是贴衬在一幅白纸之上，在那纸上又用鸡血颜色印着金色纹线的硬纸，剪作一个新月孔形附在着。恰好她的右颊亲切地在那月形外弧线后面藏了一些，两只神秘的眸子，才正好有力地射着斜角那一颗

155

剪就的"红星"。

一些册子是凌杂地任意躺在桌案上的每处——这便是君绮室中的装潢——再有用一点，便要数到那五十烛的灯泡了。它是很忠实地瞪视这没有主人的屋子，小心有贼会拿去两本册子或一支笔……

汽车嗅着汽车的尾巴，成串地跑过去了，接着又是成串地跑过来。你由那汽车喷放屁般味息的强弱，吼叫的低亢，速度的迟速，和它额前一双怪眼的凶光……最低可以判断它腹腔内，装载全是怎样的滋补品——猪头、板鸭、火腿、海参……一些高贵的食料，你也可以看到用本地面粉团成的洋型面包。虽然其中有时也装填两枚"窝窝头"，但那仅是"有时"，汽车高兴，吃点新鲜，换换胃口而已。

君绮很自负，想当年他也曾在汽车肚腔内充过食料，但那仅是如醋之与酱油在佐食。

没有乘客的洋车夫，有的将车停在君绮身旁，坐在自己车的脚踏上，珍重地细数着他用两条腿，两条棕色的臂，一身身的臭汗，赢得的代价。不幸摊到一张五分钱的破票，他是毫不迟疑地要拼命地骂一声山东土腔"奶奶"，随着骂完之后，他还要如一只鼠，用着溜溜的眼睛，看看正挺立在丁字街口，指挥交通的警察面孔，是否在发怒。实在在他们的世界里，唯有觉到警察是尊严至高权力者；另一方面，也唯有警察老爷们的手掌肯摸到他们那满积汗垢桃色的面颊；脚尖，肯触到他们那饱含曲线的腿股上。这在车夫们，不能不算是一种特殊的光荣、幸运。所以他们常是笑微微地，恭顺地承受这光荣，这幸运的赐予。

这使君绮也很自负。想当年他也曾打过洋车夫一拳。还忆得，那是用所谓"国术"形意拳中的"崩拳"，使洋车夫后退了三大步，如果没有谁挠住，说不定会躺在地上。在当时他很自信自己的拳术是有了功夫呢。

路那侧，中央电影院门外级台下的两旁，停在的车——人力，马力，汽力——如果你要距离远些看来，真要疑惑是条条多眼的、饥饿的黑蛇，身子全部被沉没在不可知的黑茫里，只有伏着颓懒的头，在等待它们的食料来充饥。

一刻，一对漂亮的女人走进那电影院——现在改成评戏馆——去了；一会儿又是一对胖胖的老男和老妇走出来。进去，出来……这使君绮很不耐烦。他虽然要获得些写文章的材料，但他实在不能在那些人的身上，得到他所需要的东西，甚至连泛一泛他文思的波，起些涟漪的力量，他们全不能给予他。他失望了，他抬起眼睛去看那用彩色电灯绕映着门额上的匾，那匾上的字。忽然使他的心有些不安定起来，他用力地抚按在左胸脯上，暗暗说道："孩子，不要跳哇！安定些！那全是过去呢！他们是不配使你这样跳呢！"

二

"……他们全要具着伟大的天才，更重要的是特殊的性格……他们要是亲兄妹——这样才好。

"……他们的父亲要是一位社会科学的研究者……要被什么人借某种嫌疑杀掉……母亲气愤病死……所有的亲朋全要摒绝他们……因为他们是研究社会科学万恶者的儿女……并且还要将他们攻出了故乡。"

这使君绮有些心颤了。

这许是太冷酷，太悲惨吧！

但他一想到这是写文章，扯白话……实际不会真有这样不幸的人儿，文章是应当更悲惨些才会使读文章的人儿兴味呢！

"……他们要不屑再继续去受那死的教育、御用学校的荼毒了——实际也没有那样的力量——他们每人全怀抱着父母仅给遗留下的一颗硬的心，高悬在胸腔内，便这样地跑在荒漠的塞外。

"……哥哥的技能，只会写诗唱歌、掷标枪……妹妹只会弹琴、画裸体人、舞蹈……父亲教给他们知识……只是什么……唯物史……运动史……革命史……大众心理学……可怜的这些是不会使他们换到现在社会的饭吃，他们是饿了三昼夜。"

君绮很气愤自己不争气，怎么一写文章就要提到饿与穷。这使漂亮小姐少爷们读到了该多么不高兴呢！至少要模仿最近在"巴拉斯"电影院开演过所谓中国有声影片，《最后之爱》中的女角王兢芳骂男主角李耕辛那句"穷鬼"的口吻，来加到自己的身上。这该多么晦气呢！但他绝不因为这样轻轻的一骂，便将他那"饿"与"穷"的好友，弃诸文章之外。

"……最终，哥哥找到职业了。是修什么纪念路的小工。每天得到三角钱的工资，虽然工头嫌他工作笨拙，有时凌逼到他的身上，但他是忍受。为自己的肚皮、小妹妹的肚皮要咬着牙齿，噙着泪水来忍受！

"……妹妹不肯甘吸食哥哥的血汗，她也要找工作，她偷偷就一个街头缝穷的妇人学缝纫，几天工夫居然会了，并且还很巧妙。乘哥哥去做工，她便央求那个妇人领她到每处为一些小旅馆的客人、低级劳动者、流氓……缝补破的裤子，汗浸的褥子，等等。挣得工资，她要为哥哥制一件衬衫……哥哥的每日工资，除开他俩食宿费之外，显然的是谈不到衣服了。但那绒的衬衣也显然是不宜于这榴花时节呢——虽然哥哥并没有说过一次热，但由那颗颗的汗珠滚下，她知道哥哥在忍受着。"

以下该怎样写呢？

君绮他看了看他的周遭，车在跑，人在游动，由戏院门中时时要发出锣鼓的喧噪，他突地想到日间一个缝穷妇人被客人侮弄的事。

"……最终她是受到侮辱了。平时口头上的侮辱，虽然受过许多，但在出来做工之先那个妇人曾说给她：为做工得工资，她要忍受雇者们的侮辱。这是义务，这是雇主的权利！她要为哥哥制得一件衬衫，她便也不能例外地不履行这义务。她的心是怎样？那只有死葬在地下的妈妈许能知道吧。有时她的泪要流下来，她的愤怒，要立刻杀死她当前的仇人，但一想到父亲的遗嘱：

孩子们，你们要始终为人类的幸福致力着吧。即使受到人类的侮辱，不要灰心，也不要恨他们。他们那仅是如一个可怜的坏孩子，对他们慈爱父母规诫的仇恨与侮辱……

"她便不能不伤心地忍下去，她奇怪父亲为什么偏要为这些堕落的东西们送掉性命！

"……一天一个警察要强奸她，她用剪尖刺破他的耳骨，结果她吃了警察一顿拳头。她待要去诉诸法律，但她常听父亲说过：法律与警察不是为没有资产和没有权力的人们而设的，在这现社会。

"她归来哭了半整天，一直到哥哥归来……哥哥当日也被工头打了——但他利用着男子们所具有的自尊心来克服着懦弱的诉苦，不肯说给妹妹。而妹妹却伏在哥哥的怀中哭诉了……哥哥要去寻敌人拼命，但妹妹却不许。他只好哄着妹妹睡下，他也疲倦地睡下……"

这使君绮又有些踌躇起来……

该怎样结下去呢？他们全去自杀吗？……这太懦弱了，太侮蔑他们呢！该怎样呢？投降吗？……这似乎更不是他们性格中应有的成分哪！……这样结下吧！

"……至夜过半她醒转来，别室已无声息，她一眼望到哥哥那凄凉睡着的身躯，蓦地一种莫名的力使她赤光了身躯，纵入哥哥的怀中，还在说着：'哥哥我爱你！……除开你，这世界上没有第二个配做我的丈夫！哥哥！请你爱我吧！……任你怎样的……就如爱你的情人那样……那样……这样地爱我……吧！'

"哥哥惊得呆了，他疑惑她是疯狂——为了日间过度的激愤！

"'你……你疯狂了吗？英妮！'同时他要推开她的身子，但她仍复纵入他的怀中说：'哥哥要信任我，明白我……我不会疯狂……我是为了我们的职业。明天开始我要去卖性，赚得钱买手枪，我要你去做强盗！回来杀死我们的仇人！……我爱你……我只爱你……所以在卖性之先，我要你第一次……只有今天，我还有爱，你也许还有爱！

你还是你！我还是我！明天，只要明天，我便是卖性者……将来……只要将来你便是个强盗，我们就不再有爱了……我们——你要爱我吧！任便怎……怎样地爱我吧！哥哥——'"

三

君绮这样构思着，在最终他几乎忘却他是在喧噪的正阳街口，立在电线柱下想文章……真的就如两具拥抱着赤裸的身躯放大地浮现在他的眼前。——啊哈，但愿这是文章吧，不要是现实！

他这样自语着。

"先生，怜恤怜恤！"这似乎是女人的声音，距他几步前后在耸立一条窈窕的黑影。他认清了确是一个女人，一个衣服很整齐的女人。他不敢决定这讨钱的声音是她发出的。但，当他用眼向她近身看过一周转时又没有第二个女人靠近他，不禁问了一声："太太，适才是你说话吗？"

"是的——"女人的眼在迟缓地眨了一眨，走近了一步。

"太太，你是说向我讨钱的话吗？"

"是的——请你可怜我的孩子，给一点钱吧。"

君绮仔细地看了看她的怀内说道："你有孩子吗？……在哪里？"

"在家里睡着……"女人似乎有些不耐，接着说，"……有钱就请给些吧。我出来的工夫很久了，孩子醒来要哭得死过去。因为我太怯懦，还不曾讨到一个铜圆……实在我没有那样勇气，拦着汽车，或是跟尾在行人后面去讨。我的数目只希望能买到一罐乳粉便可以。"

"只是一罐乳粉的数目？"

君绮很明白，前此一个时间自己衣袋内确是有过一张两角钱的票券来，惜乎做了自己的晚食费。但他因为一种根性，不想在向他讨钱人的面前，更是一位为孩子而讨钱的母亲面前，失掉施给人应有的身份。故意地，探手向充满碎纸的衣袋内，摸了一刻——鬼许知道他是在摸到什么——然后他才欺骗着自己，欺骗着人说道："对不起呢，太太……没有零钱哪！"

"没有吗？"

女人的头缓缓地颤了颤，在一声微弱的叹息中，转身向大街那面蹀去。这里君绮却不禁暗暗骂起自己来："痞子，流氓！你还要欺骗一个病的母亲，为孩子讨乳粉钱挣扎在车轮、马蹄之间的人儿吗？"

忽地一部汽车，漂亮地，擦着那女人背后飞驰去了。一阵不自然的风，无端卷飘起她那寂寞的后衣襟，及得她回首看时，那车中女人——板鸭——高贵的黄披肩，在那婆娑的长发下面，透过那车后的玻璃，还能望到一些。那讨钱女人淡淡地笑了笑，随着在那淡笑着的眸子里，射出两缕莫名的"光"返向君绮这面望了一望。

"太太！请回来。"

那女人似乎不知在唤她，依然是向街那侧走。

"太太！讨钱那位太太！叫你哩！"君绮提高喉音。她回头停了脚步，问道："是——唤我吗？先生。"这声音清冷而哀怨。

"是的——"

她的脚步这次却是很轻快地走过来。

"啊……先生。"这使君绮很吃惊，显然地这女人憔悴得太可怜了。青春，在她的脸上虽似消逝了不久，但，除开那两片唇上的淡红，你简直要不信任她还是一个少妇。她的面颊上虚笼着一层，唯有这样人，唯有这样人才配有的淡笑。微薄地，就如一片轻绡，包裹着一颗秋月，朦胧的雨丝，就如缠着落寞梨花一般地，使人无邪！

"先生——"

君绮他不能再如一只狗般去注意她衣服上去了，他说："你也可以在这稍候片刻吗？有些零钱在旅舍里，可以取来帮助你吗？……太太。"

"……我是没有更多的时间呢！请恕我——"她似乎有些焦灼。

"五分钟，仅是五分钟——"

她似同意了这个要求，微微点一下首。

君绮，计算这里到自己的旅舍，只要两分钟，便可以充余地来复——用加速跑步——五分钟是满可将自己褥子底下，几日积下的铜圆，掬来给她。

他于是如一只疯马般跑开。不争气是脚下一双破鞋子，不调谐地拍着铺路的石块作响，他甩开它，他赤着脚，爽利地跑上小旅馆的二层楼上。他来不及用那小钥匙，如平日气闷地，缓缓捅开那可怜的小锁。一手拧落下来，摔在一边。

——天啦！

当他一掀那褥子，仅仅是三个小铜圆静静睡在着，他立地感到一种不可遏的失望与羞惭，几乎叫起来："就是这样数目吗？"

他撮起来真要将那三个顽皮的小东西，捻成碎粉。但铜圆虽小，毕竟是金属的，不会为一只平凡的肉手便捻碎了——任是气力再大些的君绮——他要抛开它们，但那三个小东西在他的手掌中，似乎很自负地说道："动气吗？……谁让你买笔头哇！要写什么文章啊……用去我们十五个弟兄。"

他后悔日间不应该买笔头，写什么浪文章，不禁恶意地向桌案上翘着尾巴的笔杆，丢了一个眼风！

——坏蛋！我要你永久浸在那墨水壶子里。

无力地，握着三个铜圆，走下楼去。

她，正是立在此前君绮立的电线柱下，脸儿在斜向着电影院方向出神，似乎在数着匾额上，什么"小桂花""小荷花"伶人的字画，在等待。"太太，对不过，仅是这个数目哇！"

他竟是不能抬起头来再看她一眼，仅是用指尖掐着三个铜圆，向她手的方向送去，颤颤地。

"谢谢！先生，这个数目也实在值得珍重呢！因为……"她的喉似乎被什么拥塞住了，接着水般的东西，灼热地滴落在君绮的手背上来……

"啊！先生！你在赤着足哇！"

四

一阵洪水破堤般的喧噪声，过去了。街头立地显得冷清许多。电影院的门，也在掩起来，门额上的彩色电灯，也逐渐减却，自然这匾额上的字画，也不那般显耀了。

两条男女的背影，沿着马路的一侧走去，口中在相互酬答着。

"大喟……你们俩几时别开的呢？"

"前年似乎也是这个……时光吧？"

"别后……通过信吗？"

"不曾，因为仅是同学，谈不到友谊。"

"唔……"

"大喟——现在什么地方呢？别后他勾留过什么地方呢？你怎落到这般样？孩子是几时……"

"请恕我，这些很复杂，一时恐说不来——正因为大喟离开我，生活才这样糟！虽然大喟在一起，我们也不怎样充裕，但那时我们俩还全有工作，现在……大喟离开我已快近四个月，我又失了业，又产了一个孩子——正因为有了孩子才不能工作。"

"你需要钱，得几多数目呢？"

"不，我并不需要多的钱，只要给孩子买到一罐乳粉——我的身是病着，乳是没有的。"

"明天可以吗？"

"明天……可以。你要记好，这弄的极端，那个小院落里，门牌是五一号，再见——"

他看着那瘦弱的背影，一步步移向那黑漆漆的弄之极端走去，渐是模糊了；但什么光在一闪，那背影似乎又在伸长起来……

归来，这个清得来比什么全要明晰的印象，使君绮再也不能睡去，虽然现在他是很疲倦，夜也渐是浓深……

隔壁房间，时时发出男女的唧啾声，唧哝的笑声……使他很不安。

于是他又要写文章，久久浸在墨水壶中的笔，这时似大赦般地才被主人提出了壶。口，脸颊上已是满纵横着泪水了——它要用这泪水，来组成主人的文章，明晨好去卖钱！

君绮写道："克明携了妹妹英妮，就如两只乳燕，由那有着清丽风光的故乡，被一些淘气的孩子，击碎了他们的故巢。手持了长短的竹竿，赶追着他们那样无方向地飞奔……

"正因为他们还是一双乳燕，所以不会衔泥草筑一个巢儿在谁何人家的梁间，却飞向这烟尘漫天的城市里来……城市的楼房崇高与冷峻得是直不许燕在筑巢，何况他们又是一双不会筑巢的乳燕呢，这样不得不权赁居在老鹰的旅馆里了……"

到这里，他不能再写下去，他又想到那女人，那孩子，孩子的父亲。

"大喟，居然有了孩儿啦！孩儿的父亲哪里去了呢？……那病着的妈妈，怎样抚他长成？长成后……还能如他父那样吗？……"

他将笔抛掷在桌上，弄得墨星飞溅，一颗墨星恰落在近在案桌边，那幅玛丽剪影的鼻尖上，这使他很懊悔。虽然迅速地拭却了，但终是留得一点污污的痕。

——纪念着吧，玛丽！对不起。

五

君绮，自己也不觉暗笑起来，于是一个坚强的记忆，浮现在他的脑际，这是悲壮的，值得回忆的一点记忆。

是一九三〇年，在陪都军校的一段事——那军校，仅是为人类中某个暴者，制造牙爪的炼狱；也可以说是喂养着一些挨杀，或者去屠杀同类的小动物。君绮为一种好奇心——也可说是半被迫——居然也成为小动物中之一员，并且受着小动物的训练要快期满了。

一天的下午，那时正是端阳节前后的几多日子他记不清楚，但那时天气是夏季，是不会错的。

大喟由禁闭室被释出来了。算来前次月曜日押入，到当天的月曜日释出，正是三个周间。

记得那时他被释出之后，接着逐他即刻离校的命令便颁布下来。学友们十之九中却为他惋惜着命运，说着什么"功亏一篑"等类的风凉话。君绮却暗地为大喟庆幸着，他知道在军队犯了"反抗"再加上"暴行胁迫"罪，军前无疑地是被处极刑。即在军中也要被处二等有期徒刑呢！于今大喟仅是锢了三来复的禁闭室，一纸淡淡的开除令，便走开了。这使君绮就如大喟获得一种什么幸运般那样为他欢喜！他想着最好他是即刻离校，否则怕那无耻的队长，又该到总队长那里去啜泣。他知道军队不是讲信义的本身。说不定……再有危险临到大喟的肩上。但同时有一种小的矛盾使他有些不安。内心他是为大喟欢喜，而又悲伤他那英勇得可怜！他想大喟似不应该在这样圈子里，有着这样的牺牲。他不应该仅仅为全队学友受了骂辱，几个学友挨了那队长几下漂亮的耳光，他就愤怒。其实并未及到大喟的颊上。他就不顾一切地用十字镐——那时正在野外演习期中，他们是掘炮兵掩体归来，不幸地便与那步兵队长——一个骄傲的孩子，激起了冲突——来啄那队长的脑壳，幸喜被眼快手快的学友们遮开，那队长的小脑壳才得完整地还在项上，惨白了脸颊，跨上马背上跑去。那时全惊得呆了，全出神地看着马蹄一起一起地翻着垄陌上尘烟，在那烟中狼狈跑去的小队长。

大喟嘘了一口气，扛起十字镐，细秀的眸子眨了眨，手儿一挥，坚决地说了一声："走吧！任那孩子怎样搬弄去……我自己会负责任的……诸位，我们仍然要整齐了队伍——立正——原地向右转——器具上肩——常步走……”

队伍就如一条伤了的蛇，在茫然地软弱地，匍匐爬在归途上。

归来当夜，大喟便宿在禁闭室里，一直到现在的月曜日。

君绮心要大喟早些离开，似乎又有些依恋，虽然他并不是大喟的朋友。

那时大喟正在整理着自己的所有。什么也不说，嘴角，如平日那样习惯地闭得很严密。围观他的人们君绮也在内——全似要想在这个将要离开他们这可怜的群，而去孤征的大喟脸上、眸子，或身上每处，寻到些什么可值得纪念的印象与启示。但除开他一双平日冷厉得怕人的眸子，当时却泛起比少妇怀春的眸光，还要有些精彩之外，撩人之外，更不会找到什么。

他挺起腰来，用手抹一下额部的汗，接着说道："好友们，请全到自己的铺位休息吧！"

一个学友是队中大喟较好的学友，一位身材瘦小，爱讲故事，爱读唐诗，而又能写得很工整的大小楷，做得好律诗，性格爽快如刀的人。跑百米能有十一秒的记录，春季全校——三千五百人——运动会，曾获得径赛第一名赠品的杜豸男说道："让我们来替你整理，你休息一刻吧。"

"是的，你应该休息一忽儿，让我们来……"

这是爱唱京戏，要了命也得吸纸烟的杨蜇仙，也是大喟的较好的学友。当大喟在禁闭期中，他们是曾为大喟的事焦灼过几昼夜。联名去保释，但结果是使他们失望，而今大喟被释了，他们不知为大喟喜的是，还忧的是。所以全痴呆地任着大喟自己在忙碌。竟似忘了大喟是在不见太阳光的暗室里居了三周间，而才被释出的人，立地又要被逐出校。他的身体和他的精神是怎样的不调！怅惘！虚弱！

原先被日光晒得近乎棕色面颊的大喟，那时竟变得有些苍白。发几乎要拂到眉尾，颊际微泛些淡红。他便一任他们去代自己整理，趁便他将身上官给的灰污夹军衣褪下，随着将那三年前——入校还没军衣换时，君绮看见大喟穿过的一套衣服又着上了，淡黄粗布的西服上件，和及膝的短裤，内衬一件洗得全要褪成白色的紫颜色的衬衫，领角是自然地翻抛着。

"大喟，你应该留几句临别的赠言给我们哪！"这尖锐的叫声，冲破了这室中的扰攘与咕哝，是发在一分队队尾一所铺位上面立着的矬子口中。他是这全队中最爱说笑话的刘香岩，他的年龄虽然已经二十三岁，但他身躯看得来真是一个十几岁的孩子那般娇小；声音也来得尖锐，加上平时爱扮孩子般的鬼脸，惹人发笑。但他如真的说起话来，或是办起事来，却一些也不稚气呢！

"是的呀！大喟，应该留些给我们！"这是一些不同的喉咙发出的声音。大喟似乎也觉到这是应该，所以不客气一句，也不踌躇，率然地便移步到能超视到这室中所有的同学，近门的地方站下来。

那时，能睡百六十人长方形的大宿舍，静得就如一座殿堂，加衬曾雪白的墙壁屋顶，水门汀的地底，冷立的粗柱，与其说是殿堂，莫如说是古墓，还来得恰当些。

六

"别了，好兄弟们，我们今日是值得别了……"

这声音每个字听得来，全似具着沉痛得不可抗的力量，箭一般刺着君绮周身每颗神经细胞，起着痉挛。至少君绮，那时是那样感到。接着大喟说下去道："……离别，固然是很可悲！要知道，兄弟们，更可悲的是我们卖掉了自己——"

声音顿止。忽然门嘭地开开，这室中沉静的气团，顿为之一荡，接着所有的视线全集中在那门的动处。

一个所谓漂亮小队副，挺着胸脯迈进来，上身斜挂着赤色有穗的带，那是标志他是"这一周间"负责者的记号，他应该是值星官。由当日值星学生，喊过任是他到来一百次也要喊的"立正"礼节之后，他提高了不自然的喉音下达着命令："队长的命令，是不准你们听受这样败类同学的赠言——你要立刻走开呀！这里不许再有你的坏话说。"他向着大喟挥手。

大喟看了他一眼，随着将两只手相互的在胸前握了握说道：

"你说的命令吗？你说的你们那命令还能及到我的身上吗？"

"顾大喟，你，你不服从命令吗？"

"命令——谁的命令？狗屁！"大喟在笑，漂亮的小队副气得眼睛得几乎要合不来。大喟接着说道："……请你转报告队长，要他安定些吧。我几句话说完自会走的，这里不是有我舍不掉的情妇——放聪明些走开好吗？顾大喟最后一次请求！请看谁何的面上，或是……让我说完这肚中要说的几句话吧！"

大喟眼中的光射得又有些凶灼起来，声音也有些粗暴。漂亮的小队副不禁退了两步，一手把着门柄，说道："但你不能说得很久哇！"

"那自然！"

漂亮小队副走了，这里室中的人，全不禁哼笑了一声。

"……安定些！兄弟们。"

大喟向大众做了一个请求的笑容，接着这室中又复回了那古墓般的寂静。

"……卖掉身体，如我们现在已是一件极可悲而又可耻的事了！记着呀！好兄弟们！记着呀！我们的灵魂！二十世纪青年的灵魂！是值得贵重啊！……要知道：是谁也没有绝对的权力，使我们苦痛的血，泪，汗……做成他们泛龙舟的河流，酿成他们的葡萄酒！更不能容忍着用我们的髑髅，砌成他们的象牙塔，筑成他们的水晶宫！兄弟们，你们要比我聪明！谁在用葡萄酒滋补他们的子孙？谁在居住象牙塔？水晶宫？喂养他们的儿女，准备将来再这样如他们本身一样来压迫着我们的儿女！兄弟们……我们当前的任务……要认清了……至少——兄弟们宝贵起你们自己的灵魂吧！"

大喟的语音，戛然地止住，这使所有的人，全似如乘在疾驰的汽车中，蓦然意外地停止一般地，颠扑，迷惘。直到大喟去提他所有的东西向外面走时，大众才又复初醒转来，忙乱地帮同大喟将东西搬到车上，被大喟牵连开除的还有金剑非君。在那位于荒野的讲武堂军校的门前，站着送别的大众，一直看着那汽车，勇敢地驰去，向着暮烟迷垂"城"的方向驰去，一直到看不见由车窗探出的人头影子和摇摆的帽子为止。送行的众人们也才停止他们手巾的挥动，无力地，缓慢地，全似失掉一件东西般的不自在，回归宿舍。

不一致地嘘唏着，谈论着，小声叫骂着。但，这全很快地过去了，又恢复了每日黄昏时节应有的状态。这宿舍所较每日不同的，只是在二分队的长铺上，相距不远，有着两条露草的铺位而已，这使君绮很刺目。

一位热情的同学，正在誊录大喟的赠言，不时地要来向君绮讨论着，某一个字是否记讹了。并且他还偷偷说给君绮，队长又派了四个学生在他的外室值宿，今夜的自习堂也不上了，不知全是什么意思，这般鬼鬼祟祟的。

君绮记忆起，当时为这滑稽的事体，几乎笑出声音来。他说："队长是怕妙手空空呢！也许怕大喟来'寄柬留刀'吧？"

夜是静得爱人，这个沉重的追忆，使他恍又如置身在三年前，教室的一刹。他往常是不大同大喟谈过话，仅是见面说句平常应酬就过去。那夜正是自习课毕了，听到熄灯号音之前，中间的一个时间。习惯地，全在那个时间里忙碌着漱洗，准备号音一叫，就去安眠。是谁也不准偷留在外面，因为值星官要按铺查看人脑袋，虽然查过后也有跳过墙去，跑向里半路开外的小市上，饮个醉饱回来，但那仅是坏学生们侥幸着干的事。

君绮忘记了是因甚事走到大喟的桌边，大喟正在掐了一支用以圈书、公发的红铅笔，在教程的每页上画，一页又一页……

"喂，老顾，你怎在教程上画起裸体人来——这是什么，战术吗？"君绮说着，看了看封面。

"这纸，不正好练习画吗？不滑也不太软——等着，看一看——喂，再来笔——这次差不多——看，似不似？一只拿着锤子铁匠的手——看看这个……像一个少女的腿肚吗？"

君绮想不到大喟还能画一手漂亮的裸体画呢。

"还有吗？"君绮问。

"有，有尽有咧！我准备毕业时，开一次个人画的展览会呢。"

他于是将所有的教程、典范令、笔记册子……统统摊开在桌上。君绮看时，几乎每册，每页……全在纵横着诸色铅笔的线条。

"这被队长检查着，你的手心要倒运了，收拾起吧。"

大喟微嘻了一声，胡乱地将那些塞入桌箱里，嘴说着："这些纸，不练画，不是更废了吗？"

自那次，君绮觉到大喟就有些……后来听别的同学谈起大喟来，全似有些不自然，甚至君绮的友人常常要嘱告他道："队长在恨大喟呢！我们不要讨队长的不好，我们要少和大喟亲近些……"

"玩玩而已。"这是大喟常说的一句口惯语。人们问他为什么要到军队来，既知军队是没用是可恶，尤其是中国军队……怎还到这里来……来了怎么每月考试总不及格……使教官们发怒，他也只笑笑答一声："玩玩而已！"

大喟走后，这句话几乎全校流行起来了。谁何要见面，三句话不说完便要及到"玩玩而已"的口语上来。

君绮想：大喟又到什么处所"玩玩而已"去呢？病的妻幼的子，抛弃在这陌生的哈尔滨。在陪都军校时，君绮似乎不曾听说大喟有过妻，但大喟的信件每星期中，总比别人要多些，其中也常常有着桃色粉颜色的封皮，在皮之角端也常签着类似女人字迹的名字。一逢着有命令检查信件时，那样信便不见了。他疑心现在这大喟的妻，也许是那信去得多的一个女人吧？

"我不援助她们还有谁？可怜是那孩子！怎托生到这样父母的手

中来？……"

君绮再不能想下去了，因为这夜已是度去快三分之二，他还要将这文章写出来去卖钱，但他明知是写不到一千字就要天明，而他是不能再延迟一刻，以致一千字也写不到，就要吃晨饭，一及念到晨饭，君绮蓦地起了一个寒噤，不停地写下去："……老鹰的旅馆，是开设在纯化街，尽头一所二层楼上。所有的客人……"

七

当丹妮还没走到那小院落的门前，距离在十几码的光景，就听到她那将近两月的儿，在拼命哭嘶着的声音了。她顾不及自己身子是病着的软弱，两日不曾有过食物下咽，急遽行了几步拼着所有的力量，在门板上连接地拍了几下，接了几分钟时间，她才听到房主人——一个六十一岁的独身老太婆——在里面痰嗽，不耐烦地应了一声，她的汗轻快得就如脱了串的细珠，她是那样感到在流。实际她是无暇顾到那可怜的汗。她周身的神经，几乎全随着那儿的啼声在颤。她想，如果在几年前，她真要施展跳高栏的身手，越过这卑劣的短墙，谁耐烦及得这样等待？

一刻门开了，她只是向着那低矬老太婆的身影道了声"晚安"，待她听到房主人似在说话时，她已是走进自己的室中。

拨明了灯，其次便是抱紧了那啼哭着的小娃。

"宝宝！妈妈抛得你太可怜了——这里看——妈妈在这里！"

她引逗儿的脸由灯光那方扭转来，但儿的脸一扭转时，便本能地要向她的怀中撞。她很明白儿的需要是什么。她将那不兑现的乳头送入儿的小唇内，虽然她也知道不能有几滴乳浆。

"宝宝，不要急！妈妈嚼这片饼干给你——"

在两日不曾吃得什么的丹妮，这虽仅是一片片饼干，她也没有权利咽下去，还要和着唾沫一口口送向儿的口中，这伟大的母爱！这自我牺牲唯有女人独具着的母性精神！但，你总要知道此时的丹妮，应该怎样和她自己在肉搏着呀！

她端详着儿的头，儿的黑茸茸的发，闪动着的小眸子……仅就那双细细的剑形小眉毛，也是同大喟一般哪。这使丹妮不禁向着床头一具小镜架凝视起来……她想到以往，那悲壮的以往；将来，可知，而又似不可知的将来。现在……她只是怕想到现在，这漆黑黑的现在，凄惨惨的现在……混沌沌的现在！

"顾太太，这有您一封信——进来时，那样向你说话，全听不见。"

颤抖的房主人将信交到丹妮手中接着说："你刚出去不到十分钟，一个青年人便将这封信送来，很慎重地再三嘱咐我要快些转给你。我问他是在哪里，他说是什么会，我也没记下……反正他说你看过信就会知道的……"

房主人一面絮絮说，丹妮一面在看信，她的脸色正在急遽上升着兴奋喜悦的当中，忽然是惨沮地伏在儿的胸上哭了，哭了！……

八

是第三日——

经过夜雨洗浴过的清晨，显得格外清爽的大街之上，行人以及车马，似乎全不如黄昏时分那般喧扰混淆……哈尔滨的清晨黄昏来较，俨然是有着两个针对的不同的世界。

朝云，不肯放太阳跳出来，宛似一个娇媚的少妇，自己慵懒地贪着晨眠，而也不要自己的丈夫离开她的怀中——用着春情的颊，绵热热地，偎着丈夫的胸；火灼灼的唇，吻着那胸，腰肢是白色蛇般的，纠缠住丈夫的伟壮的身躯——那样，即使是怎样英勇、坚决的人儿，想来也不会便粗暴地跳出那软美、温馨的怀中，而伤了爱者的心吧？何况太阳是有着超乎一切的温情，眷怀着全宇宙的热爱呢。虽然，它也不得不甜蜜地吻别了它的爱——朝云——温慰着它的爱！使它孩子般睡去；它一刻也不能滞留或耽误，徐徐踱向人间……它是人间福祐的、光明的付与者哟！

君绮在这样充着诗意的清晨，福祐的清晨，他快活得如握着一柄无坚不摧的宝刀那样，握紧一卷原稿纸。整齐了步调循着正阳大街的中央路脊线上，走向他早计划好了的第一家报社。

他路中，尽是想着些不可知的未来的成功、幸福……他如避开什么可怕、可厌的东西那样，想避去这现实的穷窘、困迫……以及目前就要得到的失望。

他想到这第一家报社文艺主编，去年冬天，因为稿件的事，曾会面过两次。那时他是怎样称誉着自己的文章，自己在内心是怎样感到一种莫名的惭愧来……他想那些垃圾，仅是一些事实的记录，"爱"的呻吟——便垃圾也不如的东西，还能得到一些称赞……何况现写的这篇，无论在内容，在形式上，自己承认虽然不怎的见强，但，似乎还是循着文学正轨，时代的需要而产出的……一定更能……一定会卖到一笔钱的……但也似乎忽略了，他原先向报社、杂志上寄稿之日起，从不曾拿过一个钱，虽然他的稿子是不曾空寄过。他为一种祖国所谓"名士不爱钱"的信条所因袭，他觉到以自己文字，斤斤去与钱拘较，真是俗，真是一种耻辱！所以他往往是宁肯典却自己衣服，或是委屈些自己的肚皮，也要买到开明书店特种高价的稿纸，颜色好的墨水，因为他总是想着："不要委屈了我的孩子呀！"他不肯去讨索应得的，寄存在报社或是杂志社的稿费，也从不肯将自己的住址与姓名写给他们。

这次他想到真的来卖钱了，并且还是自己拿着稿子去面交，这俨然是一种耻辱，降低了自己。他的面颊蓦地火热起来，"哎呀！让我由邮局寄吧。"

他不禁将举起要打门的那只手，无力地垂下来了，这已是站在报社的大门前。

——邮吧？……

显然他是要转去，忽然。

"……先生，只买到一罐乳粉钱……"这幽咽的声音，似又浮到他的耳轮之内。

——啊哈！无信义的东西，你是应许她什么时间来？这是第几日了？……你这卑劣根性除弗尽的东西，用自己的劳力换报酬，有什么羞的呀？……

咚——咚——咚！不知谁在赋给他力量，向那闭得如死的黑门扇上踹了三脚。

一刻，在门内发出，听得来，真使人有些难堪的干涩声音问语。

"这早来叫门，找谁呀？"

"我是到报社的。"君绮强打着温和的声音。

"报社吗？……不成，全未起呢——真晦气。"

"劳驾——例外将门开开不可以吗？"

"…………"

"劳驾！——"

君绮总不见里面动静了。他贴近了门隙一张望，几乎要气得他吐出肝脏来。这个鬼也不见了，仅是一头白毛的小狗在狂吠着。

他知道，生气与等待在这里，全没有用。他觉悟到报馆办公时间大半是在夜间，这早他们是不会睡醒。并且伫足立在这里，也实在是不高妙。他于是决心要到公园里去，消却这寂寞的时间。

道外公园，是位在正阳大街的东极端。在客冬的一个时期里，他曾在那公园的附近居住过。但那时正是冻云连天、霜冰匝地的季节，如果要与现在的碧叶垂垂、芳草萋菲的"夏"来较，显然又是一个对立的世界。

君绮巡礼一般地，甚而一棵平常的树，他也似有些依恋地回想着它——在冬天他每次到这里来是怎样被残暴的风吹削得连一片枯叶，也不许存留着的赤冻的腰肢，在挺战着冬的淫威，而现在披起翠碧般的美衣。

所有的风似乎全死去，这时竟连一点大的气全不敢嘘了。

园中所有的亭子，他冬天常去的是东北角，适于他唱，他练习剑击、拳击，比较起宽敞的那座大亭子，就如久别的情妇那样，开张她渴念的怀抱，火般望着君绮投入。

里面一些破旧的椅凳，还是去冬一般地堆积在一边。一块粉板，也还是悬在着，上面粉笔线条组成的一些字迹，也还是没有什么增减，什么：

劝君莫打三春鸟，
子在巢中待母归……
……去年今日……
妹妹呀……我爱……我爱……你
这里是点将台。

一些些，成句话的也有，不成一个字的也有。他无心肠及到这些奇怪的文字上去。顺手坐在他常坐过的那跛脚椅子怀中。

太阳光，已是高高地射到树梢上来。他由那悠悠的叶之间隙，看到那谁家的红楼，那楼窗，那前廊，那碧碧的栏杆……一个女人，着了桃色睡衣的女人，手中似持着一柄刷一类的东西，在嘴际抽动——这他很敢决定，她是在刷除她那牙齿上的宿垢。但他却疑惑，她的唇，夜间是否有过……谁的啮过？——一半袒裸的胸，由衣服的开口处，约略地还辨出那片片乳色的皮肤。两个小丘类的东西，随着手臂的耸动，在那胸前……似乎有些在颤。发婆娑地在柔柔地婉动。这使君绮忽然起了一个奇妙的想头："如果能有这样一个妈妈，孩子是多么幸福哇；那乳，那胸……是该多么迷人，多么有力呀……好个妖媚的身躯呀——我为什么不能缩成一个娃子呢？

"如果我要是真能缩成一个娃儿，那我要永不想高大起来，许一生尽睡在这样妈妈的怀中吧……"

这孩子的想头，使他却很快地又联想到那孩子——大喟的儿——的母子身上去。

"我在欺骗了人呢!"

他于是想到大喟的妻，那可怜而又刚强，病着而又不肯示弱的女人，也许此时是病倒了，也许她是正在哄那啼哭而又无乳可吃的孩子……凭你再优美的催眠歌，如果你不给孩子所需要的，那他不会便睡呢。

一刹，那红楼，那女人，那胸，那乳，那桃色的睡衣……这树，这草，这花，这正唱的鸟……这园中的所有，园外的所有，所有所有，全在他的心中，在他的眼内消逝了……

一个秃亮头的胖子，掠过他的面前，手里提着的画眉鸟忽然唱起来。君绮竟是想要一脚踢碎那具精巧的、朱红颜色的鸟笼，甚至连那不争气的画眉鸟，也一齐踢死。

——可怜的小囚徒! 还有甚心情唱吗?

毕竟君绮不是画眉鸟，他不懂鸟语，那鸟也许正在问他的"晨安"，或竟是乖乖地在叫着: "哥哥! 放了我!" "哥哥! 放了我!"

秃亮头的胖子身影，转过林角不见了，但那鸟似还说:

"晨安——"

"哥哥放了我!"

九

大街，已不是前此晨光时分的那般安定了，C报社已在开放。

君绮，踏步走了出来，随着一位似乎起床不久的人，眼角的排泄物还在积留着，跋着鞋子，掩披一件大衣，这便是C报的文艺部主编耘垒君了。

君绮辞开他，相互地打一声"再见"的招呼，便走开来。

现在他不能再循那路脊的中央线去行了。他也如别人一样地要挤行在路之一侧的阴沟板上。那沟板的宽度，一人行却富余些，如果两人并行，或是在相反的方向来人，那你无论怎样小心，也是不能避免一些接触——气息或衣襟——有时幸运的，你也可以嗅到女人们香的过剩施布，或是……什么汗臭！

他这样气闷地挨进了一段路，他再也不能耐了，他又去行在路脊的中央线。他明知，这是危险，说不定会被汽车撞烂，但他现在并不怎样恋着"生"，这样想："来，撞吧！你们这些有权力的东西，可以尽量地向我来撞吧！我今天决不躲避你们半些！省得平日常要掀动老子的裤管，嘘嘘地假示威！惹得老子不耐！"

奇怪的是那天的汽车，却全柔顺地擦过，似乎连那号丧的喇叭，也不敢临近他的身畔哼一声了。在他的主观感到是那样。

结果，他仍是如走出旅馆时的身躯，完整地走回来。除开几颗汗珠以外，似乎什么也没有少掉。

他的肚子和眼睛里，却不知是装载的什么归来，只是疼疼地饱胀着。

一步踏进自己房间，眼前一旋，顿时什么全在他的知觉里逝去……

及至被别的室中一阵嘈杂的叫声惊转，他一只衣袖，几乎似被水浸过。他一条条，一片片，将那一束原稿纸，撕扯到不能再撕扯……然后一把把抛向窗外散成星般去飘落。楼下哪个少女发出了笑声，在每天他定要俯在窗口去看，而那时君绮的心境，空静死寂就如一流冻结成冰的寒湖。忽然在抽斗里他捡到一封信，铅笔字迹是那样潦草：

烦交××街××旅馆

白君绮先生

——内详——

君绮君：

　　与君别后，归舍即接得大喟函一件，彼在×埠，要我去相佐。唯遗此孤雏，君其怜而收之可也！大喟谓莫如令其"归去"，省得这现世的将来，又多一奴隶！余等非铁心人也，岂真忍心至此哉？第更有大于抚儿事者在；势不得不割之，舍之，弃之甚而欲杀之也！……

　　知君亦无能育此可怜肉，请送之育婴堂，或转送人，均可。总之他是人类的遗留，人类凭任谁育之可也。正不必非自其生出之所谓"父母"——人类延续者——育而成之！

　　接函，请即至余所说之居处，与彼房主人晤面自知，余已面嘱其一切……

——丹妮——

1932.6.20

（选自《跋涉》，1933年10月，哈尔滨五月画报社）

疯　人

"……那时我疲乏，我就如被抽掉筋条的老牛那样没了弹力，那样软瘫下来，那样的疲乏！……

"真的，鬼许知道我们是过着怎样的生活，我们不相信上帝，更不相信人与人之间的慈悲、同情，以及其他……

"上帝，假设是有的话，那只是他们的上帝。赐福他们就如专利那样，保护着资产者和特权者们的福祐的延绵。它——上帝——给予我们的只是惩罚，和一些我们所不需要的酒精。因为那酒精，只能减低我们挣扎和抗战的力量……

"至于人间的慈悲、同情，以及其他……他们那些给予，事实是很明白，那全是由我们自身剥夺下去，他们享受够了，用余下的渣滓，来豢养，他们准备再次第剥削下去，以至于死……的我们！

"我们更不需要什么文学、艺术家，为我们诉苦，为我们申冤，为我们一些肤浅的苦痛的描写，因为他们毕竟不是我们，我们的苦痛，同样也不是他们所描写和挖掘得出。他们仅是为要成就他们自己的文章，成就他们自己的艺术，他们是写什么花呀、鸟哇，画什么石雕像、圣母图……玩得腻了，要换换他们玩的对象而已。我们的苦痛愈深他们的内心愈是快乐。因为他们的作品在一般的眼里是可以更成功一些呀！

"我们的背臂，以及所有一生的血液……全是被科学家们所发明的齿轮，以及其他，绞断了，榨取干涸了！……

"我们的髑髅,是铺平了一些××家,到最高层去的大路……

"我们……

"啊!我们……"

这是一个疯汉,一个又吃醉了酒的,穿着污碎衣裤,少掉一条臂膊的疯汉,在十字街头上,大声嚷着说的。

我是掺在别人围观的缝隙中,听到的,那时他已是被警察们捆起来,就如一头要解向屠场去的猪,置在水门汀的通路上。

他的一条仅有的臂是被倒剪地在背后,和他的两条曲蜷的腿一起捆在着。他的头顶向天,他的两只脚掌,和一只手掌向天,他的背脊也向着天,只有他腹皮的一面是贴到地,水门汀铸成的地。

他的两眼充着血,闪着火焰般的光;脸以及……全在充着血;他项际的脉管,要胀开那敷包着的皮肤,而开始喷瀑起来……他的一只手和两只脚,不甘屈服那捆绑,在尽力地抽挣——很明显,我们知道他是抽挣不出了。因为他那捆着的绳子,似乎在说给我们,它是捆绑过几多人,从不曾被挣脱过的呀!同时由那深入到肉里的绳痕,我们可以很安心地,看着这个疯人了,这个将要被送入疯人院的疯人了。

他的嘴里还在咿呀地,继续嘶叫着,杂着大街中心飞驰着汽车喇叭的尖叫。一个围观中的胖子说:这好似夜间由播音器听到的外国歌子一般。

我们全笑了。

两个看守那个疯人的警察也笑了。

不甚遥远的,一辆白色的车,就如一只白色猛鸷的海鹰飞来了。当那车停在我们的面前时,由车里冲出来两个白衣的人,很迅速地便将那个疯人,肚皮贴着水门汀路的疯人,眼睛充着血的疯人……捉入车厢里面去车门闭起,那两个白衣的人也被关在车厢里面,那车又如一只白色的海鹰,猛鸷地飞去。

当那疯人被捉入车厢去的时候,他似有意地向我们投射了一个疑问的眼光,他的眼睛依然是充着血。但,同时却有两滴液体样的东

180

西，碎落在地上，辉映着天空的太阳，他还笑了一笑。现在我想不起，他是怎样笑着来？

围观疯人的人们散了，逮捕疯人的警察也挺着胸走了，只有我还是看着那滴在地上的液体东西，被火灼的太阳蒸发……啊！这个疯人！

我心中反复而又反复地想着这个疯人，被那白色海鹰救急车载走去的疯人！

这似乎不是一个不陌生而又陌生的疯人，因为当你在街头通过的时候——凭你在什么时间总是可以看到类似这样的疯人，阻住你的去路，或是尾随在你后边，伸着他们那污秽的手掌，向你乞求些什么的疯人。

但，这个疯人的面貌，却是陌生得很！在每家大影院的门边，某个洋行、百货店，或是什么舞场，什么饭店的门边，从不曾见过这样一个疯人。因为那些在街头上跑，或是蹲踞楼壁下的疯人。他们的眼，从来是流着暗灰色的光，从不曾有如那个疯人的眼闪着过血色的光！

这个疯人，尽生活在什么地方来？

我用眼睛向着过往的人，投着发问的光。但他和她们，似乎谁也不晓得我是向他们问什么，他们的脚步有的是很迅速地过去了，有的如一条懒蛇在蠕行……

我踱向了公园，在公园入口的旁边，一所公共电车停驻场那里，我又发现了两个疯人。一个是在脸际生了白色的胡子的疯人，携着一个鼻子流着涕条的小疯人，他们的眼一样是同别的疯人一样，流着灰色的光。

这样老小的一对，他们怎么也疯了吗？

我向着行人，以及路侧的警察，又投着发问的眼光。但，同样的是没有得到解答。

公园里的每棵树的梢头全在招展着春意。池冰也融了。那经了几月被凝结的池水，此时在春风拂爱的吹皱里，它们似乎早忘掉了严冬的鞭挞和侮凌了！

桥头、池滨、小岛，以及假山上面的茅草亭子里，全有着人形在蠕动——但这里却幸福的，看不到一个疯人。

登上假山的茅草亭，你的视野是更要展大一些了。你可以看到几处礼拜堂钟楼上面的十字架，在太阳下面是闪射着怎样金色的光。

塔一般耸立着的烟囱，随着喷出的浓烟，如果你是肯细心地观摩一下，在那团团浓郁妖气般的纠结里，不断的幻化里，你是可以看到一些肢体不全的人形，魔妖般的人形，在被由每处飘来的风，毁灭着，扫荡着……隐约地你还可以听到那机轮转轧的呻吟和叹息。

巴黎饭店的楼顶，和日本小学校的楼顶，在两千米达不甚遥远的距离间，对峙着。所不同的是那日本小学校的楼顶，有着一面日本旗在高揭而飘扬。

一只披着黑衣的小鸟，在我面前掠过。那鸟是超过水池，超过楼头……直没向对面小岛上面，一棵招展着春意的树枝深处。

春意的波，也开始在我的胸里交流起来……

什么疯人，什么疯人眼睛里的血色的光，灰色的光……开始是被这春意的交流，所消泯所消融。那时只是后悔不曾同得我的爱人，来巡礼这春意布遍了的园林。

足踏着下山的石级，眼望着辽阔的远天，我的心，平静、死寂得如一块幽谷里的顽石，那样蜷伏着不动。

蹴出另一所园门，啊！好容易才忘掉的那些东西，一些疯人的影子，疯人眼睛里的光，又在我的面前闪动着，闪动着了……

那是守门的园丁，正在阻止着一个疯人进园。那个疯人似乎在说：他也要到园里看一看久别了的春天。但，那园丁似乎不懂得这疯人说的是什么疯话，他一面用一条粗的木棍拦住了那疯人，一面在说："这公园，不是为你们这等人预备的呀！你去换好你的衣服，洗净你的脸，再来吧！不然你不必，一生也不必想到这里来赏光了。"

疯人走了，我眼送着这个疯人走了。我眼送着这副有着人的骨骼，而没了人的脂肪，没了人的权利的疯人的背影，走了，他沿着一条悄静而展开的大路走了……

　　一乘载着一双肥胖男女的汽车，横掠着我的面前驰过。接着是一乘二轮的斗子车，那挽车马，瘦得就如一头生着癫疮的母狗。蹄铁敲着铺路的石块，背脊熟悉地承着御者的皮鞭，白色成团的泡沫夹着一些红色的东西，由它衔着羁勒的嘴角向地面飘落……

　　接着，又是几部坐着人的人挽车，弓了他们虾般的身躯，拖动着向前拼命地挣扎。他们的头项及脊背，同样是被太阳蒸发着含着酸性气息的汗。

　　只为那汽车、斗子车、人力车的接连通过，那个影子，那个要进公园里看春天的影子，被我遗忘了。我的眼前依然是那条悄静的大路，开展而伸长的大路。路的那极端，似乎也有些什么闪着光的东西在驰走。

　　饥饿，开始在我的腹内进攻。我拖着一双游离的脚，穿过几条宽街和狭街，走向我的家。

　　当我经过那个街口，前此一个过去不久的时间，那个疯人，被那海鹰般救急车载去的街口。那里是什么痕迹也不曾留下——除开在水门汀通路上沁入的几处紫黑色的斑花之外。

　　车是照常地飞驰……

　　人，也是或快或慢地照常行走……

　　警察，还是一左一右地伸动着他们机械的手臂……

　　我这次投出的询问眼光，仍是不蒙解答地被收回。

　　闪着灰暗颜色眼光的疯人们，在一家百货店的窗壁下，又出现了两个……

一九三三年四月七日春雨的朝

（选自《跋涉》，1933年10月，哈尔滨五月画报社）

羊

一

窗上的铁格条，把天全隔成了方方的条块。这些条块的颜色也常常不同，在早晨和晚间大半是赭红、淡黄或深黄。只有红得如嫩玫瑰，或蓝得相当一整块结晶的玉石，那时候才最有趣。无论从某个格孔望出去，全是红，或者全是蓝。不过这是不常有的，常有的却是灰暗得像烟一般的云和雾，及介在云雾之间的一类气氛。它们黏结在那里，有风也好像吹它不动。——海也好像被它们所黏结，吞没，侵蚀。

远方展开的海面上，隆起着成串的或是零零星星不甚严峻的小岛。那些小岛上面看起来好像没有过长的绒毛，也看不出有人居住的痕迹。只是一种着了适度彩色的，小岛的模型，有的从我这面看起来，还不能填满一个窗格孔。如果要写风景，这格孔倒很相宜。可惜我并不是一个画家；这里也没有笔和调色板。

无论出口或是进口的轮船，全要经过那一列连亘着的山脚下。为了山的陪衬，船们显得庞大一些，同时也可以证明，它们并没有就停泊在那里，还是走……

左边的海峡像似一只女人的脚，过度地伸长向海心。在尖端常常激起白得有点残酷意味的浪花，有风的时候，每次被触碎的涛头，要飞起一丈开外的样子，才纷纷地粉碎下来。紧接连的也是一样。在有涛头最多和最高的地方我从来没看见过一个洗澡或是钓鱼的人，连游逛的人也好像不多见。

右边的海峡，是怎样的形势呢，是不是也和这边的相似？这我就不知道了。因为这屋子只有两个前后对照的窗，后面的只能看山，而前面这个窗中间还要经过甬道，经过门上的小孔，给予我视野的角度，也只能看到这些。如果没有那铁格条，没有这门，当然可以把脑袋探出去，赏鉴够了再缩回来——我也常常试验着企图从开着的窗玻璃上找到反映，藉可认识点什么，但那玻璃泥污得像一块不闪光不透明的板了，"企图"在这里有什么用呢？

经过了夏天，秋天，看着这角度以内的海，角度以内的山，地板被踏破的部分每天眼不见的苍白，深陷……很有规则地从这个角落到那个角落，形成一条宽宽的带。皮鞋的跟部已经余存不多了，我没有注意到踏落下来的皮屑和木屑全消费到什么地方去。

我吃，我睡，消费着地板，皮鞋，自己的寿命和青春……

燕子们喜欢在傍晚晴好的天空游游动动。这是一些角形的小黑点；海鸟们盘旋上下。起初我嫉妒这些禽类，设使我是一个猎人，再有一支打鸟枪，按照我当时的心境，要一个也不赦免地击落它们。它们这是在对人类夸称，还是怎样？——现在却不了，觉得它们是应该这样，它们有这样的自由和权利！现在看起它们来完全安心，如果它们有时少一些，还觉得空旷，寂寞，不应该。

后山的树叶稀疏了，从下面浮上来的山羊和猪粪等等的气味，也不再那样浓重。

海上的小岛们，原先是绿茸茸的，小鼠一般拱着背脊。现在也失了光泽，显得贫困，被剥夺了皮毛样，狼狈地围困在海浪的排击中间。挂帆的船，再不能那样长长而安稳地和夏天一般拖着它们的身影在海面上。现在有时变得飘急和倾斜。

从甬道每天按时响着脚镣的音响。铁门扇开闭的音响。出去做工的人，做工回来的人，经过我的门前照例他们总要匆忙地向我这个门的孔口狼一般地投转着眼睛，露出湛黄或是湛黑的牙齿。我知道他们是在乞求我吸剩的烟尾巴。烟尾巴在我是有的，既多而又没有用，可是给他们，这是不被"看守人"允许的——当他们经过我的门前，我仅有的角度以内的海，就要被他们隔断了。好的是看守们还不准许他们停止住，如果有一个迟疑的，屁股上就应该有享一脚的义务。

一个长大的青年人，最后出现在后面，他经过我的门前，却是那样陌生和稚气地望着。我知道他是个新来的家伙，他不像企求烟尾的人们那样的贪婪。

"他是新来的?"我问过道走着的一个看守。

"由下边提上来的——才进来三天。"

"什么案子?"

"小偷——"

这个看守的人，他好像对什么全觉平凡，什么也不能引起他的趣味，我从来没看见过他的颜面肌肉有过什么大的伸缩——石头雕成的还是蜡雕成的? 他的嘴唇是收缩得颜色全看不出了。抛物线形的嘴周，从鼻准的两侧，深深垂下地刻成两条弧纹。他的嘴就被这弧纹包裹着，像被代数学里的括弧括着一样。同样，在他的前额和眉间也是简单地刻着这样角曲度不同的纹沟。

就在我的楼下，一半埋在地下的室中，同样也是有着这样的甬道，这样的带孔的门扇，这样带格孔的铁窗。所不同的那里是看不到海的，那是为初来的犯人们设备的。

"好强壮的个家伙呀!"

我这是在自语，似乎也在无所谓地叹息。

"强壮? 哼! 还有过比他更强壮的咧，他算什么……一个小贼——偷羊的贼。"

看守人轻轻向我露着他发暗的牙齿，接着说："慢慢瞧吧……强壮?"

晚间，有两个俄国的孩子被送进我的房间来了。他们每人的怀里

186

全抱着小半段面包的尾巴，所有的瓤子没有许多了，那只能说是一个尾巴的空壳壳。另外还有一个军用水壶和一卷污秽到不堪的杂志一类的书。

看守人同我说明理由，这是两个要逃回他本国的孩子，没有打船票，船上昨天把他们交到这里来。

"这些犯人真可恶，晚间，把这两个孩子的面包快给偷吃没有了，真可恶!"

看守人锁好了我的门，他踏着自己的声音去了。这两个孩子的眼睛，不安定地每处回翔着，一刻他们的身子也开始了不安定，鼠一般地转走起来，一面掘食着那仅有的面包瓤。

他们正面侧面地打量我，相互地商量又商量，才像安心的样子，把他们的水壶、杂志和面包壳安置在我的小桌子上。

"你是个'先生'吧?"

孩子们大约看我不像一个小偷或是吸"海洛因"的犯人。"先生"不至于偷他们的面包吃了，也许他们看到我床上还有几页报纸的缘故。在这里能读到报纸的大约就是"先生"了。

"我也是个犯人——"

孩子们起初不懂我说话的意思，呆呆地看着我。他们起初是用不清楚的上海话问我的，现在我只好用俄语向他们解释这意思："我也是个犯了罪的人，懂了吗? 犯了罪的人!"

"你也是个犯罪的? 同他们一样?"他们之中年龄大一些的一个，指点着下面——意思是楼下的犯人;小一个的只是使他的睫毛展开着，湛金而带棕色的瞳球，完全和上下眼睑绝了缘，固定地位于淡蓝色的眼白中间。

"同他们一样，同小偷，强盗，一样……"

我笑着同他们说——我笑的时候美不美呢? 自己一点也不知道，没有一面镜子可以使我鉴别出来，但从对面孩子们的眼睛里，我好像读得出:似乎更增加了他们的不安。我用手搔搔我的发痒的头皮，跟着一些白色末屑下来的，便是一些头发——近来这些不必要的头发更爱脱落，平常不很广阔的额头，现在也好像宽余了一点，增加了光滑的面积。

"你也是个小偷？"

孩子们不信任我了。他们重新——大的指挥小的一个，从我的桌子上攫起他们所有的东西——杂志、面包壳和水壶——企图去开门。

我没有阻止他们，我知道这用不到我。我照旧坐在这屋里仅有的一只椅子上，手指间轻轻捻转着我脱掉的发丝，我不知道这时候为什么会这样的开心。

他们叫喊，用脚踢打门扇，眼睛一致地翻上看着门扇上的方孔。

一个雕像的脸出现在门孔，所有孔口抛下来的光线被隔绝。

"干什么？"看守人亮一亮他的眼睛，那深深的每条纹沟有点展动。孩子们哑默住，只是指着我，又指着他们的面包壳。

"他不会偷你们东西吃的，再胡闹……"

看守人把他的粗藤棍故意在门扇孔口摆了两摆。孩子们又来打量我了，而那个看守人，趁在这个间隙，向我这面做出一个笑的样子，走了去。

"坐下吧，孩子们，我不偷吃你们的面包。"

我去拉他们的手，他们还是固执地要摆脱开，眼睛无望地望着……小的一个，从他的眼里，我已经看得出有了湿润；大的一个却似始终显着有主张的样子，问着我："你真不是小偷？不偷我们的面包吃？"

"一点也不，我还可以有东西给你们吃呢。"

"那你为什么也在这里？这是不好的地方，什么人全有！你为什么也在这里？啊？"

我怎样答复这孩子呢？我自己也说不出理由为什么会留在这里，我抚着小的一个头发说："我喜欢在这里看'海'呀！"

"看海？"他的眼睛在寻找海，"从这个孔看海吗？"他跳过去，踮起脚看海，"看不见哪!"

"看得见的……"我领着他们，把那只椅子去垫了他们的脚，小的一个喊起来了："毛列! 毛列!"①

海上正有一只离去的轮船，拖起长长的烟尾，这也许就是载我归国的那只船呢! 它是不知道曾经被它载过的人现在在这样一个孔洞里看着它来来去去地自由航行。

从什么地方，他们把我吸纸烟用的红头火柴寻到了。他们开始躲在暗处，把火柴向黏湿的手掌上划动，显现着磷的光焰。大笑着。

夜间，海上只是沉重的乌黑。天际的星，被窗上的铁格条隔开着。比日间多出来的，是海水冲击的声音更清明了，更飙急了些。

孩子们睡在我的床上，我听着他们交互的鼾声和不清晰不连续的呓语。我照例踱着我的一条路，从这个角落到那个角落……

从桌子上我拿起那本表皮污浊得不堪的杂志，漫然地翻看着每一页：有文字，有照片，照片的人名有的熟悉，有的全部陌生。无论怎样这与我当时所想的全没有关涉。

好像久久生活在什么岩窟里的一根草，没有风雨，没有阳光，没有思想……今天这两个孩子的到来，似乎摧残了我，摧残了我的安宁。我的思想开始了困兽一样的复苏。

二

从后窗轻轻腾浮起来的羊臊气味迷惑着我。从格条望出去，那几只受难的羊，没有变动地偎睡在棚栏的一角。已经很模糊了。几天来的鸣叫的声音，不再那样繁多，那样高亮了。也再看不见那个长胡子，有着弯曲坚实的角的山羊，和初来时一样，嗅着，追逐着，那个已经有了身孕的囚伴的尾巴。它整天软软地睡着，模糊着它的眼睛，

_____
① 毛列：即海。

偶尔站起来，那是为了人们把什么可吃的东西投到棚栏里去，它和它那个有了身孕的囚伴去竞争。在竞争的时候，它完全改变了初来时那样嗅着追逐着它同伴尾巴时的温和。它已变得残暴，过度地挺起它的脖子，挥舞着长角向它的囚伴示威。它的囚伴呢，常常要困疲地被掀倒在地上，露着牙齿悠沉地鸣叫，肚子显露而匆忙地起着抽搐。孩子们离开我，不，只能说是离开这个屋子，已经三天了。当他们知道他们要被释放，并且能够搭上回国的船，被扣的五元钱也可以拿回来的时候，他们简直快乐得要腾飞！他们围着我跳舞，踢翻我的椅子，扯碎我的报纸做花撒，吹口哨，唱歌，接连背诵托尔斯太（今译作"托尔斯泰"）的《祖国》的诗，也背诵普式庚（今译作"普希金"）、莱芒托夫（今译作"莱蒙托夫"）的诗，几乎一千遍翻扯着那册破杂志指给我看："看哪！这是莫斯科呀！我们要看到莫斯科了！看哪！这全是我们的国……全是呀！飞机也有，大炮也有……"

他们痉挛地摆着头，指着一些放大的照片给我看。

孩子们简直发了疯狂，我被这孩子们的欢喜所燃烧，眼睛有点湿润；鼻孔感到一些莫名的酸疼，但我始终是笑着的。

一直到那个看守人的脸在门扇孔口出现了，他们才算安定下来。

"你们俩真回国吗？不想妈妈爸爸？"

我握着他们每人一只手，坐在床上。我更是喜欢小的一个，我已经知道这小的并不是大的那个的弟弟。他们是朋友，他只有十一岁，比大的小三岁。

"不想——"小的没有说，他只是眼睛湛湛地看着他的伙伴，听着大的说。大的从我手里把自己的手臂抽出去，攒起拳头打着自己的膝盖："我们是有国的呀！为什么谁都要管！谁都要管！到哪里，哪里都管……在上海，法国人也管，到这里……中国人也管……"

我知道这孩子又激起了过去的愤怒，我说："你为什么要犯罪呢？犯了罪就应该管你的，孩子，无论谁全能管你！"

"什么？犯罪？打碎一块玻璃……就算犯罪？就一天一夜不给饮

食，不给自由吗？关在那样黑的屋子里……很臭的屋子里！——我们不是喝过酒吗？酒是爸爸妈妈给喝的呀……"

孩子们在和我住在这屋子里的第二天，便同我说了为什么非回国不可的理由。他们在上海为了过节喝醉了酒，打碎了一家商店的玻璃，爸爸妈妈不负责赔偿，便被捕房拘闭了一夜一天。

"我们的五元钱，在码头拘留所被搜去了，他们还给吗？"

"给的。"我没有迟疑，便答复了他们。

"给的？"他们说不到几句话，就要关心问到他们的五元钱，轮流着问："给的？不没收？"

"一定给的，你们的钱不是赃物，他们大约……不会没收。"

"对的，我们的钱是拿的爸爸的……那天……他喝醉了，皮夹里只有五元钱。"

"你们有钱……坐船为什么不打票呢？让他们关到这里来？"

"为什么要打票呢？钱打了票，没钱吃饭住宿了。船那么大，我们两个这样小……在甲板上多我们两个算什么呢？我们蹲甲板他们也不让……还要打……还要往海里扔……"

"你的爸爸妈妈要找你们了，这里会把你们再送回上海去……"

"爸爸妈妈不会找——这里真要送回我们去？"

"也许不一定——"

"哪！要送回我们，我们就跳海……我们回国，我们回国，在电影上我们看过，在杂志上看过……冬天有白得像银子的雪……跑冰……也没有外国人管辖……什么外国人也不敢在那里管我们……"

兴奋得不得要领的，他们乱翻着那册杂志指点着读着给我看。我看着，听着，我在冷静着自己的血流……

他们背诵着记忆得的诗歌，更是小的，当他读起普式庚的《给保姆》时，我简直不能再深藏下我的感动的泪。

"孩子们，听我的……"

我把我所知道的和所能记忆的，也低低地读给他们听。但是孩子们是不懂这些诗歌的意义，我解释给他们，同时说："在你的祖国里，这些诗歌全是流行着的呀！"

孩子们——小的一个——把他整个的身躯钩挂在我的脖子上。

"我们是朋友了！"

大的一个，把他们仅余的面包壳，分给了我一片说："这面包是在路上要的，在下面给鬼们偷吃了。"

如今，孩子们已经别我而去。

他们被送回了上海，还是真的回他们的祖国了呢？我曾一整天从那每个方格孔，望着海，望着天，望着每只北行的船只……我不知道他们是被载在某一只船上，他们现在怎样了呢？在舱底呢，还是甲板上？他们如果看到这所他们曾经安息过的囚楼，这近乎黑色的建筑物——能不能够扬起手来，向我，不，这应该说是向这囚楼的全体，告一声别？这是太奢望了！

孩子们别开我的时候，用嘴亲着我的手，还问着这句话："你为什么要到这地方来呢？你几时出去呀？我们回国了，这是你的国，你不用像我们回国了！"

"嗳！我看够了海就离开这里了！"

孩子们每次问到我为了什么理由到这里来，我就说——常常是笑着的——为了看海；如果问我什么时候出去，我就说："待我看够了海就离开这里了！"

"记住我们的名字吗？——我叫郭列，十四岁。"

"我叫阿列什，十一岁——先生！"

"完全记住的——亲爱的朋友们！"

我只能送他们到铁门槛的里面，握过了他们每人的手，小阿列什简直是哭了。那铁门锁起来的声音，剪断了他们的告别声和他们的影子，也就是剪开了我与世界的联系。

如今是夜了，我还是看着海，听海的呼吸，听一声一声信号笛的

192

嗥叫。那从海上飘过来带点湿润和鱼腥气息的雾气，偶尔也很真切地嗅觉得出。

翻看着他们在报纸上给我写下的字形不甚周正的诗歌……

像抚爱一个婴孩那样，我开始抚爱着我的心，抚爱着我的有点不驯顺的情感。

——还是羊一样地忍耐着吧！

隔壁打鼾的人被看守骂醒了，我知道他就是那个强健的偷羊贼。

"你娘的，睡觉哪这些毛病啊？"

偷羊贼每次经过我的门前，不再那样无智和生疏，他总是笑着的……笑着的……起初他在我的眼里，是一个无邪的、满怀青春和活力的孩子。

"您先生也该睡了吧？"

"哎哎！"

看守人的眼睛出现在我的门扇方孔口，他的一张脸整个地托衬在方孔口的后面，他的颜色是发光和肥黄，门的颜色是黑的……他眼睛开始在我的房间搜查一般地转动着……接着说："您这真是太舒服了，一个人一个单间，有椅子还有床……像这样房间，在人多的时候……至少要他娘塞四十五十的……"

在他离开我的看海的孔口，我当真来察看这所如今为我所独占的房间了——是个一立方丈样子的盒儿吧，用混凝土、石头和铁铸成的。这一向被我忽略的，我还是蒙着优待的人哦！应该感谢，至少我应该感谢这一点，如果我的心要不是混凝土、铁和石头铸成的话，我还该把这"感谢"一块凝铸在我的心上。

三

除开看海，看后窗外的羊，珍贵地读着报纸上每个不必读的铅字以外……从这个角落到那个角落，消费我的皮鞋在那条苍白路上以外……如今我又开始注意到那个偷羊的贼。

"有霜了呀！"一个早晨，他经过我的门前这样通知我。是的，从窗望出去，山坡上的树叶全显现着苍白和沉重，栅栏内的羊毛梢上也发现了沾湿的样子。

"凉吧？外面——"我问。

"哪！"他赤着的脚交替在水门汀的地上起落着，两条手臂绞抱着，眼睛不安定地打着顾盼，"先生，他们要烟尾巴，有吧？快点……看守要出来了……"

我把预备好了的烟尾巴从孔口里递给了他，他狐狸一般地消逝了。可是在近门的地方，我听见看守人喊住了他："手里攥的什么？"

"没什么——"声音是阴暗稚气重浊的。

"张开手——这是什么？"

"…………"

在挨打的时候，他从来是不发声音的，只是牛一般地喘息着。

"你不能再给他们这东西，那些玩意儿惯不得，非打不成……"看守人把搜出来的烟尾托给我看了，接着说，"这个小子，是个傻蛋，自己也不抽烟，替别人来要烟尾巴，再不要给他们了。"

"天落霜了，早晨吃一点烟，干活也好暖一点……"我勉力地笑着我的眼睛。明知这解释不会有什么用。

"您真是想得太周到了！这里要是用您做所长，简直犯人们得反了天！——这哪成！整个是书呆子的话呀，哈哟！"

我眼见着那几十条我苦心积贮下的烟尾巴从我的看海窗口消没了。在他抛着的当中，我还可以得见它们翻着筋斗，好像飞向了远方的海平线外。

我知道他们正在从什么地方揋着土，要把院子里一个有污水的山沟填平了，填平了以后听说要在那上面再建筑一所新的囚楼。

"羊生了仔了！我的羊生了仔了。"

早晨，偷羊贼又出现在我的门前。那时我还没有完全清醒，他用低低沙哑而是宽厚的声音通知着我，同时用两手围作一个喇叭口："羊生仔了——我的羊!"

"昨夜吗?"

"今天临天明——人全在看咧! 你由窗子也能望到啦，大羊要死了!"

昨夜就是为了这羊的鸣叫，才失了眠。但我并没想到它就会生仔的。从窗子望出去总是不完全清楚，于是我请求我的看守人："我要到院子里走一走，可以吧?"

我的看守人他的纹皱轻轻一展动，没有回答我，可是他却把门给我打开了："不能工夫太大呀——"

"知道的。"

久久和太阳绝了缘的眼睛，久久和泥土气味疏远了的鼻子，现在竟是不自然了，好像尽生活在没有阳光的地层下的土拨鼠了。这广大的天空，角度以外的海，无边无际浮动的白云，太阳下面，正捅着土的人群……我们全好像相互遗忘了，才从自己的记忆里复活。

那个沟，还是那样贪婪、深陷，人们相同蚂蚁，爬来爬去。看守们背上加了步枪，拖着藤杖在地上，悠闲地相互说着，高声吆喝着偷懒的人。

沿了楼壁的墙根，我寻找到靠近我后窗的那个栅栏。

带角的山羊动着它的嘴，胡子也跟着轻轻动荡。它像守护着它的囚伴样，痴痴向我盯着眼睛。小的羊崽就睡在它妈妈的身边，绒毛还没有完全干好。

栅栏的内面，几条栅子上，多涂着近乎发黑的血污……碎乱脚踪的凹下里，也还可以发现没有完全沁尽的血……

生产过了的母亲，它的肚腹好像变得特殊的陷下，特殊的不相称。那肚腹的部分不像肚腹，简直是一个起起落落动着的坑。连吮舐羊崽的精神，似乎全蒙到了损害。

偷羊贼在休息的时候，又走到我的近边来——我正在眺望着墙的那面，那面是囚着我妻的地方。

"我的小羊崽活不成了，没有乳吃。大羊们也活不成了，没有草吃，尽吃自己的粪……这全是我偷的……全是——"

他好像过度地哀怜着他偷得的羊，他好像不晓得这是偷窃别人的，他已经犯了法，做了贼，偷得的东西，已经就是赃物了。赃物是应该归公家没收的。我懂得法律，法律全是这样规定着。也许他还年轻，他不如我懂得的多。

"这是赃物哇，不能算你的了。公家所有。"

"让俺领回家去该多么好，管保养得胖胖的，放在这里全饿死了，连小羊崽一道……他们说：得来的活赃物就捐在这里，鸭子饿了吃石头，猪羊饿了就吃自己的粪……我们村里有山咧……饮水的河也有……"

在墙根常常发现不成颜色的碎布片，上面层层地布着发白的斑点，人全知道那是饿毙了的虱子。

"把衣服全弄碎了……"

我发现在铁格条的后面，有着鬼一样笑的人影。他们在每个格孔里笑着，笑着……我的周身被这笑所激动，胸膛里的心打起抽搐。我不知道当我也笑着的时候，是不是也相同这些同命运的伙伴。回想起当那两个孩子第一次我向他们笑的时候，他们的眼睛是变得怎样的呢？他们吃我的惊！

"手铐脚镣全戴着……有了虱子……只能扯碎衣服哇。看，我这块就是那时候扯去的。"

偷羊贼他不去休息，他只围着栅栏转走，自语着，一刻又来和我说话……他指着自己的脖子给我看——那是表明他汗衫上的领子已经为了虱子的缘故不存在了。

"你的棉袍怎这样短呢？"我注意到他今天身上增加了一件棉袍，可是棉袍的长度只能达到他的膝盖下一些，而袖子呢？更显得不冠冕。只能到他的大臂下……胸怀完全露开着的。

"这吗？这是娘的，娘怕俺冷……娘给俺捎来了……"他说着还在企图把那袖子拉长一点，样子很莫名的羞羞的，垂下头又看一看赤着的脚。

"你还有娘啦？"

"俺，俺没娘还不做贼咧！——这棉袍要给娘捎回去了。俺年轻，冷点算什么？就冲这胳膊——"

他抽出一条肉腱突起的臂膊给我看，我很吃惊他会有这样一条美丽的胳膊，这是可以造成绘画的石膏型；如果他要生在上流社会里，他会成一个很好的体育家——现在他是一个偷羊贼。

抬土填坑的工作又开始了。

退到自己的窗子里，看着别人忙碌，我同看守人说："我也去抬土好吧？"

"你？——"他惊奇的样子说，"你不成——"

"为什么？——我的力气不小哇！"我要证明我的力气，也裸出一只臂伸向他——我的臂变白得这样怕人哪！看守人他多肉的下颏颤动了一下："您有力气，也不成啊。上边有命令您是被优待着，只有小偷们……才干活呀。您这案子……歇一歇吧。"

他还是照旧锁好我的门。我照例还是从窗口格条的后面望着蚂蚁一般的人，栅栏以内的羊——我开始看见那只山羊，真在寻吃着它自己的粪了——后山的树叶和草，染起深秋颜色的远山……我和这一切隔离着，斩绝着……我很悔我不是一个偷羊的贼，或是什么贼。我是被浸在没有颜色的，带着糖味的毒液中了。我会变成一具软骨症的尸骸了吧？我的皮肤，我的头发，这样变白和脱落，这样荒废着我的气力和血流。这样优美的刑罚，这样……

偷羊贼不再挂着他的棉袍，脖子在没有领子的小衫陪衬下，显得粗壮而且长。为了肩头吃力，脉管清楚地显现着充涨，在人群中他还是透露着雄壮和高大，一点不寒酸，一点也不像个贼。

均匀地到处飘洒着午天的太阳光，人影变得短小，也没有风。从前窗也听不到海的喘息。斜角的帆樯，在闪闪地相同浮动着的水银的海面上，为了过远的缘故，有些分辨不清航去还是航来。

山羊咀嚼着自己的粪便，悠闲地动着胡须。另一个还是没有声息地起落着自己腹皮——好像又缓慢了一点。小的羊崽，像一条盲眼睛的小狗，用自己贪婪的小嘴巴，在妈妈的胯间攒拥和挪动……

四

一宗类似叛逆的事件发生了，这是在那只母羊和小的羊崽死掉后的几天。

小羊崽和母羊死的早晨，偷羊贼来报告我："全死了！我的羊！大的和小的……看吧，还躺在栅栏里……"他报着这信息的时候，我看得出他是没有平常的孩子样的欢容，他变得相同一个老年人，过度地迟钝，用手频频擦揉着鼻子。我说："死了也很好！反正迟早也得死！你还心疼？"

"那是我偷的……为了娘生病，买药……娘倒没死……"他抖一抖身上的棉袍，"总也没人来看我……来人……把棉袍给娘带回去吧！天冷了！娘老了没棉袍不成……"

他望一望我，照例又要去掊土。

是的，天气是阴凉起来，早晨已经到了不能再离开棉衣的季节，我说："你穿什么呢？"

"俺？俺年轻啊！"

他的年轻和强壮似乎才被记忆起，摇着肩头走了去。

午间，我得到特许二十分钟的散步，我又寻到了他，他扯了我一下手，到楼尽头一间半地下房间的天窗口，指给我看。

"看什么？"我没有立刻就低下身子去。他向四周溜了一眼，先弯下身子去说："人——"

我带着一种奇异的朦胧感觉，也跟着望向里面去。他起初还不甚清楚，只是一个人身体形状的东西，伸长地睡在地上，加衬着屋子原来的幽暗，显得更阴森，完全像一具骨质雕成的。好容易我才辨清他脸上每一个器官的部位。

"喔……"我从来没有这样吃惊过，也从来不懂得怎样叫出这样的声音。今天却抓紧蹲在我身边人的脖子，他也吃惊地笑着挣开我的手："死了的全放在这屋子里，楼上死了的，也放。我和他抬过土，他是个扒手，年轻咧！"

在偷羊贼仍去抬土以后，这件事把我二十分钟散步的时间整个地占去了。我不是在思想什么，只是无理由默默地倚在栅栏的近边远远地看着那个窗口。墙根下新的碎布片增加，新的虱子还在臃肿忙乱地周沿着布片爬行，大约离开人体还不怎样久的缘故。羊臊气味擒住了我，那死了的母羊和羊崽照旧摊放在栅栏内，在它们的嘴巴和眼周，扰乱地聚散着敏感的苍蝇。老羊的眼睛是睁起着的，相同半凸面瓷类制成的球体，可是没有闪光。虽然太阳高照在天空……小羊崽没有什么奇特的，它的头枕在妈妈的一只腿上，尖小的嘴巴还有着一些类乎桃色的红润，绒毛好像始终没有立起来过的机会。

山羊也不再荡着它的胡须，不再动着它的嘴了，平贴地睡在自己的粪便混成的泥泞里，毛梢上涂染着污泥，同样，那双光洁弯曲的长角，却还没有什么改变，它也许相同一个武士爱着他们的剑一样，爱着自己的角，不甘心被什么玷污了它。我是看过的，它常常在栅栏上，磨砺地试验着它。

"嘘——嘘——先生！弄一段铁丝给我们吧，要咬死人哪！"

声音是从我的背后吹来，喑哑而带着沙嘎。在铁格条后面，悠悠地我看见了游动的面影，嘴唇长长伸展着。我有点战栗，完全不明白这是怎样一个要求。

"铁丝，先生！给弄一段铁丝来……您是在外面的人……"

不知从什么地方，看守的棍子啪地打到铁格条上，每个面影全为了这震惊而离散，而消逝……

"他们又向你要烟尾巴？"

"不是——他们要一段铁丝。"我毫没有思索地回答了这个看守人。想不出这样一句话会激起了看守人的吃惊："他们要铁丝？哪一个？"

他的眼睛发光了。我知道这事件有些严重性——隐隐地我听得窗内有咻咻的禁止意味的嘘音。

"我没看清啊——有什么要紧吗？"我说。

"你真是开玩笑哇！你散步的钟点过了吧，不准再站在这里了。以后也不准再在这窗下流连……走吧——"

当我离开那窗口，快到末个窗口，我又听到了这样咻咻一类的声音："咻！先生！铁丝有吗？烟尾……"

戴着手镣的指头，从格条的间隙伸出，焦急地剪动着。我只能摇着自己的头，示意着那面——那面的看守人正在用棒子敲打着铁格条，高扬着声音大骂："……吊着你们的皮吧，你们要铁丝，要反狱吗？吊着你们的皮好了……"他是自己在独骂，没有人和他酬答，微微有点回应的，许是山坡上蒙了震动的石壁。他好像天生就是位做看守的天才者。他骂起人来是这样连贯熟练，一点也寻不出不相称担任这样职务的缺陷来。他胖，他有一般看守人所具有的发油光的脸，用不透明的土黄颜色的脂油凝成的，单纯刻印着几条不必要的纹沟……他们的青春、力量，花费在这骂声里面。他们好像和这囚楼相终始地生活着，蔑视着人性也蔑视着囚楼以外的——也就是他们权力以外的事情。他们的职业塑造了他们的人，给了他们以这样一颗残酷的灵魂和面相。

今天值班看守我的，却是一个特殊和悦的老些年龄的人，他的样子不相称地坐在每天看守我们那个看守人的座位上。

"你过了五分钟啊。"他指一指小桌上一个古老污秽的蹄形表说。

"就这一次——再就不过了。"平常我是不常和看守一类的人闲谈。今天对于这个老看守，不知道为了什么激起一种要谈话的欲望。

"您吃过饭了?"在他为我锁门的时候我问他。

"吃过的——散步的工夫太少了一点,是不是?"

他把手里的钥匙颠动着作响,不立刻就离开我。我们之间利用门上的孔口看着,传达面部上的表情。我听见楼下的骂声好像还没有终止,好像是按着窗口发布警告,播放无线电。我问着老年的看守人:"他还是不断地骂呀?"

"唉!"老看守没有表示,只是简单地问,"又是为了这些囚犯闹毛病吧?——他们总是喜欢骂人……"

他不是找我的解答,只是找自己的解答:"趁年轻有力气,全是喜欢骂人的。我年轻的时候,也是一样啊!"

我不是生客,当然这里也并不是第一次骂人,不过总是没有这次骂得长久。

次日当我应该到散步的时间,门却没有开,我想着……我这二十分钟散步的权利被取消了吗?为了昨天的缘故?

从后面的窗子望出去,抬土的人还是照常地抬土,只是没看到那个身材特高,容易在人群寻到的偷羊贼。

他怎样了呢?什么理由他今天没有照常做工?

想要寻到看守人,问一问取消二十分钟散步的理由,可是我不知道看守人是否坐在他的位置上。我的头再小一半,恐怕也不容易从门上的孔口探伸出去,于是我喊着看守:"看守——"

"什么事?"看守出现在我的眼前。

"今天,不开门放我出去吗?"

"今天,所长有命令,先不放您……您知道吧?昨天的事情……"

"什么事情?"我完全像在梦中。

"昨天……晌午……在楼下,犯人向您要什么来?"

"他们要一段铁丝——"

"对了,就是这一段铁丝起的乱子嘛……所以……您今天不能够自由出去绕弯了。"

我很想要证明自己并没有答应他们的请求，我说："我并没有给他们……他们要铁丝有什么用？"

"得！在这里有铁丝还成吗？还不反了监？"

"那么就拉倒吧，为什么还要不准我出去？"

"您不知道，您没有把铁丝给他们，可是有人给他们弄进去了！"

"谁？"

"别人谁干这种傻事情？还不是那个不知天地的偷羊贼嘛！"老年看守好似在惋惜的样子，分张着他的两手。

"他把铁丝弄进去的？怎样了？闹什么乱子了？"

"大乱子还没有……晚间睡觉把刑具全弄开了，舒服地睡着，到天亮还不起来。"

为要知道偷羊贼怎样被处置，心脏跳动得不能再保持平衡，同时我也明白为什么今天在院子里抬土的人群中我没有看到他的理由。我忘了我出外散步的欲望，我说："偷羊贼怎办了？"

"当然得住'黑屋子'了。"老看守平淡下来，同时预感到什么一样地哼了一声，"住'黑屋子'的人，是够受的。现在里面住着三个，算上他四个了，其中一个已经住了二十天，快完了……"

"怎么知道是那个大个子偷羊贼给弄的铁丝呀？"

"这有什么难？只要一打，犯人们自己就会招认的。"

老看守在临行时笑笑地说："您，明天大约就可以散步了。"

栅栏以内的死羊已经不见了。山羊沿着栅栏，伸长着脖颈断续鸣叫。山头上的树叶一天比一天稀疏，被填塞着的地沟却一天比一天地饱满起来……

前窗格孔内的海，又开始和我接近。海的颜色也变成更浊黑，像浓浓的墨汁。看见海，又想起了那两个回国的俄国孩子。

我的妻和我的友人虽然也因在那边的囚楼，但我不想念他们。我常常想念他们以外的事情。

夜间，我再不能幸福地安眠了。什么印象，什么意念全捣乱我，这是几月来从没有过的现象。

最难堪的就是那个"死人室"的面相。昨夜它来扰乱我，今夜它又来扰乱我。越想要模糊了它，它却越来得清晰，来得真切。那突出的牙齿好像要来吞噬我，并且仿佛已经咬到我了。我正在从它的缝隙向外挣脱。它的眼睛也不如那只死掉的绵羊和善，它简直是古庙里丑陋的泥塑像的脸，鬼王菩萨的脸……它好像不甘心自己的死去，充满着仇恨，充满着挣扎，充满着对于人世间的留恋，充满着对于人世间未能满足的无边无际的希望……也许只是单独地充满着憎恶。

读着孩子们留给我的诗，读着报纸，读着这里所有的书……无论诗里，报纸里，书的每页里，全为这可憎的面像占据着。我想尽了所有的方法，我不能赶走它。它倒展开得更广阔了，活现出一幅奇妙的交织画。

烟尾积增得很多了，我把它们摆成几个金字塔形，并排在桌角上。可是他们每次经过我的门前总是鼠一般地溜走过去，眼睛也是鼠一般地不安宁。如果有一个落后一些，或是眼光稍久地在我门上一流连，便可以听到看守人们的叱咤声。我虽然每次全把烟尾托在手上使他们看见，他们却没有一个敢像偷羊贼那样直爽地拿过去。一次我竟这样喊住他们一个："喂！烟尾巴，要吗？"

这个时候看守人也许没有在他的座位上，也许正在打盹……这次这个人竟很敏捷地把那污黑得像乌鸦爪一般瘦的手从门孔口探伸进来："快点！先生！快点！"

"偷羊贼怎样了？"

"不知道哇，先生！快点！外面有人走了！"

满满地，他把握了尽可能把握的烟尾走了。零星的还有被遗落在地上的，他把它们舍弃了。

是怎一种机会呢？忘记了。偷羊贼又经过我的门前，我看见了他，但只看见一个侧影。我吃惊我是看错了，那件棉袍我是认得的。所不同的是他的鼻子颧骨和颊骨的角度全变成了尖锐，脖子伸长着，脉管特别显露。几天前的那个强壮的身子，好像从这件不相称的棉袍里面脱走，现在这棉袍变得很相称了。

午间在我散步的时间，已经不准在那楼壁下，虽然铁条外面的窗已经封钉起来。我走近那个偷羊贼的近旁。他好像在躲避我，眼睛翻起来又垂下去；一些别的犯人也好像疏远着我。

"喂！大个子，今天做工吗？"我勉强使自己笑着。

"今天做工——不要说话吧，看守们不准哪！"

我知道了这理由，我感到一种软弱，只是茫然地看着眼前快到被填塞满了的山沟，一筐一筐的土和石块，杂草和树根……不久以后我知道这山沟就要被填平了的，并且要在上面开始建筑新的石基，新的囚楼。

一个剪绺贼，晚间被送入我的房中来。因为又捕了大批的吸海洛因的犯人，每个监房又被充满。

这个剪绺贼是多么轻快而熟悉这里面的人哪！他还年轻，总不会超过十八岁，显着快慰而活泼，当他被塞入我的房中时，看守人在屁股上增添了一脚。

"好宽大的房间哪！"他俯仰着眼睛，在我屋子里墙壁上扫着，似乎在寻找他留下来的什么遗迹一样。他喊出来："看吧，这个房间我也住过呢！"他拿手指指点墙壁上的一个小小的洞和一片臭虫血迹最多的地方给我看。

"您还是老主顾哇。"

"不瞒你说，不能算老——算这次六次啦。"

我又开始对于这个小贼感到了趣味。我们没有谁的介绍，很快就成了投机的朋友。他始终不问我姓什么，我也不问他，在这里似乎全不需要这些交际，反正全是有号头的人。

他还不足十八岁，已经在这里住过六次，无怪他是这样的熟悉、轻松。夜间怪有趣地他为我讲着我所不知道的一些事情。他的有韵味的声音，遮蔽了海的呼吸，窗下老山羊的喘息，隔邻室的鼾声，以至每夜使我烦扰不能入睡的"太平间"那个尸身的面影……他的故事在我的面前展开了一幅匀整的电影。起始他说着他怎样第一次做贼："……娘在我三岁就死了,我是一直偷着活到现在大……"

"这个疤是怎样弄的呀?"我注意到他右额上一个长形的没有生毛发的疤说。

"这个疤?"他用手不经意地摸抚了这个疤一下——这个疤是近乎新月形的,很蛮横地卧在人的额上。

"这个疤是跳火车跌的,当时只顾跑了。他娘的,并没觉得疼,后来流了水,才知道是血,不几天它就好了……"他又用手拍了它一下,接着说,"有它不方便多了!全认得我,我常常不剪头,好遮盖点……这回不为了这个疤的连累,还进不来哩!"

"怎么?他们全识得你这个疤?"

"他们全认得……我一来看守们就喊了:'疤儿头'你又来啦!他们全叫我作'疤儿头'。"

"你这回又是犯了什么案子呀?"

"偷了外国人的表和大氅……"

他不用我的请求,便开始说他的故事了:"……几天了,我没有偷到一点什么,钱也花光了,到了非偷不可的时候。一天晚间一个西洋人——反正他是西洋人吧,我也分不清他们是英国鬼子还是俄大鼻子——我看见过他那块表,真正金 KR 的。大氅的领子不错,小水獭的。大约那天不怎样冷,他敞开胸怀,大约里子准也是皮的,可是我不知道。我想着,这如果弄到手,我一定要先穿它一穿,多么神气呢!那时我还是穿着这件衣服哇——"他用手掀动一下他的单汗衫,扯一扯露孔洞的裤脚说,"现在晚间的风该多么厉害呀!偏是那天反星星散散落雨点,这靠海的地方真不是玩意儿……"

他停顿了一下,侧着脸好像有什么激动了他,他的眼睛直盯着我:"你听,这海该多么不是玩意儿,什么时候了,还这样叫……"

海确是叫得很响亮,从窗孔刺进来的风,使人不能制止颤动。他说："那天还落着点雨，肚子里没有食，又没钱买一盅酒喝，香烟也没有。我发誓，如果这次买卖顺手，今年冬天就可以不做了。我的眼睛擒住他——我说的是那个西洋人——我的牙巴骨怎样也安静不下。我看着他进了院子，我也就紧跟进去。管门人他打盹睡，这真给了我个好机会。几天前我就注意这个瘟猪，他是一个人住着的……"

从门孔飘来的夜风，使我们全不能禁受，我要叫喊看守人，但已经夜太深，他们不会高兴给我关好外面的窗子。我们也不会就这样忍受着，我把所有的积余下的报纸、书，以及那两个孩子留给我的那册杂志，塞满了这个孔口——风是不能再无顾忌地钻进来，海叫的声音也好像远去了许多。我们平安地笑着，笑着这自己想出来的方策。人在急迫需要的时候，常常会变得更聪明。

"我跟着他，跟着他。我看清楚了他的屋子，我躲避在一个不被人注意的角落里，一个垃圾箱的后面，遥遥看着他的窗子，我揣摩着，如果门关锁了，该怎样办呢？从那个窗口跳下来，能摔断腿吗？或是……一面我也在等候着夜。我的肚子响和身上寒战却是实情。怕，我却不怎样怕的，做贼的人不沉住气，胆量虚，那还成吗？雨点，一会儿比一会儿忙着落了……落了……好容易才发现门响，窗子上透露出摇摇晃晃的人影。这时候总有十点钟，别的房间里，有留声机，也有无线电。人们学着留声机里的曲子，怪难听的，像春天的猫叫一样。我不能再等待了，再等待我会什么全完了。只要他，这个瘟猪一睡下，锁好了门，不是全完了吗？我用了我平生的能耐，比什么全快，在他还没有从厕所里回来，我已经妥当地把自己安置在他的床底下，眼睛留在外面，对向着门，监视着这个瘟猪。只要他一发现我，我就利用那一条垂着的铺床毯子蒙到他头上，我就可以跑了。现在我利用毯子垂着，遮着我的身子，我的身子还是不能不抖颤，因为这样，我不得不用牙齿咬着我的袖口。袖口的滋味实在不好呢，咸涩……我要呕吐呢！一只手轻轻摸抚那毯子——那毯子真好，摸起来真妙！又温又软，又溜滑……这个瘟猪，他好像始终睡在梦里样，回来时候他连眼也不开一开，摸索着扭转了门上的钥匙，就把身子投在了床上。这床的弹簧把我的头好打了一下。我已经记忆好了那只表和大衣的位置——大衣挂在屋角的衣架上，表是放在床边的一个小几上，真金的壳子在灯下闪光，走动的声音完全是'卡'字的……我断定这表至少能卖二三十元；大衣也不错。当然这屋子还有好些可以卖上价钱的东西，我可不注意它们了……我等待这个瘟猪的鼾声，同时外面走廊里，也有女人尖鞋底走路的响动，和男人们的笑……

"爬出来，第一下我就把这个宝贝东西摸到手里，听听它的声音，没有错误，我的心充实了。开始向衣架的方向爬，我把我的鞋子衔在我的嘴里。大衣当然也到我的手里了，唯一的准备，我就是该怎样脱出这个屋子。这时候那个瘟猪说话了：'拔哨，都拉克①……'

"我已经捏着钥匙柄的手指，却不敢立地转动，只是透力地逼紧着它。这个时候，我已经不再冷得打战，出了汗——

"停了一刻，他的鼾声接着响下去，我知道这瘟猪是在说睡话，才谨慎地扭开了门，把钥匙抽出来，从外面又把门给他锁好了，这样就是他马上醒来，我也可以跑掉的。谁知道这瘟猪，一点也没有知觉。讨厌是，走廊里灯光太亮了，我只好冒着险；大衣已经穿在我的身上……太温暖啦！表紧裹在一只手里，一只手提着鞋，我忘掉了，应该顺便带出一双鞋子来呀！这样大氅，这样鞋子怎能配呢？

"我一直在那个垃圾箱后面蹲着，在第二天早晨，那个管门的小子，衣裳还没有穿好，他就把大门打开了，很快他又跑回去睡了吧？在扫垃圾的还没有来时，我就很大方地把大衣的小水獭领立起来，让它遮好我的脸；大门就这样被我混出来了……"

他透了一口气，他的脸再不像日间进来的时候那样鬶黄枯瘦。额上的疤辉映着灯光。看起来他完全是一个孩子，脖子是那样的细，身子长长的，只有骨骼没有肌肉。

---

① 俄文，即"混蛋，滚开"之意。

"……出来第一件事，我是应该藏起我的表来。"

"你藏在什么地方呢？"

"这不能告诉你的了，反正我们身上什么也不能带，我的表是放在一个墙缝里——"

"你怎样遇到警察？"

"那是我藏完了表，一个我熟识的暗探遇到了我，他要用五元钱买下我的大氅。他说：'疤儿头，你买卖好哇？''托您老爷庇护！'我说。'你好久没有孝敬孝敬我了——这个是从什么地方弄来的？毛色还不错。要卖多少？''至少二十——''五元钱——给我留下吧？''不——太少了。'我很为难地点着我的脚。'疤儿头，你真认识钱哪！'

"他走了。当时我明知这是得罪了他，我也并不后悔。因为在过去，一些伙计被他们吃得够受了，费尽许多辛苦，弄到一点什么，他们就要收买，就要收买。我也一样吃过多少亏。今天我是准备过冬的。当然第二天，我就被捉来了，这是我早就知道的。我把卖得的钱一个也不放在腰里，他们这回什么也没搜出来……"

最后他说："阎王不嫌鬼瘦，吃贼的人比贼还厉害呢！我们偷得的一点什么，全给吃贼的人弄去了！若不……"

五

偷羊贼死了。

从"太平间"的窗口望进去，看得分明，他的身子长长睡在地上，身边委落着的正是那件不合身材的棉袍。已经有灰色的棉花，像肠胃一样，零露在外面。

这已经是秋末的天气。

昨天的早晨，他在几个看守的拖拽里，从我的门前经过，我正在走廊后面看海，看晴好的秋空……那时候他还活着，他说话还完全清楚；他挣扎，他反对下楼，反对去看医生……

在临下楼梯口的时候，他的裤子脱落下来。随着裤子脱落的是色素不分明的粪便，淋漓在地上。他的手还是死钩着楼梯的栏杆，肋骨和脊椎骨弯曲地透露，透露得像一匹狗。腕子上已经只有骨骼和脉络连接着，他已不再是我第一次看到的那个偷羊贼。

"妈的，肮脏货，把爷的鞋袜全沾啦！"

"扭开他的手，滚他下去——"

清明地，一个看守人的棒子在他的肋骨和胯骨突出的地方开始了敲击。另一个肥胖的人，便扭开他的手指……偷羊贼没有了清朗的声音，这声音听起来只是一种临死人痰拥了喉咙的喘息和不清明的嘶唤。

终于这嘶唤也在楼梯口消灭。是一直从楼梯口被滚着下去的。

粪便遗留下的气味，在走廊里轻轻地回荡……

现在我从"太平间"开着的窗口望着这具尸身，使我记忆最清楚的，应该是那件棉袍，他曾说："这是娘的，应该给娘邮回去呀……"

娘的棉袍却殉了他的葬。

栅栏内的山羊大约是在一星期以前死掉的。他经过我的门前，还曾低低地说："先生！我的山羊也死了！"

那时候他经过我的门前，我发现他的眼睛已经显出死鱼一般的迟钝。胡子和脸的颜色对比着浓黑和惨白。走路的脚步茫然不定，后脑骨突出……

他每日也还是同别人一样，在填塞那准备建筑新囚楼的基地——基地上正在堆积着石头。人还是照常地忙碌，基地已经变得完全平坦，坚实……

我又开始加增了从我的房间这个角落到那个角落的踱步——那条苍白的路，更见深下去，鞋的前跐已经透穿；跟部，靠近外方的已经接触到了鞋帮。再有一个相当的日月，我相信这帮部也会被我的脚所浪费所吞食……

山羊在最终，自己的粪便也断绝了。它一直瘫卧了两个整天，生命才告了断灭。虽然也有人在它绝灭以前曾投一些可吃的东西，这会有什么用呢？它已经不再需要它们。

山羊也相同第一只母羊，宁静着自己的眼睛，了结了自己。

海是照常，天空也照常，我看天和看海的角度也是照常……一切是被初冬的颜色渲染着。我已不再高兴在午间出去散步。我在厌恶那所必要看到的：栅栏、狱窗，和那正在起建着的新的囚楼。连我能看到后山景物的一扇窗子，我也封闭了它，只是还留着面当前角度以内的海洋……

一次我接到两个俄国孩子的信，说他们已经到了哈尔滨，已经得到了国家的允许，就准备要冲过西伯利亚，回他们的祖国了。其中他们还这样写着："××先生，你还没看够海吗？……祝你健康……"

是，亲爱的小朋友们，我还在看海，看着我角度以内的海……我健康……

我抖落从头上轻轻飘落到信纸上的发丝，这次我却是真正笑着的……

一九三五年七月十一日落雨的一天

（1936年1月，上海文化生活出版社）

江　上

一

　　风，不停地刮着，刮得近乎无节制无廉耻了。江水整日激荡，拍着，打着，一千遍企图跃上障碍它任性激荡的堤岸，一千遍用自己粉碎的浪头，在江堤的石头上增添地描画着失败的痕迹——江堤起始是表现着固执、自大、安宁，而那脚下的石块渐来渐变成衰败的老年人的牙齿了，从那坚固的士敏土的牙床里，开始动摇，脱落，随任了江波而滚转……

　　从街市里汇流出来的污水，完全变成发黑的颜色，腾着复杂的臭气，无昼无夜地向江里喷流着。堤岸顶上长列地堆积着各色的垃圾，无数的女人、孩子、老头子、野狗……从早晨到黄昏，整天地在那上面搔爬；人在寻找残剩的东西，狗在寻找可以吃的骨头和鱼刺。为了一块骨头，狗会相互咬打起来，扯裂耳扇，滴着血跛了腿，一直到骨头落在了有力者的嘴里为止；有的再另去寻找新的，伤了的便用舌头舔着已流出来的血。孩子们有时也会扭打成一团，像禾场上打庄稼的礤子似的，在垃圾堆上滚转着，目的像是要把那起伏不齐的垃圾场，溜成平坦。女人们急速地大骂，一面收拾被孩子们给拐翻的煤渣筐。但她并不立起来，看得出她的肚子累赘了她，起来坐下，应该是感到过度的艰难。

在风经过这里的时候，它旋绞着，带走了它能够带走的东西，和着各种由别处，由排流污水的地方，半干涸的死水池带来的气味，有目的无目的地向人多的地方，向人们的鼻孔、耳窝巢、眼睛播送着，藏匿着……久了，在人们也成了习惯。

那面——在船坞的那面——现在这地方多是卧泊着从沿江开来的粮船，准备向靠近船坞的堆栈卸下。卖饮食的小贩们响亮地敲打锅子，高声唱着似的吆喝着，引诱着他们的主顾——他们今天正在忙碌，粮船嘴巴接着尾巴，几乎要挤满这不甚广大的船坞。

"快呀……快呀……懒驴们……"这是一个掌签人。他沙哑着嗓子骂着，嚷着，有的时候他也有韵节似的唱着骂。没有遮檐的打鸟帽歪挂在脑后，束在腰里宽大的布带端被风扯摆，像一面灰色的旗。

每个负着囊袋的人，经过他的面前，他总是焦急地，一面把签子用一种熟练巧妙而迅速的手法递过去，不使背负东西的人们有片刻耽误或停留，一面却叫着："干哪……伙计们……不能再快点吗？""干！要钱不要命啦……干啦……"

强壮的半跑着，撒着欢儿，漂亮地使粮袋单独架在肩头上，两只手撑着腰，学着女人的扭摆。

"你他妈，学的是什么娘儿们走哇？那简直是猪。看咱给你学个小脚婆……'武老二，扭扭捏捏装姑娘……横长鼻子竖长眼，耳朵长在胯——'"唱着，他的胯股一扭动，"股上"两个字还没能唱出，肩背上的粮袋落下来了。人们毫不停留地笑着过去了……

堆栈毗连着，院里成列地叠踞着粮袋的山。新的山还每日在叠起。叠山的人，也一样繁忙地动作着，嘴里数落着有音韵的歌……

风变得无定向地吹，卷着浮尘；为了江波的激荡，每条连在船上的跳板，总是不安地摇摆，人行在上面，常常为了这摇摆而显出迟缓。尤其是孔春，常常在经过那跳板时，就要障碍了别人。

"老驴，为什么那样'怵'哇？尽害别人的路。还怕淹死你——快点呀！这是军粮，今天要卸完哪——老驴……喂！没听见吗？大点步……哎哎！"

掌签人跺着脚叫喊着。在孔春后面的人，一样也是叫喊着："大点步哇……"这些声音对于他好像没有关系，他只是这样在想："这袋捎完，不捎了吧！去看看孩子们，吃点什么。"

在他经过掌签人的面前，那个人怒了，他的眼眉浓厚得要连接在一起，鼻翅展闪着。为了报复，他把签子丢在地上，要孔春自己拾起。

"老驴子，滚回去吧，这里没有你的饭了。"

掌签人并不停止用他那迅速而熟练的动作，把木签按着顺序递给别人。

"好兄弟，递给我吧，我怎能蹲下拿呢？袋子在身上……好兄弟，捎完这袋，我换换力气再来……那跳板……唉……风实在大……平常你知道，好兄弟，递给我吧……"

掌签人并不听他的哀求，即使孔春眼睛始终是笑也是没有用。清楚的即使那汗颗开始更大的，在那发红的前额上连接起来也是没有用。

"好兄弟，回来……我请你吃香烟……递给我吧！……"

人们经过的时候玩笑着，谁也不肯低一低腰把地上的木签递给他。在最终还是自己放落了粮袋，叹息着，从地上把木签拾起来插在腰间。又央求了人重新把粮袋安置在肩背上，摇曳地走了去。

"这老家伙……"人们在背后遥远地笑着他。这样年纪还在做捎夫，应该是一点奇迹。那豆囊，那过于急峻的斜坡、跳板、激荡的江波，总是每时故意和他开着为难的玩笑，每时有接待他到人生别一条路上去的可能。在孔春他并不感到什么，他只是觉得每年的粮袋，逐渐增加着不驯顺了，那上下的斜坡也好像每年增加了急峻。对于青年伙伴们那样捎起粮袋，打着赌，卖着俏，急跑高笑比赛的兴味，也水一般地淡薄了。他常常是孤独地捎了去，走了回来，脖子同一般的伙伴们相似，向前探伸，使脊椎骨的上端显得突出，两脚做着平行的方向，间隔永是那样，两腿显现着强直，行动起来总是一涌一涌的，好像特别他的膝关节骨头衔接的部分，较别人缺乏了油的润滑。

"老伙计，回家歇歇吧，这个'活'不是你这样的年纪干的了……"人们善意地劝着他，他却只是弯着细小的眼睛，有主张地孩子似的笑着："好兄弟，我舍不开这里，也舍不开你们。来，快搭给我吧！好了，大家在一起干活。这……脖子一天不用粮袋磨出点血或是什么的，真是不舒服哇……"

人们听得到，他从下面走上来，喘息的声音总是特别的粗鲁，特别的焦急。

现在他要换一换力气了，虽然他看见别人还在无间断地发疯似的揣着，跑着，爬上爬下，一个人百十几袋过去了，而自己却只揣了二十几袋，感到一种嫉妒似的侮辱。但是他决定要换换力气了，同孩子们吃点什么。当每个粮袋被搭上他的肩背时，孩子们的小脸总是发现地向他笑着。行在向堆栈的路上，他要默记着这是第几袋，或是挪出一只手来，抓一抓衣袋里时时在发响的大铜圆。

"这是第二十四袋了呀！该有六十九个铜圆，加上这一袋，七十二个了……再一袋不来了，整整七十五个了。今天给小马多吃一个饺子吧，那小王八蛋，又该在盼了……

真的，到了第二十五袋他就不再揣下去。把最后一只木签也换了铜圆，轻松地从堆栈的大门走出来，向江边那片正在滚着孩子们的垃圾场拖了过去。

小牛拾得一个残断了四肢的胶皮孩儿，头上也有了大大小小的洞孔，鼻子也塌陷了，但是别的孩子还正在追逐着他，抢夺着要据为己有。孩子伏在地上，使胶皮孩儿深深压在身底，别的孩子便来掀他。他哭叫，鼻涕模糊着嘴脸，姐姐在一旁蜻蜓似的扯扯这个，打打那个，嘴里骂着不合乎女孩儿身份下流的话。

"你骂呀，你将来找不到一个好婆家，婆婆骂丈夫打，打得你直哇哇……"男孩子们羞辱着她。起始她也和他们还骂，并且利用各样的垃圾向他们身上疯狂地抛打着。男孩子是顽皮的，他们更结成了群，远远近近地挑逗使她无可奈何，骂着，笑着，编排各样的歌词：

> 小姑娘，脾气大，嫁个丈夫白眼瞎……
> 小大姐，真不错，嫁了个丈夫拉洋车，拉洋车呀……
> …………

姐姐也终于哭了。风旋转着，泪水浸疼她脸上的裂纹。小牛仍是伏在地上，胶皮孩子已经压得更不成形，有了新的裂口。

孩子们跑开了，他们看见了孔春努力拐着脚，两条臂张展做着恫吓的姿势。孩子们并不怕他，只是下意识地跑开去，一刻他们又结合起来，更接近地站住了。

"爸!"

爸爸把孩子提起来，那小脸的一半已经被鼻涕黏结了很厚的泥土，他开始用自己的腰带的一端揩拭，一边指着站在那里的孩子们："你们这些小老鼠，等着吧，我非把你们全扔进江里不可! 他太小哇，你们是做哥哥的，不应该欺负他呀。不要再欺负你们的小兄弟了，我请你们每人吃三个饺子……"

小牛已经止住了哭，摇着手里的胶皮孩子给爸爸看："这是我捡的呀，他们硬要抢。第一个是冒儿眼，把他扔在江里吧，不给他饺子吃。姐，拿着我们的筐，跟爸吃饺子去呀!"

姐姐也不哭了，拿过了自己的筐。姐姐的小辫结满着灰尘，脸上裂着为春风吹开的伤纹。

别的孩子更走近来了，一齐乱杂着声音叫着："老孔……走，领我们吃饺子去呀! 不是你说的吗?"

老孔的眼睛无可奈何地弯着了，抽着鼻子，一只手摸着小牛的脖颈，一只手在衣袋里响动着铜圆。他那满是纹皱的宽阔的脸幅上，堆生着有点发白的须毛，头顶光秃秃的，在有点昏黄的太阳下面，还有些光亮。

"你们这些人哪？全请，钱不够哇……"他无主张地四围地转着头。

"给我们铜板！"

"铜板……"还是由冒儿眼提议喊出来的，别的孩子附和着。老孔的手还是静静地藏在衣袋里，使铜圆发着声音。

"一人给几个呀？"他茫然的样子，似乎在数点着人数。

"五个，每人五个。"

"七个，七个。"

最终还是冒儿眼决定了，每人三个铜圆，正好买一个烧饼吃。

"不能有这些呀，每人只能给一个，一个……"

"不成——三个——一个烧饼。"

"一个，爱要不要……"老孔显着固执了。

"不，一个我们不要，我们走。"

"两个两个吧，"老孔的手颤着，从衣袋里精心地摸着铜圆说，"两个，两个吧，明天别再欺负你们的小兄弟了。"

每个孩子得到了自己的铜圆，全苍蝇似的飞开了。只有冒儿眼还是不动，他说："不能要你这两个玩意儿。给我那胶皮孩儿。"

"这不是你捡的呀！"姐姐尖声地分辩着。

"这是我……爸……我从那儿挖出来的。"

"把这个给你小兄弟吧……就算是你的。他小。好冒儿眼，这里……再给你一个铜圆。"老孔又摸出来一个铜圆，但冒儿眼并不来接它。

"我不要你的铜圆，我要吃饺子。你请我吃一顿饺子，把你的小牛交给我，我保险，再没人敢……"他把手里搔扒垃圾用的铁钩在空中晃两晃，"……谁再欺负你的小牛，我就用这钩子干他。你不信？干吗那样弯着眼睛……"

老孔欢喜地看冒儿眼的一只好眼闪亮着；那一只在眼球上有着一

颗小赤豆样的眼睛，也是要求别人信任似的转动着。

"好，那么我请你吧。你不能对他们说呀，多了我请不起。他是你们的小兄弟，他是一个好孩子……"

小牛和姐姐始终是嫌恶地看着冒儿眼，冒儿眼也傲慢地只是和老孔讲着饺子的事情。他的样子像一个什么全精通，什么全有主张的成年人。

"这垃圾堆上有什么意思呀？明天我带他们去拾煤，不是煤渣。这地方只是给狗寻骨头的地方……"冒儿眼答应了明天领小牛和姐姐去拾煤。

在一所不断被风鼓荡着的布棚下面，人们喝着大碗的茶，咬着大饼或包子……他们一同坐下了。老孔数一数所有的铜圆，笑着向卖饺子的小贩说："老姜，给煮三十个饺子，每碗十个，要肉的，带点汤……"

老姜用铁勺子尽在锅子里咣咣地搅着，而后用铁勺子把锅沿响亮地敲打了两下，才把饺子放下去。一刻饺子的白肚囊显露出来了，一个，两个……随着水旋转着。

在吃着饺子的时候，小牛还是用自己的小眼睛，嫌恶地看着冒儿眼。胶皮娃娃不放心地摆在自己的近边。只要冒儿眼向他这面看一看，他就把手按在它的上面，同时叫着："爸！他又看了。"

"吃吧，你冒儿眼哥哥答应不再抢你的了……你够了吗？冒儿眼，再吃五个？不吗？"老孔坐在一边咽着唾沫说。

冒儿眼很快吃完了自己的一碗，便毫不留恋地站起来，背起自己的筐篮，颠动着手里的铁钩子说："小牛，明天早晨我去找你们。"冒儿眼走了。

"老孔，你不来一碗吗？"掌柜诱惑地摇一摇酒瓶说，"酒还有这些……"

老孔歪头看一看孩子们的碗——姐姐的一碗已经吃完，正在饮着汤，小牛的碗里还有两个。老孔并不怎样关心到女儿，只是关心到小牛："牛……还要吧?"孩子并不回答,只是吃。老孔站起来又坐下,看一看酒瓶,那里面的酒清楚地还在不安静地起着泡沫,微微地可以嗅到一些从瓶口散溢出来的香味——这是在风偶尔停止下来的时候。

"好,给我也煮十个饺子吧。——先来一杯酒,给一瓣蒜吃吃……"

别人正在讲着今天自己的光荣。

"屁大工夫哇,我竟干了八十袋!真是屁大工夫……"

"我还没有几泡尿工夫,也干了五十袋呢!"

"照这样……喂,看啦,又有船向这里开了……"

几天小贩们的生意像风一般地好起来了。人们吃了这样又吃那样,吃了又来吃,喝了又来喝。

一杯酒咽下去以后,老孔感到这四周有点春天的样子了:江对岸的树林,已经朦胧地有些绿意渲扰着。靠近江桥铁道的土堤边侧,也开始了黄青青的颜色。对于别人的吵叫,也似乎感到了一点关心。虽然这些话题全是他几多年来听得烂熟,也自己讲得烂熟,甚至变成了厌恶,但现在他又不自主地同别人说了起来:"你们……唉……全是说些什么呢?我干了二十年了。摸摸你们的脖子吧,慢慢全得像我似的,像个王八似的,向前探着,想直也直不起来了。"

"老孔——你又领孩子在吃呀……又喝酒,快了,你的老婆又该揍你了。"一个疤头的秃子没有眉毛也没有胡子的人说着。他正在坐直着身子喝茶。

"老孔的老婆,还正年轻咧,长得还真不错。老孔的孩子全像他的老婆,不像他……喂,小牛,管我叫爸爸……妈拉的,为什么不叫哇?我才是你真爸爸咧,老孔不是……你摇头干吗?……好你骂我……"这是一个有着很浓厚眉毛和连鬓胡子的人,眼睛被高粱酒燃烧得赤红着,他一面说话一面打着饱嗝。

老孔看着孩子们去了以后,他的手又重新插入原先响着铜圆的袋子里。现在这袋子变得暗哑了，他把袋底掏出来，翻转地看了看，把那袋底存积下来的碎纸、棉绒……抖搂出来任风吹开去，重新又安置在原处。同时才向孩子们吃饺子和喝酒的地方望了望，那里人还是来来去去。卖饺子的老姜，忙碌不断地打着锅沿。从饺子锅里升腾起来的蒸汽，被经过的风急转着——原先他们坐过的地位，现在又坐满了别人。

船坞东端，卸载的人没有改变地来来去去上下爬走。被卸空了的粮船，沿着船坞的南沿轻松地开始离去。这面满着载的，也开始向前挨近了一步。掌签人的嘎嗓子的喊叫，可以听得出有点不济了。

老孔一只手插在衣袋里，停止不动，同时眼睛却茫然地看着那连接在堤岸和粮船中间，远远看来更显得苗细的跳板。每次人们经过那上面，起伏的弧形更显得扩大了。江水荡起来的浪头似乎又野蛮了一些。

"钱，又给孩子们吃了，自己也喝了，回去她又该……多捎十袋吧，今天，谁让请了冒儿眼那小痞棍。"

腿僵直的，两脚放着平行的间隔，一只手在衣袋里无所谓地抓动着——人在衣袋外面也可以看得见这动作——涌动着身子沿着堤岸走了去。

二

这是几天来仅有的现象：风停止了，随伴着黄昏，江水要睡着似的流走。街市那面一些高耸的烟囱，低高不整齐的建筑物，在日间是那样被风缠裹得发了昏黄，遥远看去似乎也发生了摇曳。现在是剪影一般地，宁静地平贴在发着蓝和灰黄色的远远天空上。从烟囱耸直起来的烟柱，炭笔似的要替代了夜，把天空先烘染着。从每处建筑物的窗口浮出来的灯光，萤火似的闪烁不安。

孔春离开了船坞，沿了江堤茫然地走着，一直到那掌签人和小贩们的喧杂的刺耳的嚣叫不再那样清切的时候，他的周身似乎才感到一种脱了羁勒似的轻松；才这样意识到：风停了呀！

他停止了脚步，回过头去望一望：江桥似一条多脚的黑蜈蚣，僵直地卧在江上。从桥下面望过去，远处的街市已经被烟氛模糊得相同建筑在江面上了。船坞地方的灯火又好像多了一些，人的真正轮廓已经识辨不清，看起来只是一些逆立的毛虫样在那里涌动。

"这要干到明天早晨啦！看样子，明天早晨也不会就干完的，船还是那么多呢。"

他不再停止也不再迟疑了，一面走，一面把手指探到衣袋里面去，让那些铜圆每个来吻到它。

"只要这样船多些，卖力气多捎两袋，给孩子们吃点，自己喝点，算什么呢？不算什么，就只这两个孩子……小牛这小王八羔子，不知道睡了没。"另一只手摸摸别一个衣袋，"不错，糖还在这里……这孩子，一定得有点出息，比方……"

从东面的江面上月亮浮上来了，静静地升起着。远山和树林已经分别不出，一样是绵延不绝地向左右描着不很急峻的曲线。

远远一所小丘似的房子，一半埋在地下，一半孤独地留置在那广漠的沙岸上，从一个类似窗子的孔口，拖出一条狭窄的灯光。

当他一看到这个小丘，便把所有的思想全停止住。占据了他整个思想的全面的那一个女人的影子——有着很宽广的前额，尖锐的下巴，在一条较长的直的有点隆起的鼻子两边，深深藏着一双睫毛很长的眼睛，常常是严肃而温和地照临着一切。和她的年龄不相称的，只是那额皱过度地多了，除开嘴唇还有些近乎血色的微红，其余全是蜂蜡塑成的。

"呸！这个老婆……变得这样快呀！"

这不是出于恶意，也不是出于叹息，似乎只是一种习惯的装点。向四周茫然地看了一转，深深呼吸了两口，从自己口里发出来的酒味还是很浓，这是没有方法掩藏的。

"管他吧!"

打了两下门扇,门扇发着叽叽喳喳腐败了的马口铁相咬的碎响。里面先发出了两声干枯的呛嗽,接着才是说话的声音:"怎么这样晚哪?"

"开吧! ——孩子们睡着了?"

在第一步踏进门来的时候,他几乎跌倒下去,好像他是第一次来的生人,忘了在一进门的地方还有段一尺高的阶梯。

"啵?"他意外地叫着,急忙站好了步子,同时一股过于浓重的酒气喷开去,眼睛又回复了弯曲。

"'啵'什么?又喝过酒!"女人的声音并不高大,只是沉郁地看着他,一面照旧弄好了门。

在屋子的地上,散乱地堆满着垃圾。筐子空在一边,孩子们已经睡过去了。为了开闭门户,安放在一只蹩脚小桌子上的煤油灯,开始跳动了几次,随着也安静下来了。

第一,孔春先伏下身子去看一看孩子们,他用自己的胡须轻轻在那睡得发烧的小脸上贪恋不断地拂动着。女人像毫无温情地扯了他一下说:"你又要弄醒他吗?"她的眼睛过度扩大,停止在丈夫的脸上。相反,他的眼睛却始终勾曲着,侧着头稚气地望着她,从衣袋里把所有的铜圆抓出来,小心堆置在桌子上。

"你看呀,这全是今天干的呀,只喝了五个铜圆的酒,剩的全拿回来了。孩子们,今天连一个屁也没给他们吃,听你的话……你在干吗呢?又在挑选这些废物吗?唉唉!又该咳嗽了!歇一歇好吧,我真要睡了……"他到垃圾堆的近边用脚尖触一触,又用手轻蔑地在每个堆上抓了一下,回来坐在那低矬的炕沿上,一面拳头敲打着大腿,搽着脖子,打着哈欠,一面说:"这败家的腿,变成木头的了,还有这脖子,也变得可恶了,多捃两袋,就要发酸痛,想当年,唉!真是'好汉不能提当年勇'啦!只有看我们的小东西们吧……"他又用手去抚弄那孩子沾满着煤屑乱草和灰尘的毛蓬的头发……

女人不大留意地听着他那习惯的自言自语的谎话，自己又复坐近了那些杂布、煤屑、化妆品小瓶子堆的中间，那个残破了的洋团团也出现在她的身边。她像一个分类的科学家，每晚照例要从孩子们拾回来的垃圾筐里，分出来什么是高贵的，比方上等社会妇女们用的盛香水和膏油的奇模怪样的瓶罐、罐头盒子、香烟筒……从这些废物之中，她精细地选择着。破布片可以洗净了，坚实些的便用作她每天到街上为一些拉车夫、流浪汉们缝补的材料。只要能卖到价钱的，她总是不使它们埋没……现在她正是决定那个破洋团团的命运：卖了它好呢，还是给孩子们留着玩呢？

她看一看睡在炕上的小牛，孩子一回来就向她恳求似的说了："妈！这个不卖吧，留着我玩。明天我再给你拾个大的来，你再卖，好吗……"她好像没什么感动，只是冷冷地从孩子手里把那个残破的小东西反转地看了看，自己起了几声艰难的呛嗽，又递给了孩子说："先拿着玩一玩吧。"

孩子睡着了，她又从孩子的怀里轻轻把它抽出来，同时她看到女儿的头发里埋藏着过度多的灰尘和煤屑。当时她要把她叫醒起来，为她梳洗梳洗，她又停止住。

今天洗了……明天还是一样啊！

当孔春走进来，她正在冥想着，天气热了，怎样才可以使孩子们身上那些肠胃似的裸着棉花的棉衣，从身上替换下来呢？于是决定了把孩子们拾得来的东西，除开能够用的布片，全出卖。连那残破的洋娃娃也算在内。

孔春打起鼾声。他那样子仰卧着，身子一半在炕上，下半段留在地上。小腿和身子为了炕的缘故，正好形成了一具"曲尺"的样子。

她对着堆在小桌子上的铜圆看着，好像没有意思要数它，她竟又数起来。在她数完的时候她用一只铜圆轻轻轧打着其余的铜圆，眼睛从手里的铜圆上面转到了堆在地上的垃圾，从垃圾转到孩子们睡着的地方，而后才停止在孔春的身上——他正在粗鲁地震响着鼾声，在鼾声里面常常要有痰似的东西来阻害那经常的呼吸。呼吸的气流要经过一回奋斗，或是直到他自己半意识地咳嗽几声，才能照常地流畅。这流畅维持不多久，新的阻障又会发生的……

她举起灯来，照一照，他的脸色是鲜红的，所有在日间固执地堆集在脸上、眼尾、前额各处的纹皱，也显着松弛些。那厚厚的、快活的有点弛下的嘴唇，现在也变得有点饱满，红润，壮年人似的，埋在那丛密的胡须里，不时抖动……完全稚气地睡着。虽然他的胡须由黑已转到斑白，他比她总是大着三十年。而在她的眼睛里，他永久是稚气地，一个孩子似的迷恋着她。

"起来，脱掉衣裳睡呀，总是这样惯着孩子们哪！"她摇动他，而他只是哼着，这哼声却引起了她的呛嗽，待她的呛嗽停止下，他的鼾声又是无顾虑地震响了整个的小屋子。

"为什么总是背了我给他们买着吃呀？这些小东西，将来他们不会这样……"

她从孩子们的口中，已经知道了他又背了她为他们买东西吃了。并且还请了一个不相干的冒儿眼。孩子说："爸把铜圆都给那些小王八崽子了，还请了冒儿眼吃了那样多的饺子。爸说：给他们吃点吧，吃点吧，省得他欺负你们。冒儿眼吃了饺子，说不再欺负我们了，明天还叫我们跟他去捡煤，到有火车的地方……妈，我不愿跟他去，我怕他把我姐姐推在火车底下……"

"不怕，还是捡煤吧，捡煤多卖钱哪！"姐姐显着很精明地鼓励着。

今天孔春回来这样晚，她知道他又在抵补着自己的亏空了。虽然起始她为了孩子曾和他争吵过，后来她也曾这样说过："你喜欢喝酒，就少喝点吧，小心那江。孩子们不要背着我给他们买吃，孩子们有饭吃就中吧，你不是小年纪了……"

"对了，不再给他们买吃了。不过孩子，他们应该吃一点有油水的东西，不比我们。他们还正在生长，像一棵才冒芽的小草似的，你不能缺它的雨水，一缺雨水他们不比我们，是禁熬不住的……多少总得吃点，吃点，趁着我还能捎扛得动，算什么呢？只要我抖抖精神，多捎上十袋八袋什么全有了……"

他常常要这样温和委婉地向她解说，同时说到她："看你的脸色，像什么呢？血全被臭虫吃了？像什么呢？人全指仗着血活着。把你周身的血全抽出来许有半茶杯？你也多吃点吧，拣能补血的东西，每天……"

她什么全拒绝着，能够治病的药和能够增加血的食物。她总是显着病态的激奋说："不要管我，我不能马上就死的，想着你自己吧。那江水和豆袋，无论哪天，全能要了你的命，我不想你再干下去了……"

"我？我离了他们，活不下去……"

城市里流过来的骚音渐渐地减少下去。从这屋子南面的一扇窗口望出去，月亮升向天中，江水闪动着颤着金属似的杂光。对岸，还有几点渔船上的灯火在红，背衬着那长长不断的树林的屏障……

孔春醒过来，他看到她还在那面整理一些破布，洗着，剪着，用火在烘烤。他叫住她："你还在弄啊！"他伸展了一下身子，用手触摸到屋顶的马口铁，"呿！这铁……不是全糟烂了吗？"他故意用手指又触动了两下，接着便有些星星散散的铁末和类似泥土、沙粒的小东西纷落下来。他的脸上、衣领、袖口，全沾到了，几乎眯了他的眼睛："这不成了，房顶盖得调换一下了，妈的，真是……"

他坐下来，仰着头上望，两只手的骨节弄着咔咔的碎响。他又看见孩子们了，从孩子们的头上把方才从屋顶上剥落下来的东西，小心地企图用手指搔扒下来。

"嗳嗳！孩子们的头发，你也不给他们弄一弄啊，里面全有活玩意儿了！"

还不等待她回答，她的呛嗽却代她做了回答。待她能这样说时："活玩意儿？什么活玩意儿？"她的脸变得发红，颧骨上好像涂过了上好的胭脂。

孔春停止地看着她，轻轻点着自己的头，他好像预感似的想到了什么，又似自己在决定什么，无意义地在这屋子里仅有的空地上走了两转又抹回来——他的头发和胡须全飞蓬着，眼睑有点拖下，整个的身影，在这屋子里臃肿地旋转，桌子上的灯火全蒙到了威胁，无节奏地在颤动。

"热水有？我要喝点——这样……你快死了！不吃药，也不吃能保养的东西。不行，你不能死，我不能让你死……"

他大量地喝着她为他预备下来的水。她一样阴沉地静静地看着他，除非必要，她从不肯浪费一句话。

"找什么？"她看到他周转地无端绪地寻觅着，她提醒似的问着他。

"我的帽子……"

"这里。"她从炕角帮他把帽子寻到，接着说，"这时候要到哪里去呀？"

"不，不到哪里去。"

她看着他梳理着自己的头发和胡须，微微颤抖着手指在整平着被压卷折了的帽檐。那帽子已经饱浸了汗油和泥土，它没有了固定的颜色，也没了固定的形式。人可以任意说它是灰色，或是黑；也可以说它是一顶有遮檐的呢帽，也可以说不是，虽然它原先曾是一顶什么人的头上的呢帽来。

头发和胡须梳理好了，帽子托在手里，暂时并不戴上，他以一个青年人的姿势，笑着搂过她的脖子。这使她将从她脸上退落下来的胭脂，又开始带着极度的升腾，在整个颧骨上燃烧起来。她相同一个第一次才和男人接触的少女，多少带些不安的意味，埋下了自己的眼睛。记忆的箭，像一颗不期出现的彗星，从那飙急流走着的过去的光照里面，照见了他们的十五年前。他的更粗野的手臂，那时候总是在她的脖子上勾卷地出现着，她几乎每次全可以从他的身上寻出麦粒或

225

豆粒来，他那时就是个码头夫。

这彗星似的光芒很快地就不再照耀她了，横在她眼前的是那凌杂的垃圾，炕上睡的是狗一般的孩子们。从窗口望出去，那是在她的意念中几年来总是加增着恐惧、憎恶，现在它是正在狡猾地闪颤着杂金属似的光的松花江……

它们终有一天要吞吃了他呀！

对于孩子们她也是这样想着：他，会为了他们碎了自己的骨头……

她憎恶着江，也冷淡着孩子们……

"我要出去。"他把腰间的搭布紧了紧，使那拖长的穗头掖起来，随处要显出青年人样的敏捷，"你睡吧……我明天早晨就回来……"

"你又要去赶夜班吗？"她的声音有点带颤，勉强没有呛嗽起来。

"觉得力气很好，晚上没有风，大白的月亮，比白天好，明天白天不去扛了，再有风，趁现在载多……"

他拉开门走了，她也忘记了阻止他。

第一次呼吸到新鲜的从江上飘过来带点凉味的气流，他连续地起了串不能克制的寒战。

那一条多脚蜈蚣似的江桥，更显得僵直地伸展着。在桥头的南端扬旗上，正在闪换着红绿的灯光。一刻一列夜车开过来了，不甚遥远地震鸣着汽笛。当车穿过桥上时，虽然小得玩具似的，但空旷地起着骚响，似乎这桥要被崩颓了。

在列车无留恋地穿过了江桥，从越来越不清明的远方，还可以听到那一致的机轮的碾轧声。

桥头上扬旗的灯光又在变换了。

沿着桥的两端，无穷无尽地延伸着土岗，他竟联想到孩子们明天去到铁路附近拾煤的事情。

常常靠近火车，在小孩子们，这不是好事情啊！还是去拾煤渣吧，到那些垃圾堆上……

226

当快要经过江桥的下面时，他停止住了，要回去说给孩子们明天不要跟冒儿眼去拾煤，还是到附近垃圾堆上拾些垃圾吧。可是从岗那面，靠近船坞的方向传出来的人们吆喝的骚音留止了他。立刻是一种新的不可遏止的马上需要发泄的力量，贯穿了他的周身，他向身后望一望——那低矮孤独的小屋子，已经看不到了，只是一带不甚曲折的长堤，长堤外面开阔地流着的江波，他的家好像被那现在望不见的沙滩葬埋了……记得在他时才离开那屋子时，行不到几步曾经回头望过了一次，它是那样值得侮蔑，猥琐而低矮呀！恍惚看见他的老婆，也出现在那门口向他探望着……

船坞的灯火，红亮着。人们爬上爬下。在日间摆在那里的小贩们有的还在，那个卖饺子的嘴里还是不住地带唱地数落着，铁勺子敲打着锅沿……

苍白的堆栈那边的粮袋的山，又陌生地增多和增高了——孔春有点僵直的腿，当第一步踏下跳板的时候，好像微微感到一点颤抖，但是这很快地就变成熟悉了。

"来一个——伙计！"他向递粮袋的人开始喊叫。

三

和船坞那面遥对着，这面是一带连绵起落的煤的山。山脚下来去滑走着成列的载煤车。车厢为了经久做同一种的使用，同其他的机件相似，变成黑色的了。只是轨条的背脊和车轮接近轨条的部分，却更显得光亮惨白，每次走动起来，像一个什么黑色大动物的牙齿，在那里开开合合。同时又像这样永久单调地和轨条咀嚼，感不到了兴味，常常在发着似乎要企图挣脱开的骚音。所有这里的土地，人，连靠近铁道近旁的树木的皮肤……全为了这同一的色调渲染着了。运煤的人爬上爬下，盘走着每个煤的山峰，除开从他们时时发出来的骚音，这是在证明那是人在动着，如果他们不在动，不有这骚音，远些看过去，你眼力再好些，总不会马上就指出什么是煤，什么是人堆积的地方。

当每一列空着的载煤车从堆煤区的栏栅里，显着无力而虚空地溜爬出来时，孩子们总是强盗似的扑过去，爬上车厢，向外投掷着车厢剩留下来的煤块，球一般滚着，有时也夹着些哭叫声，很快这骚动就会随着那爬去的煤车肃静下去，散在每处，各自验看着自己的获得品。有的已经离开了，去到街里自己主顾的地方卖掉去，有的还是等候在这里。冒儿眼靠坐在墙根，正在吸一支纸烟，小牛和小马坐在他一边。

"冒儿眼，走哇，不去卖吗?"一个猴子似的孩子，经过冒儿眼的跟前，略略一停止，狡猾地看一看冒儿眼的袋子和筐笼——那只有一点点不成样的煤块——笑着说。

"滚你妈的蛋吧……管我卖不卖呢!"

猴子似的孩子侮蔑似的向冒儿眼睒了一下眼睛，嘴巴扯到一边，指一指他的筐笼说:"为什么不去卖? 再多了你的筐要搁不下了……"

"你敢?"冒儿眼要立起来的时候，那个孩子颠着自己肩头上的凸凹不平的小煤袋跑了，开始参加进了那去街里卖煤的一群。冒儿眼还是继续吸自己的香烟，他镇静的吸烟的姿势完全像个大人的样子。一只好的眼睛，还微微有点睒睒，轻蔑地在看着对面的土堤上正在经过的开向满洲里的列车。列车过去了一刻听到了车行在江桥上隆隆的声音。这声音也没了，他又好像在察看着游动在远天上的云。

小马和小牛呆呆地坐在他的身边。他们失却了垃圾堆，也好像失却了一切的能力。小马看一看自己筐篮里的煤，仅是那样几块，她要拉着小牛重新去拾垃圾:"牛，我们走吧……到江边去捡吧……"

孩子要准备跟姐姐去了。

"不准走，等着拾煤，把这个先给你们。"冒儿眼把自己筐篮里所有的煤，全倾入了小牛的筐里。孩子看看自己的筐，看看冒儿眼——他不理他们，只是掉转地吸着那段烟尾——向姐姐说:"他把煤全给我们了……爸今天在家睡觉……"孩子知道他的爸爸在家里睡觉，便不会有饺子吃。姐姐看见了煤，又怕冒儿眼生气，也不敢走了，又安安地坐在冒儿眼的旁边，半张着等待的眼睛。

煤车不断地来去，孩子们不断地聚起来又散开。那黑色的怪物闪亮着自己的牙齿，那黑色棉絮似的烟，好像在填补着天空白色云和白色云之间遗落下来的嫩蓝的空隙，不断地从烟囱里盘卷突出。汽笛金属味的声音，有意无意地在寻找解答，尖锐地震荡着。

这些全扰乱不了冒儿眼，他不同一些孩子聚散，他连睬那些煤车和孩子们忙碌的兴致全没有，只是若有若无地同小牛说："你爸……那老家伙，怎么今天不去扛了呀？"

"爸累了，昨夜一直扛到天明，你去找我们他才回来呀。"小牛的姐姐代回答了。她总是有点恐惧着冒儿眼不怀什么好意，平常他是那样蛮横。

"小牛，你爸待你好？你妈待你好？……人全说你妈是窑姐儿出身，是真的吧？"

"你管不着！牛，我们走吧，不和他这坏种在一起……"

姐姐嘴里喷着愤怒的泡沫，脑背后的小辫子拱起着，样子要哭了，扯着小牛的胳膊就走。

"等一等，不准走！等着拿煤。"冒儿眼粗着声音，望着远方——一列煤车开来了，慢腾腾的。他立起身来，把自己身上的衣服零件安详地包扎着，别的孩子已经剩得无几个，并且他们是只等待捡取从煤厂开出来的空车，对于满满盛着煤的车厢，这是艰难。

冒儿眼笑一笑向小牛说："小心，不要叫煤块轧破你的脑袋，你蹲在这里吧，叫姐姐跟我去……"接着他又向其余的孩子高叫了一声："小兔子们，今天不准来抢我的煤了！谁敢，我要了他的命！"

每次其余的孩子总是像拿自己弄得的煤块一样，当冒儿眼从车上跳下来，孩子们已经跑净，每人全要弄得比冒儿眼多。他自己常常是只能落得很少一些，并且还是他们偶尔落下的一些碎块。如果在铁道附近寻得过久了，也许被巡查的人看见了，那时他还得逃跑。

因为他过度强横，孩子们总暗算他，全和他生疏，笑嘻嘻地远着他。在他从车厢上把煤块滚下来，他们总是在他还没有下来就跑了……冒儿眼虽然在后面叫骂，他们也还是笑着，跑着，颤动着肩头上的煤袋，他们知道冒儿眼是不懂得记仇恨的。

"今天，你们谁再敢抢我的煤，非轧破你们的脑袋瓜子不成！"他又重新吆喝了一遍。这回孩子们虽然和往常一样，彼此嘻嘻哈哈做着鬼脸，表现着他这话不算什么，可是谁也不敢再去等待冒儿眼从车上滚下来的煤了。

"冒儿眼有了老婆，就不顾朋友了……"

孩子们有的这样说，向小牛和小马这面唾着口水。小马也轻声地还骂，战兢着，随在冒儿眼的后面。冒儿眼已经趴伏在铁轨旁边洼下的地方，避着开车的眼。不甚远地他听见孩子还在这样大声叫喊："偷煤的呀，小两口呀，新讨的小老婆娘啊……"

他只有回头指一指切动着自己的牙齿，因为煤车离得太近了，他不能去和他们相打。

太阳已经沉落，还有些湛金色的光条，从天西的云层背后，闪亮在江水上面。渡客游逛的小船，像一些初生的蚱蜢，不甚灵活地随处涌动……

冒儿眼此时变成一只多脚的猿猴，用着一种特殊的敏捷攀上了煤车。从这一个到那一个，跑着，向下面投掷着煤块，孩子们乱叫，小马不知道应该怎样的好，眼见地一些闪光的煤块接连地投落下来，有的滚入路旁的枯草里面，也有的粉碎在沿路的石头上……她纷忙，嘴里乱叫着小牛："快呀，拿你的筐呀，捡那大块，小块别要呀……向这面点呀……你们敢抢？冒儿眼！冒儿眼！他们又来抢啦……"

冒儿眼从车尾上安详地爬下来，手里紧紧握着一枚煤块叫着："小王八们，再敢动我的煤，轧碎你们的头！"

孩子们贪婪地乱转着自己的眼睛，用着自己的布袋遮掩着筐里时才抢得的煤块，嘴里嚷着："我们多咱抢过你的煤呀？你不能听你小老婆的话呀，咱们是老伙计呀，抢点算狗屁……"

冒儿眼并不来分辩，就用手里的煤块向站在前面说话最多的那几个，无选择地投掷过去，接着就近拾取第二块也投掷出去。孩子们跑开了，很快又集在一起，并且高声地警告，他们要去报告看煤厂的巡查人。

"等着吧，冒儿眼，我们去告诉……"

孩子们开始了计议。

"我们去报告老头子，一定……"第一个被冒儿眼用煤块投着的孩子，他磕打着没有几块小煤的筐篮，尖锐地提议了。

"不，我们为什么报告那老家伙呀？不能卖自己的伙计。冒儿眼平常多么大方，他弄下来的煤，他并不全要……"

"你们全弄得那样多……怪不……你们……"第一个提议的，把自己的筐笼抖摆了一下接了说，"我自己去报告……"

"你敢？奸细！我们摔你在铁道上，让车轮轧碎你。"

"快，快……冒儿眼你还不跑哇？那老家伙来啦……"

从栏栅那面转角，那个喜欢喝酒的俄国老巡查出现了，手里挥抢着一根粗的棍子，脚步蹒跚，帽子贴着后脑，在很远就可认出他那特出的红色的酒糟鼻子，悬下地跳动。不灵活，醉言醉语，用那没有威势的声音和语句喊着。孩子们好像并不怕他，直到他好容易走近了，大家才玩笑地走开。他们引逗他发狂，捡取路旁的石头或煤焦投掷他。

冒儿眼站着不动，他眼送着小马小牛跑得远了，别的孩子也散向四方。但是他们并不马上就跑开，还在贪恋那散在路旁的煤块，一方面还在喊叫："冒儿眼，还不跑哇，奔你去啦……"

老巡查因为抓不到别的孩子，正在发狂，在他经过铁道时，用手里的棒子接连击打铁轨，又几乎为了枕木绊跌在地上，像个鸟雀寻找食粒似的，拾捡着煤块，一面向冒儿眼这面奔跑："小老鼠们，我今天非打死你们一个，你们尽叫我吃苦……"

他的棒子抡得发着风，向冒儿眼的头上劈过来。冒儿眼微微一侧身，棒子劈空了，接连第二棒子又横扫过来。冒儿眼已经看得出老家伙是在用了所有的力气，帽子落在地上了，仅有的几根头发起着无秩序的飘飞，眼睛赤红着像要由那断崖似的眉骨下面，鸟巢似的眼盂里面迸跳出来。嘴巴拉开，几颗仅有的牙齿，森立地向外显露。

"老猴精，留点力气喝酒吧，这又不是你家里的煤。"

"小老鼠……"

经过了几次努力，老巡查的棒棍抡起来，不再那样起着风声了。孩子们在这个机会，捡拾了所有的煤块，远远地破着嗓子叫着，拍着手。有的已经溜开。

冒儿眼看得清楚，他知道没有再和这老家伙牵扯的必要了，他准备要逃走。老巡查却不肯轻放他，虽然他每一次抡起来的棍子全被冒儿眼躲开，每次浪费了气力以后自己总要增加着喘息和晕眩，但是他并不肯放松他，这回他必须要把这偷煤的小老鼠们抓住痛打一顿，好泄一泄每次他从煤厂管理他的人得到的侮辱："老东西，再这样懒惰，就滚蛋！你只管打呀，打死一个偷煤的孩子算什么？厂子会负责交涉呢。"

老巡查一受了申斥，就决定要打死一个偷煤的小老鼠；可是喝过了酒，他就这样向人，也许向自己说了："偷点偷点吧，反正厂子的煤，他们总偷不完的。那偷煤的老鼠仔们，最大的像我的孩子一样大呀，我从来不打我的孩子呀……"

所以每次当他值班，孩子们总是说："走，今天是老猴子值班啊，他只叫，不打人……"

今天他却要决心打倒一个孩子，他追着冒儿眼："跑了不算小老鼠……今天要得捉住你了。"

他跑得是那样不灵活，缓慢。冒儿眼只是不在意地快一快脚步，一刻他看见追他的人慢下来，他又停止下叫着："来追呀，老猴儿精……"

"追呀，老猴……"不甚遥远站着的孩子们，把手圈在嘴上，做成播音的喇叭也威胁地叫着。

天有些昏下来了。人的眼睛开始朦胧，老巡查在一处陷下的干水洼跌倒下来，他努力地站起，继续地追赶。嘴里不再用中国话骂了，夹在喘息里面，用错落的下流的俄语骂着了。

冒儿眼只是回旋地跑，在这草场上拣选着不平和有着泥泞的地方跑。孩子们散尽了，各自去寻找自己的主顾。他看一看自己筐篮里的煤，只剩了很小的几块，有的是他为了跑时自己扔开，有的是遗落了。他想着小马和小牛他们已经到家了，他从筐里随便摸出一个煤块，投向那个老巡查说："回去吧，拖着它……谁喜欢要你这玩意儿。"

冒儿眼像一只鸟儿似的不见了。老巡查还在自己旋转，一刻就跌倒了，他这次却没能起来，较远一些看去，只是一团球似的黑东西在滚转……

从煤厂里已经听不到了人的吆喝声，载煤车也不再出现，只是那接连的煤山，较日间看起来似乎更沉重、乌黑、严峻和密接。围墙上面，每条栅栏的上端尖锐得相同狼的牙齿，只是狼的牙齿没有这样整齐。

冒儿眼他发现了老巡查为什么这次跌下竟滚在地上不爬起来了呢？他疑心也许这老家伙故意引诱他去看他，好抓住他。他摇摇自己几乎是空了的筐篮，把仅余的几颗煤块也不要了，干净得使它空起来，才又向老巡查躺着的地方看了一眼——天是更暗下来，那个球样的东西，是不是还在涌动，已经分辨不清。——他唾了一口唾沫："滚蛋吧！老狗熊……使什么鬼呀？太爷不上你的当啊！"

当他走开几步，又停止住了，同时一个很奇突的思想擒住了他："他跌死了吧？人命！"

他跑开，可是在他意识清明一些，又停止住了。他想他也许是喝醉了，在一些巡查之中，他并不恨他；他常常叫他作和善的老狗熊。

233

他决心要看看他。冒儿眼也认识他的儿子和老婆。那是一个更胖的俄国女人，她的肚子隔离着她的眼睛和脚尖。他们就在煤厂那面一所小木房里面住。

在冒儿眼还距离那球样的东西几丈的地方，他已经听到那老人的鼾声。起始他总是疑心他是在装作，伏下身子，让那冬天留下来的枯草遮蔽着自己倾听着。鼾声一刻比一刻野蛮起来，他又试验着用一块石头投过去，鼾声依然没有改变，便决心爬过去。

一股浓浓的酒的气味静静地发散着，他摸一摸他的前额，不经意他的手触到他的眼下，他感觉到似乎有泪水从他的脸上爬过了。

追不上人……哭了吗？老家伙！

冒儿眼跑到铁路近边把他的帽子寻回来，给安置在脸上。他想不能这样让他睡下去呀，厂子里的官员查到他，他们会把他撵走，应该去通知他的老婆。

他熟悉那所孤独的小房子，从窗户已经放出了灯光。那个庞大的黑影正在窗里面转来转去。他不去打门，却把脸贴在玻璃上："喂，你的老头子醉啦，躺在那边草地上。"

起始老婆子受了虚惊，眼睛圆着，张开手臂，叫不出声音来。待她认得出那是她丈夫所要捉拿的偷煤贼冒儿眼，她尖叫着扑向冒儿眼贴着的玻璃，样子像要打碎玻璃立刻就抓住他的头发。

冒儿眼安详地退开，等待她出来，他好再向她解释一遍。门暴乱地响着，胖女人手里提着一条粗棍子，她并不听冒儿眼的话，只是无理解地追着，连串地尖杂地叫着。冒儿眼只好引着她，先跨过老巡查的身子——他的鼾声还是很放肆地响动——喊住她："站住吧，老浑虫，他就躺在那里……"

他担心她也许被绊倒，可是她好像十分熟悉这鼾声，立刻丢开了棒子，伏下身子。

冒儿眼远远地看着，他本想过来帮同她把他扶起来，他又不敢，怕那个女人会代她的丈夫捉住他。忽然是一串警笛的尖叫，从那面发出。这警笛的声音，锋利的刀一般地刺着了冒儿眼，他开始感到了战栗，他知道无论什么时候这警笛对于他总是不利的。虽然他的脚开始感到了沉重，他的意识却清明，知道非跑开，立刻便会有人来捉了他。

跑过了几条僻静的街，听着后面没有什么声音了，才擦一擦流出来的汗。筐子还挂在臂间。沿着墙荫各处的黑影茫然地走着……

街端尽处，江阻住了他。船坞的方面也变成了空荡。卖吃食的小贩也随着粮船、掮夫等不见了。只是那些粮袋的山兀立不动，和东面的煤的山，虽然在夜间，也好像彼此无言地竞争着高峻和雄伟。

"呸！"他向脚下的江水宽心似的唾了一口。摇一摇肘间的篮子，沿着江，经过江桥的下面，走向了孔春家里的方向。每走一步，他的肠胃开始感到一种不断沉坠似的空虚。

老家伙值班的时候，再不去偷他的吧！

他这样决定地想过了以后，便停住了不再向前走。虽然孔春那所孤独的小屋子已经完全呈现在他的眼前，从窗口射出的灯光也看得分明。他转回来，行了几步，又转回去一直奔向小屋子的窗口。

小屋子里每夜堆积垃圾的地方，现在被闪光的煤块占据着了。孔春和他的老婆、儿女，正在围坐着吃夜饭，也许是讲谈着那煤块的价值和故事。可惜冒儿眼的耳朵是不甚灵活的。

为了看见那从碗里升腾起来的热气，他的肠胃似乎更加增了沉坠的重量。

进去分一点煤去卖吧?

不知为什么，他想一想终于从那所小房子的窗口离开，反走向了夜的市街。

四

船坞近旁卖吃食的小贩们，照常是用铁勺跌打着锅沿，当当地响，不过带吆喝带唱的叫卖声没有平常那样高亮了。

码头夫们，有的拖长地睡在堤的石板上，有的在翻找自己棉衣服里面从冬天一直豢养到现在吸人血的小虫子。他们逮住它们互相比较着大小，数着腿脚的数目，有时也用石头轧开，看一看谁的血色红。贪吃的人，便流连在卖食物的板凳上，和老板闲磨着牙齿，有时也赊一杯酒或是一碗饺子吃吃。

"再赊一次吧？"

"不成了，人太多，买卖小，垫办不起呀！哈，多包涵……"

…………

一连几天了，全没有一只粮船开进来。整个船坞除开几只泊近岸边等待修理的破船以外，显得空旷了。相反地在船坞外面的游船却日渐增多了。江对岸的树林、草地、铁路路基的土堤上……全被末春的绿色装点着了。从江那面挟着春的气息，时时飘过来游春人们的歌声；也时时夹杂着更加浓重的鱼腥似的气味，这是从街市里倾流出来过量多的那些污水和垃圾发生的。

"兄弟们……这些粮船全死绝户了吗？一只也不进来呀！"

孔春蓬乱着头发和胡须摇摇曳曳走在堤岸的石板路上，一刻又用一只手撑到前额，向远方不停地周转地相同一个阅兵的司令官检阅着："那开下去的两只又是兵船？"

他也许为了自己的眼力不足，便企图扯起躺在石板上的一个正睁眼看天的年轻人："你的眼力好，看看，船上有炮没有？"

"炮，当然是有啦……看你喝的样子，小心滚到江里去……还要靠近那边去？"

青年人并没有起身，只是把头侧一侧——不错，沿着江流的中心，正有两只距离不甚远的装了铁板的兵船，尾接地驶下着。不过，炮却是没看到，只是装载一些发白的木箱和马匹，人在上面走走动动。

"不来，是不来；来，就是一大批……"

他又摇曳地走向那边了，嘴里反复地说着，无疑是关于粮船和兵船的话。

"只要兵船一下去，粮船就不容易上来了，人还怕胡匪会埋在粮袋子里呢。可是扛了这些年了，还没扛到一个装人的袋子咧……"

"老孔，你的老婆要死了吗？"谁在这样问他呢？他停止住寻找，但是在这一堆躺、卧、坐、笑着的人群中，立刻他没有寻到谁。

"呸！你的老婆才要死呢！谁？说话的是谁？"

"那样俏皮的一只鸟儿，竟死在你的手里了……"

这其中有知道孔春的老婆在年轻的时候是漂亮过的，叹息着。

他走动起来更显得摇曳了，像蒙到了什么刺伤，从这人堆离开。后面的人声笑得愈高，他的脚步就愈忙乱。这笑声是几千条的芒刺，在追逐他，贯过他的皮肤，集中到他的心。他疑惑，她真的现在也许死在炕上了？孩子们不在家，没有邻居，她的呼叫声，也许只有那江波给予她一些回应，也许她什么声音也没有就把一切完结了。清楚地记得，当早晨他出来的时候，她睡着了，除开那急促动着的胸腔以外，那已经不再像一个活着的人。她现在好像不再担心着他，也不担心着孩子们了。

游春的人们的笑声和歌声也好像看不见的芒刺，从江上飘过来刺痛着他。他又想要到煤场那面把孩子们寻找回来。

现在竟指仗孩子们了！

一种自尊心使自己的感情蒙到了羞耻："我是做老子的呀，怎能指仗着孩子们……"在煤车下面四周动着，用手搔刨着，瘦老鼠似的一些孩子，忽而又被巡查们赶开了，自己的小牛和小马也在里面……当他做扛煤工人的时候，他是常常看到那些孩子，为了偷得一些煤块被巡查们头下脚上地倒绑在电线柱上。

"我浑塞了心窍哇！怎能叫孩子们去干这个呀！不能，一定不能再干下去……我要工作……"

向远看去，江面上静荡荡的，除开那两只越来越小的去剿匪的兵船以外，便没了往来的船只。

"明天或许有一只粮船从什么地方来吧。"

在围墙的栏栅外有一列煤车停止着。孩子们在下面爬来爬去，巡查们的棍子带着恫吓意味地在手里消遣似的打着抡旋，时时像个牧者似的喊着："小东西们，又向近前凑吗？没脸皮，快给我离远一点！"

于是，将要靠近栏栅门边的孩子们马上走回来了，又在那已经经过大家几多遍搜寻过的地方，寻拣着。最后连那较豆粒大一些的煤块也不肯放过，拾捡到筐里。

小牛和小马也正混在孩子群中跑来跑去，他们并没有注意到爸爸来寻他们，在小牛最近已经断了希望，他知道爸爸现在码头上没有粮袋扛，就没有余钱背着妈妈给他们买吃了。

"牛，不要到煤车跟前去呀……"姐姐警告着他。

只要大一点的煤块，它们总是被别人抢夺去的，如果冒儿眼不在眼前。

"姐，冒儿眼怎还不回来呀？"

"小点声，一刻就回来了。"姐姐向有巡查转着的地方简单地望了一望，仍是低下头装作在地上寻拣着。

"小牛……"孔春弯着眼睛，拍着手掌尽可能地笑着。第一声小牛没听见，还是姐姐先发觉："牛！爸爸来啦！"

孩子们一齐跑过去，小牛显得过度的猛撞，头抵在爸爸的肚子上乱叫着，为了这不经意的冲动，孔春竟退了两步，摇着胡子说："啊！你这小牛，真是快成一头小牛啦！要撞倒我啦……"

小牛察看地想着："他又有粮袋扛了吧？"

可是样子不像，爹爹的脖子没有发红也没有爆起白皮，身上也看不出有粮袋遗落下的尘土。他摇着他的手无把握地问："爸，有粮袋子扛吗？"

孔春低下头垂视着那孩子扬起的小脸，摇一摇头说："小家伙，等两天吧，等两天，船就会上来了，那时候，多多请你吃呀。告诉我，冒儿眼怎不在这里？"

"他不常在这里待……他今天说——"姐姐看一看那个抢着棍子的巡查走近来，便把要说的话咬断，握着爸爸另一只手遮掩似的摇转着。

"喂！老孔……还是你呀？"

这个巡查认识孔春，他显着傲慢地无顾忌地响亮着嗓子，同时又是鄙夷似的向那两个孩子投视了一下。孩子们立刻感到一种针刺样的畏缩不安。

"哦，你还在这里呀？你胖了呀……"孔春平静地回答着他。这个人开始扬声大笑了，他这笑声使那边正在寻找着煤块的孩子们全蒙到了惊愕。他拍一拍孔春的肩膀头说："你不如前几年Bang①多了！胡子头发全见白了呀！咱俩上下不差一两岁吧，看我……"他拍一拍自己的肚子和头顶——他的肚子看来确是很饱满，头顶头发虽然不多并且也有了白丝，但是头皮却是绷紧的，闪着油汪汪的光。

"我怎能比你呢……"孔春紧一紧眉毛，使两个眼睛从他的身上移开，来看自己身边的小牛和小马："不用捡了……我们回家吧？"

"不——"孩子们摇一摇头，姐姐说："我们等冒儿眼回来一同走吧。"

"这两个全是你的孩子吗？我看他们常和冒儿眼在一起呀。那是一个贼骨头，孩子们要跟他学坏了。前几天那个俄国老巡查被他打倒了，他还到他家去送信，真是贼胆，后来把那老头子抬回去的……我们正想要逮住他，送他到什么地方去，至少也得把他捆在电线柱上一天……小东西们，一眼不见你们就向上凑哇！"

一列煤车开进来了，孩子们正在企图挨近它。经了这样一喊，又退缩下来。

"将来总得想个根本办法了，这里一个拾煤的孩子也不准来。你不要叫你的孩子们再干这营生了，这有什么出息呢？咱们是老熟识，

---

① Bang：即强健。

我劝你，在这里的孩子们，早晚是要受伤的，比方——"他突然离开了他们，向煤车近边跑过去。一个正要爬上煤车的孩子滚下来了，其余的从下面正在行走着的车轮空隙跑向了铁路那面。

跌倒的孩子被捉了去。

"爸，我们走吧。"小牛小脸白白的，眼睛闪转。

"不怕，有爸爸在这里……"

孔春拍拍孩子的头，问着小马："冒儿眼，到哪儿去啦？"

"冒儿眼他说不准向谁说他在哪里，他要偷多一点煤，就这几天不再在这里了，叫我们也不再在这里捡了……"

小牛不再恨冒儿眼，三人变成了好朋友。谁也离不开谁。冒儿眼没有家，常常就住在老孔的家。

"今天出来他说：'你妈病得很重，应该请先生吃药。你爸爸没有活干，我们得多弄点煤了。'他还说，今天要弄不到多的煤，他也不再到我们家里来……他还发过誓，再也不想在那个老俄国巡查值班时来偷煤。"

孔春有点感到迷惘。向江那面望过去，还是看不到一只粮船的影子，游春人们的歌声、琴弦声随着江风，在煤厂里面扛煤的吆喝声间断下去的时候，偶尔也可以听到。

在温暖的阳光下，所有对岸的树林，更焕发着透明的绿意。

"走，回家吧！"他默默地领着孩子们，眼睛细着超视向江面的极处。

冒儿眼几乎是一整日在这煤厂的附近转走。登上煤厂东边的铺设着铁轨的土岗，向下面鸟雀一般地探视着：这整个的煤厂就是煤的世界，狱一般耸着高峻的围墙，围墙上面显露着狼牙似的铁的尖齿，这是排列得很整齐，尖齿与尖齿之间，无条理地组织着带着棘齿形的铁丝网，即使一只灵敏的鸟雀，想要从这孔隙里飞过，也要留下它的翎毛。

几多条标直的或是有些慢性弯曲的铁轨，发着光，像束结着银条带似的，从北端的门贯穿过煤厂的院心，一直铺设到江滨。在江滨的码头下，来去着载煤的各式各样的船。

扛煤的人们总是无间断地，在每个臃肿的睡着的野兽似的煤山上面爬上爬下……巡查们经常抢旋着棍子，随处走着。

在平常冒儿眼和他的伙伴们出入的地方，现在完全不中用了，全遭了断绝。

"呸！鬼骨头们，干事真绝！连一只耗子也不准进去了。"

他焦灼地跑到这，又跑到那，起始想找几个同伴计议一下，可是他得到的回答总是这样："这有什么办法呀？除非变成一只耗子；有几个巡查比猫还厉害呢……"

"呸！这成什么话？做贼还等人家给你开大门迎接你吗？饭桶——"

他自己决定了，无论怎样，在今夜也要弄一条道路的，若不然他就再不到孔春的家里去了，也不再做这偷煤的小贼。他实在不能再忍受地看着那个女人，是那样难堪地整日整夜地喘息着，而没有医生也没有药！在她还没病倒的时候，她待他亲切，相同自己的儿女。在他有了记忆以来，从没有谁待他这样亲切过，他没有亲人也没有家，人们接待他的全要用打骂和侮辱。侮辱和打骂锻炼成了他的灵魂的外壳。为了生活在孔春的家里，他这壳的硬度竟变得柔软起来，好像他离开那个小屋子里的空气，那个女人，便再生活不下去了。

她不能死呀！

冒儿眼坐在土岗上面铁轨的枕木上，望着江面上在黄昏的烟气里穿走的船只，手里用一块石头打着铁轨发响。打着，打着……蓦然一种在冒儿眼从来没有过的，近似酸味的感觉，侵袭了他，他没有声音地哭了。

"捐呀，捐呀！莫要撒懒哪！"

掌签人的沙嗓音，混合着小贩们的吆喝着的叫卖声，铁勺敲打锅沿的骚声，又开始破碎了这船坞里的宁静。在墙根，在靠近岸头的石板上，已经再看不到那些仰天舒适睡着的人，闲谈着的人，他们好似被看不见的焰火燃烧着了，飙急地跑着……从船上到仓积的地方。粮袋在每人的背肩上，不像粮袋，成了人们的玩具，成了没有重量的棉花团。

"干呀，老孔，好治你老婆的病……"

同伴们带着真诚的大笑喊着他，他只是无有改变地弯着眼睛在笑，勉强走着轻捷的步子，做着卖俏的姿势。在跳板上每行一步，胡子要加急着抖摆……

船只又要挤满这不甚广大的坞荡。这船坞的形状，近似一具庞大胃脏的断面，从那开口流进来的船只，全是那样饱满笨拙地，鹅似的安稳地浮走，按着顺序停下。所有船上的人，几乎是从一具类型里浇制出来，全是那样疲乏、落寞、呆板地在脸上刻满着纹皱，无论青年或老年。那些近似栗色的身体，为了常年做着一种劳动，胸腰变得勾曲，腿肚盘曲地浮雕似的堆结着过多的脉管，有的肌肉样子像是过度地发达了，反觉得不调协。

风吹摆着每只桅杆上的风车和风旗……

孔春对于这些，他全熟悉的。他不注意它们，船上的人们似乎对于这船坞的任什么也是熟悉的，他们彼此好像无感染似的在这庞大的胃脏里被销蚀着，排泄着……

为了从那面的垃圾堆和街市里排流出来的秽水，传播过来的鱼腥味，唤醒了孔春："噢！今天该给孩子们买点什么吃了。孩子应该吃点油水了，小孩子总得常常吃点油水。还有冒儿眼，他为什么昨夜没有回来呢？噢！这是个野惯了的孩子……"

他决定再掮完两袋，把钱凑成可以买一服药的数目以后，富余的钱便给孩子们吃了。自己也喝一杯酒，换换精神，今天再搭一个夜班。在早晨临孩子们去拾煤渣的时候，他说："看见冒儿眼哥哥，叫他回家来，不要在煤厂左近绕了，他们要抓他。"

在他出来的时候，也拍一拍妻子的前额，宽心似的笑着自己的眼睛："有粮船进来了，很多……等着吧，你的病就好起来了……"

她只是扩大着眼睛，冰冻了似的看着他额上停止着颗颗的汗。

"喂！老孔，你的孩子们来找你啦！"

他的意念被打断，用眼睛寻找着孩子们。

"爸爸……爸……"小牛紧站近岸边，向他张着手。姐姐跑在后面，他们像要一直跑上了跳板，别人阻止了他们："那不是你们的……小东西……"

"爸——冒儿眼……冒儿眼哥……绑在电线柱子上了……脑袋冲下……"

孔春正掮着粮袋爬走向岸上去的跳板，他不能停止，也不能抬头，只觉得周身起了一种体解似的松软，掌签人的吵叫，就不再听到了……这整个的船坞也和他断了关联。

一九三六年二月五日晨上海

（1936年，上海文化生活出版社）